U0127438

奇幻基地出版

被提1992

휴거 1992
The Rapture

曹章鎬 著

胡椒筒 譯

Cho Jang Ho

臺灣版獨家作者序

臺灣的讀者，你們好！

長期以來，我對臺灣的文化和歷史非常感興趣，這次《被提1992》有機會在臺灣出版，令我深感榮幸。

身為電影狂的我，一直對一九八〇年代席捲世界電影圈的「臺灣新浪潮」甚是著迷。侯孝賢導演拍攝的鄉村風格令人嚮往，他在電影中描述到臺灣近現代史的苦難，也讓我感到痛心，因為臺灣與韓國曲折的近現代歷程十分相似。我還能清楚地記得楊德昌導演的電影裡，那些臺北高層建築，以及老一輩與年輕人之間的矛盾、磨合；蔡明亮導演的電影所渲染出的憂鬱、孤獨氛圍也令我留下了很深刻的印象；如今已是世界級導演的李安，在臺灣拍攝的《飲食男女》和《推手》都是我非常喜歡的電影。我一直覺得臺灣這片沃土有著豐富的養分，才能培育出這麼多偉大的電影導演，而通過他們，我也有機會更深入了解臺灣。這著實是件值得感恩的事。

如前所述，臺灣有許多深刻影響我的藝術家，而我的小說能在這個國家出版，對我來講是件非常有意義的事情。這也是我的小說第一次在外國翻譯出版，希望大家讀得開心。

接下來，我要講一講《被提１９９２》的故事。這本小說是以一九九二年在韓國發生的真實故事為背景。其實，臺灣讀者在閱讀時，不一定要知道這些背景知識，因為即使對韓國不是很了解，也可以從中得到樂趣，但在此簡單陳述當時的情況，希望能為閱讀帶來不同的觀點。

被提事件是一九九二年韓國新聞的頭條，可以得知這件事對當時的韓國社會造成了極大的影響。那時電視裡播報著那些信徒，他們拋棄現實生活，只待在教會，一心深信可以前往天堂。那真的是非常奇異的場面。

會這麼說，是因為這種極端沉迷於宗教的現象在韓國很少見。韓國是一個相當世俗的國家，難有人願意為了宗教信仰放棄自己的一切。被提事件雖然可以單純看作是少數人被宗教所迷惑，但如果把它與當時韓國社會的氛圍連在一起來思考，便非常值得玩味。

一九九二年，歷經三十二年的軍事獨裁即將結束，同年也舉辦了總統大選。毫無疑問，長期投身民主化鬥爭的兩位候選人中，必有一位將成為新任總統。這代表再也不會有殘忍的嚴刑逼供和市民無謂的犧牲，大家可以自由表達自己的政治傾向；韓國經濟也開始快速成長，新的時代於焉展開。

自此以後，長期受軍隊鎮壓、民主價值被摧毀的韓國社會，在各領域都滋生出各種各樣的欲望，宗教便是其中之一。即使是邪教，它也有了主張自己存在的自由和權利。

事實上，如果被提事件發生在一九九二年以前，那些人是會被軍隊和檢調單位以擾亂社會為由逮捕的，但九二年之後已非獨裁的時代，因此不管他們的教理有多怪異，也會受到宗教自由的保護。正因如此，不如把被提事件看作是發生在韓國社會光明與黑暗交接處的一起事件，更加有趣。

事件發生後，韓國社會進入民主化，再也沒有出現這類奇怪的案件了，但人類靈魂所受的苦痛並沒有因此消失，很多小型的邪教組織還是在暗處活躍著。他們不斷迷惑人們的靈魂，以此來填補自身的欲望。近來電視上依然經常出現揭露邪教組織的紀錄節目。或許，在韓國被提仍舊存在，並暗中進行著，只不過形式改變了——變得更加隱密。

這本小說的改編電影正順利進行中，相信很快就可以搬上大銀幕。劇本由我親自執筆，但內容略有改動，相信將電影和書交錯比較，又會是另一番樂趣。不知道這部電影會不會在臺灣上映呢？

我期待自己可以寫出讓人忘卻時間的有趣小說，衷心希望《被提1992》能為大家帶來一段愉快的閱讀時光，謝謝。

曹章鎬

—目錄—

「那時，那些信基督而已經死的人會先復活；
接著，我們這些還活著的人，必跟他們一同被提到雲裡，
在空中與主相會。
從此，我們將永遠與主同在。」

——《帖撒羅尼迦前書》第四章十六～十七節

故事開始之前

1 「被提」（rapture）是指耶穌再臨時，被選中的信徒將會浮上空中，升至天堂。一九九二年，韓國的幾間教會都曾預言，被提將於十月二十八日午夜十二時發生，信徒們對此皆深信不疑。

2 當時，深信被提會發生的信徒，跑到市中心的教會或深山中的祈禱院虔誠地禱告。由於他們深信被提必然到來，於是將自己的財產全數捐給教會。雖然難以精確統計，但有人認為，當時的捐款金額應該有數百億韓元之多；而最初預言被提將到來的牧師，卻在一九九三年購買了巨額的債券。

3 曾有宗教研究學者試圖揭開「被提事件」的真相，卻遇刺受重傷。

4 被提，終究沒有發生。而那些曾經深信被提的人們，如今身在何處，已無人知曉。

序幕

最初，教會裡有兩名少年。

一位站在祭壇上，另一位站在下方。

接著，像是要比誰哭得更慘一般，人們開始淒厲地哭喊起來。

他們撕扯著胸口，喊得喉嚨沙啞，還不停搖晃著頭。

我要上去，我要上去。

就快要到十二點了，必須在空中與主相遇。

午夜已然過去，卻沒有發生任何事。

有一、兩人已經虛脫，教會裡只剩下凝重的沉默。

但母親並未停止，她仍迫切地禱告，沒有一絲停頓。

這時，少年先知穿過沉默，從祭壇上走了下來。

他是我們的光，是拯救我們的救世主。
但不知何故，此刻的他光芒盡失。
那曾經璀璨的光輝，已不復存在。

少年走到他的朋友面前，對他說：
「快逃走吧，快。」
旋即轉身，走進黑暗。

「我們一起逃走吧！」
「我做不到。」
「為什麼？」
「因為我的內心已經布滿了黑暗。」

走進黑暗的少年，已消失得無影無蹤。
一九九二年十月二十八日以後，他們再也沒有見過。

時隔二十四年，暗夜中的少年，再次召喚起他的朋友。

沒有過去的男人

母親整個人飄浮在空中。

「媽，停止吧！快下來啦。」

母親的雙腿在空中擺動著，她被提上去了，升上空中。許多張臉對著她大叫、哭喊。他們一邊咆哮著，一邊揮舞雙手，想抓住她不斷上升的腿，但總差一點。眾人的眼睛變得通紅，近乎瘋狂般地揮動雙手。

不，不要被他們抓住。媽，快上去。

人們更加拚命地伸直手臂，母親就要被他們抓住了，我的心簡直快跳出來！果然，一名男子抓住了她的腳踝，其他人也抓到了她的腿，母親被拽了下來。漸漸的，我發現地面其實是一片沼澤，由黏稠的黑色不明液體所形成。所有人都陷在裡面，大家越陷越深，卻沒有人肯放開母親。雖然她極力掙扎，最終還是被拉進來。

媽！

母親緩慢地陷入其中。我想要跑向她，但黏稠的液體讓我邁不開步子，最後連一步也踏不出去。那不明的液體又黏又滑，可我非過去不可。

媽，等著我。

這時，一隻手搭在我的肩膀上，回頭一看，是我的朋友。

「快逃走吧。」

但我動彈不得。我看著母親，她的身體有一半已經陷入沼澤裡了。等我再次看向她，才發現她的脖子上掛著一條繩子——母親不是飄浮在那裡，而是被懸吊在半空中。

朋友，我逃不掉的。

我回頭望去，發現那片來歷不明、深不見底的沼澤，已經把我的朋友、母親還有其他人都吞噬掉了。

†

梁烔植好不容易才從惡夢中醒來。他每次都作一樣的夢，想要掙脫卻總是擺脫不了。他的心跳得厲害，呼吸急促，雙手顫抖，腳也感到發麻。

應該是被鬼壓床了。他努力回到現實生活中，聽著秒針轉動的聲響，一秒彷彿永遠一樣長。

過了一會兒，呼吸才恢復平穩，眼睛也適應了臥室的黑暗。梁烔植觸摸到妻子的身體，她肌膚的觸感既柔軟又溫暖，讓他感受到自己還活著。這裡不是地獄，不是那些瘋子的巢穴，而是自己和健康、溫暖的妻子一起生活的家。她的存在，勉強將他從惡夢中拯救出來。

這該死的惡夢，在過去的二十四年裡沒有一天缺席。夢中的梁炯植依舊是個十三歲的少年，站在那裡看著那群瘋狂哭喊的人們，還有身在其中的母親。雖然他想去救她，身體卻不受大腦控制。如今，他雖已長大成人，也靠運動練就出結實的身體，可在夢裡，他依舊只是個十三歲的孩子，寸步難行。

媽媽，我深愛著、總是面帶笑容的媽媽。當我放學回家，她會為我煮雞蛋、削蘋果、倒果汁給我喝，但在夢裡，她卻和那群人一起哭喊著。或許，她永遠也逃不出那裡了。

梁炯植走出房間，打開櫥櫃取出一瓶洋酒。他反覆看了幾遍酒瓶的排列順序和位置，確認沒有擺歪。他習慣將酒瓶的商標朝外，依照英文字母的順序排列。每次拿酒時都要確認是否有擺好，否則心裡不踏實。他無法容忍絲毫的差錯，凡事一定要井然有序才行。

他找來杯子，倒了半杯酒一飲而盡，濃烈的酒精順著食道進入胃裡。他必須盡快緩和緊繃的神經，才能在黎明破曉前再睡一會兒，可是敏感的神經很難恢復平靜，看來只好睜著眼睛等到天亮了。妻子跟往常一樣，早餐做了雞蛋料理，還親手榨了鮮果汁。梁炯植打從心裡覺得清晨的陽光與妻子很相襯。

吃過早餐，梁炯植出門上班。他在「一山分局」工作，步行只需三十分鐘。他每天走路去上班，當作運動；這段時間內，也會在腦子裡計畫好一天需要處理的事情。早上散步可以集中精力，才能縝密地計畫好要做的事，這是他從高中開始就養成的習慣。

周圍的人都覺得只顧埋頭做事的梁炯植，是一個很無趣的人，他們以為他一心只想步步高升、追求成功。事實上，他們並不了解他。梁炯植對事業上的成功並不感興趣，他只希望自己不要被內心巨大的黑洞給吞噬掉，為此，他需要健康的體魄，以及可以讓自己專注的事情。小時候，可以讓他專注的是學業，現在則變成了工作。

今年年初，梁炯植出任一山分局的刑事偵查課課長。晉級成為警正後，他便從首爾警察廳股長升職為分局課長，算是同屆警員中晉升最快的，還擔任偵查部門的核心職務。這樣的結果或許理所當然。從考進警察大學起，梁炯植就嶄露頭角；成為警察後，更是埋首於案件中。同事看到沒有私生活、只顧工作的他，暗地裡都叫他「工作狂」。當然，他的辦案能力超群，警察廳內部也對他的實力給予肯定。

進了分局，梁炯植靠在椅背上翻閱管轄區正在處理的案子。突然，他注意到桌上的資料擺歪了，於是坐直身體將文件擺正。他很努力想改掉這個近似強迫症的毛病，卻力不從心。也想過去精神科接受治療，但又害怕會留下紀錄。萬一被上司知道了，日後晉級也會受影響。晉級關乎的不僅僅是出人頭地的問題，也直接關係到自己能否領導調查。在警察組織裡，警銜就是權力。梁炯植之所以喜歡警察這一職業，正是因為自己能夠從權力和掌控秩序中獲得安全感。每次抓到凶手、找出真相，起訴後移交給檢調時，他都有種將錯亂的世界擺正、歸位的感覺，所以當他看到報章刊出新案件，就會像看到桌上歪掉的資料一樣坐立難安。凶手對於梁炯植而言，就像是歪掉的資料，必須被矯正。

自警察大學畢業後，選擇公安或管理職務更有利於晉級，所以梁炯植選擇了跑現場的工作。他用功讀書、拚命工作並不是為了升官後耀武揚威地指揮屬下，而是想抓住凶手、維護社會治安，撥正這個世界，為此，他奮鬥不懈。他知道周圍的人都把自己看成工作狂，但他並不在乎別人的評價，只追求一件事——維護世界的秩序。每當破獲一起案件，他都覺得自己彷彿從泥沼中邁出一步，正是這種感覺支撐著他活下來，因此，他深信只有這個目標可以拯救自己。

這是略顯安靜的一天。重案結束後，他比平時提早下班，好久沒和妻子溫馨地吃一頓飯了。

晚餐過後，妻子洗好碗，梁炯植正打算和她一起聽聽音樂，但就在這時，電話響了。這通電話，將他再度拉回那起案件、那段記憶、那個世界、那個地點，而他原本以為自己已經逃脫了。

母親再次召喚起他。

†

少年漫無目的地走在街上。這個時間，補習班應該已經通知家長他沒到班了。今天也沒去補習，他知道回家一定會被媽媽念，爸爸也會怒目而視。說不定爸爸會在媽媽越念越凶的時候，打他一巴掌，然後說句：「算了，這次打了他，就不要再念了。」也或許，這只不過是一齣戲。如果他不去補習班，媽媽就扮演罵人的角色，爸爸則扮演打人的角色。

不管怎麼重演，劇本和演員都不會改變——就是一齣為了父母而演的戲。

從懂事以來，他就沒有朋友，自己到現在也不明白為何會這樣。即便如此，讀國小時倒也靠著閱讀打發時間，堅持了過來。在那個年齡，他就已經把經典童話和古典名著都看了一遍。當閱讀也變得無趣，他開始玩起網路遊戲，將全部精力都獻給《龍與地下城》裡的虛擬人物。

但上了國中後，他漸漸開始無法忍受。也許是青春期的關係，他逐漸意識到周圍，也關注起異性。他對同齡女孩日漸變化的身體產生好奇，每次看到漂亮的女生，都會感到心動，但女孩們對少年漠不關心，讓他十分難過。他希望得到別人的愛，不，他希望交到朋友，但同學都不想理他。他的個頭依然矮小，還戴著厚厚的眼鏡，害羞時講話也總是結結巴巴的。不知從何時起，大家都不再叫他的名字了，改稱他「膽小鬼」。

少年想和大家一起踢足球，休息時一起聊天。他很羨慕那些放學後一起回家的同學，如果自己也能加入他們，如果自己也有個能邊走邊聊的朋友，那該有多好啊。他不是沒有努力過，少年曾故意走到同學面前試著與大家交談，也曾偷聽大家聊天，趁機插入話題，但得到的回應不是被罵，就是被冷冷地無視。

「滾開，你這個白癡。」

一天晚上，寂寞湧上少年的心頭，他鼓起勇氣開口向父母道出自己的困擾。那晚母親困惑不解的表情，和父親一臉疲憊的倦容，他至今仍難以忘懷。

少年思考很久，得出一個結論——大家沒有任何理由，就是討厭自己。

「喂，不覺得他很晦氣嗎？」

「那小子就是個膽小鬼。」

「看他穿的衣服，還是他媽幫他挑的吧。」

「鏡片那麼厚，還戴什麼眼鏡，倒不如把眼睛挖出來算了。」

那些背地裡的竊竊私語，每句話都深深刺痛少年的心。沒有人知道他只是假裝沒聽見，獨自默默忍受這些苦痛。

「嘿，你好。」

這時，有人擋在他面前。他慢慢抬起頭，起初以為自己看到的是幻影，還傻傻地瞪著對方，但女孩仍站在那裡。她散發著薰衣草的香氣，長髮披肩，穿著白襯衫，肌膚乾淨得沒有一絲瑕疵。少年看到白襯衫上隆起的胸部，立刻低下了頭。她簡直像電視廣告裡會出現的少女。

女孩注視著少年的眼睛，微微一笑。

「你在想什麼呢？」

少年說不出話，他心跳加速，不知該如何回答。

女孩看起來比自己年長，是大學生嗎？

她看著害羞的少年再次問道：「你在想什麼呢？我已經問你很多遍了。」

「啊、呃，為什麼這樣問？」

「我看你心事重重的。」

少年的確心事重重、滿是苦惱，可是沒有人肯聽他的心聲。

「你有很多煩惱嗎？」

聽女孩這麼一問，少年差點潸然淚下。

女孩緊緊握住他的手，看著他說：「我想為你祈禱，你願意給我這個機會嗎？」

他看著女孩的臉。她是真心的。她注視著自己的臉說話。瞬間，少年心裡的某個角落徹底崩解，他想痛哭一場，想要對她傾訴自己有多麼辛苦，將自己的故事都講給她聽。

少年決定跟隨眼前這位女孩，不管她會去哪裡。

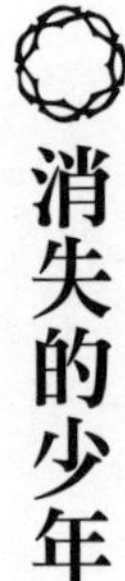

消失的少年

少年跟著女孩，來到深巷裡一棟公寓的二樓。漆成灰色的鐵門上貼著一個紅色的十字架，下面掛著門牌，寫著「耶穌再臨教會」。走進去後，正面有一個祭壇，鋪著紅布的牆上掛著一個大型的木製十字架，下方有五、六人圍坐在桌子前看著書。這些人看上去年齡各異，有五十多歲的人，也有與他年齡相仿的人。

女孩將少年領進角落的小房間裡，讓他坐在裡面的椅子上。到了這時他才發現，女孩剛才的親切完全消失了。

「你先在這裡等一下。」

「那個……」

女孩沒有理睬他，像是完成了任務般迅速離開房間。孤身一人的少年環視四周，四面牆都是灰色的，窗戶也被封死了，牆上只掛著一個十字架。這時，外面唱起了聖歌，歌聲越來越大。不一會兒門開了，一名約四十歲出頭、戴著銀框眼鏡的男子走了進來，面無表情地坐在少年面前，直勾勾地瞪著他。

「你知道自己是誰嗎？」男人沒頭沒腦地拋出一個問題。他絲毫不顧慮對方的感受，就像電影裡會出現的變態一樣，一直瞪著他。

「什麼？」

「你想過自己是誰嗎？」

「我……就是我啊。」

「你是從哪裡來的？」

「我……是父母生的啊。」

「那你的父母又是從哪裡來的？」

「當然是……但你為什麼要問這些？」

「我是為了救贖你。」

「救贖？」

「你現在很痛苦吧？」

「……」

「你知道為什麼嗎？」

「為什麼？」

「這是人類的原罪。因為你積攢下來的罪孽正籠罩著你，而且你並沒有真正認識到自己是誰。」

少年感到害怕。雖然無法明說，但直覺告訴他，眼前的這個人很不正常。他就像充飽氣的氣球，隨時都會爆炸。少年別過頭，那個女孩去哪兒了？到底是哪裡出了差錯？

他感到不安，站起身來。

「請你坐下！」

氣球爆炸了。那男子突如其來的吼叫，把少年嚇了一跳。男子眼中滿是怒火，少年完全搞不懂他為什麼生氣。

「你要幹嘛？」少年再度起身，他沒有理由服從這個男人的命令。「我先回去了。」

「我叫你坐下！」

男子的吼聲更大了，他表情堅定地注視著少年。少年最討厭這種凡事不順自己心意、就大發雷霆的人，學校裡就有這樣的老師。

眼前的這名男子越來越不對勁了，他剛才暴跳如雷，現在又裝作什麼事也沒發生似地繼續說道：「為什麼你不能摘掉那層面紗呢？為什麼看不到美好的主呢？主是如此努力想要救贖受苦的你，可你為什麼就是不懂呢？」他又跺起腳來，對少年說：「拜託你摘下那層面紗吧！」

這個男人真的瘋了。男子站起身，慢慢朝他走去，猙獰發狂的臉漸漸逼近。少年嚇得往後退，但四面都是牆。

「看到你不能理解主的苦心，我實在是忍無可忍！」

男子停住腳，幾乎臉貼著臉注視著他，令人不悅的鼻息噴在少年臉上。

少年鼓起勇氣說：「不要說了。」但男子的表情沒有任何變化，反倒湊得更近了。

「你知道我有多替你著急嗎？」

「我叫你不要再說了。」

「你知道主有多愛你嗎？」

「不要再說了！那個姊姊在哪裡？她人呢？」

男子繼續逼近。

「你為什麼不相信主的愛？」

「我要回家！」

少年邊喊邊推開男子。他打開房門，只見門口站著十幾個戴白色頭套、只露出眼睛的人，真是恐怖極了。他們高唱著聖歌慢慢逼近，那位戴著銀框眼鏡的男子，也獨自在少年身後唱起聖歌，並陶醉地張開雙臂，仰望天空。他真的瘋了。

人們越來越近，他往後退，但身後是那位眼鏡男；出口被堵住了，只有歌聲越來越響亮。無路可退了，他嚇得癱坐在地上，一名戴著白色頭套的人蹲下身來，少年透過頭套上的洞，看到那雙眼睛——是她，那個把自己領到這裡來的女孩。

「讓我為你祈禱吧。」

「姊姊，救救我。」

「這是祈禱。」

上當了。少年心想，他必須盡快離開這裡才行，便用力推開她，從人群的縫隙中跑了出去。快到大門時，只見門前站著一個人正盯著他，瞬間，少年停下了腳步。那個人只是站在原地，既沒有唱聖歌，也沒有激情地祈禱，卻吸引住他的目光。少年打量不出他的年齡，看起來像是與自己同歲，又似乎比自己大很多。他望著少年，露出神祕的微笑，少年也回望他。奇怪的是，少年發現自己邁不開腳步了，他徹底被那個人吸引住了。少年對他產生了好奇心，那種吸引力與領他來的女孩完全不同，他讓少年接受了這一切，獲得被理解的感覺。他微笑著慢慢走到少年面前，接著將手放在他的頭上。他所有的舉動顯得如此自然，不需要任何言語。少年情不自禁地跪在地上。

他說：「哭吧，為你自己哭吧。我將與你同在。」

少年流下了眼淚，用盡全身力氣痛哭起來，將自己內在的壓抑全發洩出來。此刻，他獲得了釋放壓力的快感。

同學，不，那些可惡的混蛋、冷漠的老師以及心知肚明卻袖手旁觀的班主任，所有人都覺得我很麻煩嗎？老師只不過是更喜歡那些可惡的混蛋罷了。

「你怎麼不先試著親近同學呢？哪有人喜歡膽小的人呢？」母親的話，完全沒有顧及少年的感受。請照顧我，聽我說說話。但是父母沒有任何反應，沒有人知道，更沒有人理睬自己。一切痛苦，只能獨自承受，這太可怕了。

可如果是眼前這個人，他一定會了解我，他知道我的難處和痛苦。我相信他說的每一句話；不管去哪裡，我都會跟隨他。也許，我正是為了迎接這一刻而活著。

「主降臨了。」

母親站在窗前俯視著外頭，樓下的孩子們正在遊樂場玩滑梯。坐在長椅上的媽媽們，充滿慈愛地望著自己的寶貝。每個孩子都需要母親，少年的母親望著窗外，心中再次感到自責與內疚。如果從十七樓跳下去的話，或許就能一了百了。

兒子已經失蹤一年了。一年前的某個下午，補習班的老師又打到她公司，因為兒子沒有去補習班。老師打了他的手機，但沒有人接。這種狀況在這個月已經發生四次了。少年越來越不聽話，母親心想回家後一定要跟他好好談談，這次絕不能動怒，要好好聽他把話說完。她雖然心裡這麼想，但總是事與願違。每次跟孩子講著講著，自己也不知怎麼搞的，就提高了嗓門。為什麼會這樣？到底從哪裡出了錯呢？

不久前，孩子向她吐露交不到朋友的苦惱，她也不知該如何寬慰他。她也覺得這是理所當然的，兒子性格內向，比起跟同學一起玩，更喜歡看書和玩遊戲。她反而覺得，兒子是個能集中精力在自己身上的聰明孩子，卻在他十四歲時，突然開口說自己需要朋友。到了這個歲數，父母已經無法出面為他解決交朋友的問題了。母親嘆了口氣，如果可以，她也很想迴避這件事。當時她想，說不定過些日子，事情便能迎刃而解，畢竟每個孩子在青春期都會有煩惱，而這些煩惱終會過去。她覺得與其自討苦吃，袖手旁觀才是上策。想到這，她又接起客戶打來的電話，繼續工作。

弱。

跟客戶的聚餐結束後，晚上十點多她才回到家，但兒子還沒回來。今天丈夫的公司也有聚餐，他提早發了簡訊告訴她會很晚回家。從幾年前開始，這對夫妻就只靠簡訊溝通了。母親坐在沙發上等著丈夫和孩子。忽然，她發覺或許兒子是隨了丈夫，性格才那麼懦弱。

丈夫畢業於普通的大學，靠自己的努力進入了人人稱羨的大企業，這都是他刻苦讀書的結果。但他取得成功後，並沒有以喜劇收場。公司競爭激烈，注重業績。每次業績未達標，主管就會嘲諷丈夫的學歷，使他越來越畏縮。為此，丈夫更加拚命地工作，但他的努力並未得到旁人的認可。因為比起能力和努力，主管更看重學歷。學歷高的人可以搭起人脈，互相扶持。可越是這樣，丈夫越是想要證明自己，更加發憤工作，在家時話也越來越少了。妻子認為這是丈夫嚴重的自卑感和軟弱的性格在作祟。他也沒什麼朋友，只顧做好接收到的任務，所以沒人對他有好感。她覺得像他這種畏首畏尾的人，實在很難生活在這個世界。

接近午夜了，兒子還沒回家。這時，母親才聯絡了班主任。雖然時間已經很晚了，但也沒有其他辦法。班主任說她先跟其他同學打聽一下，再聯絡母親。她很快回了電，原本想打探有沒有人知道少年會去什麼地方，但沒有一個同學知道，大家幾乎都沒和少年講過話。當天，少年在學校也沒講過一句話，接著就失蹤了。

母親終於看清了現實。在自己迴避問題的時候，兒子正經歷著痛苦、忍受著孤單。雖然她當時不知該說什麼好，但她現在很想兒子。或許兒子需要的，不是什麼特別的解決辦法，而是她的一個擁抱，告訴他「媽媽愛你」，再給他買些好吃的。母親決心從此刻起要好好愛護他，但那天以後，兒子就再也沒有回來了。

凌晨三點多，丈夫才提著一堆文件回到家。

「老公，孩子不見了！」

即使聽到這句話，丈夫的表情仍一如往常，臉上彷彿寫著：拜託不要再煩我了，妳自己去解決吧。他已經被世界擠壓到失去了自我，恨不得逃避一切。連自己的痛苦都無法承受的他，眼中只剩無助與懦弱。母親突然明白了，正是他們夫妻倆的這種表情，有如一堵高牆，擋在兒子面前。

就這樣，少年失蹤了。

一年過去。此時已經過了午夜，樓下空無一人，母親仍凝望著遊樂場。

十七樓，跳下去的話，就能一了百了，瞬間就能結束生不如死的生活了。這種痛苦，究竟該如何表達呢？彷彿每次呼吸都覺得疼，腦子裡就像有千軍萬馬在奔騰一樣，總讓我覺得想吐。但比這更痛苦的，莫過於……兒子失蹤了。我朝思暮想的兒子，就這樣不見了，而我這個做母親的……十七樓，只要跳下去，就能解脫了……

但今天，她仍沒有往下跳。她相信兒子正在某處尋找著自己，因此無法放棄希望。就在這時，手機響了，是不認識的號碼。母親不假思索地接起電話，也許有人看到了尋人啟事，打了過來。

「喂。」

沒有人回應，只傳來緊張的呼吸聲。

「喂，您是哪位？聽得見嗎？」

呼吸聲持續著。母親對這聲音並不陌生，那正是她心心念念、無法忘記的聲音。難道又是自己幻聽嗎？過去一年裡，她聽錯了無數次。

她又懇切地問道：「你是誰？」

「……媽。」

彷彿隱隱約約傳來兒子的聲音，該不會是幻聽吧？

「媽媽。」

真的是兒子的聲音，那聲音如此熟悉，她無時無刻不在思念。

「媽媽。」電話另一頭的兒子叫著「媽媽」，才正要開始說話，電話卻立刻被切斷了。

◎難以釋懷的刑警

鄭巡警巡邏完之後，回到一山分局轄區派出所。他泡好即溶咖啡、正打算坐下來休息時，一位四十歲左右的女子突然推門而入。她看起來精神恍惚，一臉焦急地看著他，同時將自己的手機遞了過去。

「打電話來了！」

「什麼？」

「我兒子打電話來了！」

鄭巡警一時搞不清楚狀況。

「請您稍微冷靜點，然後再說一遍。」

他看著這名女子的眼睛，她顯得極度興奮，不免懷疑是否是個瘋女人。

「我兒子一年前失蹤，就在剛剛，他打電話給我了！」少年的母親仍拿著手機要遞給鄭巡警。

「那應該會有失蹤報案紀錄，您兒子叫什麼？」

「珉才，金珉才。」

鄭巡警打開電腦檔案，確認失蹤報案紀錄，的確找到一年前的報案。

「是的，這裡的確有紀錄。」

女子的表情顯得更著急了。

「您說您兒子打電話來了？」

「我剛都說了！」

「您先冷靜下來，他在電話裡說了什麼？」

「他叫我『媽媽』！」

「還有呢？」

「媽媽，他叫我媽媽了！你快點找出打電話的地方，趕快調查，快找回我兒子啊！」

女子的叫喊聲充斥在狹小的派出所，把坐在後頭整理文件的朴所長嚇了一跳，其他巡警也跟著緊張起來，大家都膽戰心驚地注視著她的一舉一動。鄭巡警看著她，心想再拖下去搞不好要出大事了。

「我知道了，我現在就來聯絡分局。」

鄭巡警迅速撥通了一山分局的電話。

†

崔辰赫寫好移交檢察時的所需文件，終於處理完管轄區內的殺人案。他一屁股坐在椅子上，感到精疲力盡。

這是一起令人髮指的殺人案，有正經工作的三十五歲男人，竟只是因為比自己小十歲的女友提出分手，便把她殘忍地殺害了。男子用廚房菜刀，在女生的胸部和腹部共刺了二十餘刀。殺了人後，他一臉淡定地待在現場。鄰居聽到慘叫聲後報了警，警察就在現場將其逮捕歸案。他沒有做出任何反抗，反倒顯得理直氣壯。

崔辰赫抵達時，感受到現場瀰漫的憤怒與執拗，令他毛骨悚然。被害者鮮明的血跡還留在地上。她為了躲避凶手的追殺，流著血不斷後退，男子的腳印也緊緊跟隨到最後。血跡一直連到了書桌下方，證明這名女子為了活下來，曾拚命躲進書桌底下，但凶手還是拿菜刀狠狠砍向她。血跡遍布房內，沒有一處空白。面對要殺死自己的前男友，那女子說了些什麼呢？放過我吧？這顯然沒有意義。地上的血跡，充分證明了她為了活下去所做的努力。

凶手李玄秀是中小企業的業務員。審問中提到被害者時，他說道：「她竟敢背叛我，和別的傢伙談戀愛，我忍無可忍！那個賤人竟敢這樣對我！」他憤怒到整個人都在顫抖，就像自己蒙受了極大的恥辱。即便女友已經被自己刺了二十幾刀，人躺在醫院的太平間裡，到現在他仍無法接受她要分手的事實，不，連女友的死他都無法原諒。在李玄秀心中，她應該要活下來忍受折磨，承受他所有的憤怒。凶手之前也接過三次法院的警告，禁止他接近前女友。也許，這是早就可以預測到的結果。

崔辰赫看著李玄秀，為了掩飾湧上心頭的憤怒，他用雙手搓著臉。這種敗類太多了，他們都是無法接受被分手的男人，渴求對方的愛，並執著地想要擁有和控制對方。當女友離開他們時，這些敗類除了發洩憤怒和怨恨，什麼都不會做；更無能的男人，則會把憤怒和怨恨發洩在女人身上。

到底是哪裡出了錯呢？這算是愛情嗎？這只是不成熟的人在尋求自我安慰吧。但這種情況下，被犧牲的總是女性，她們只不過是想談場戀愛而已。當那名女子想要結束這段戀情，得到的卻是這種下場。這種無能為力的感覺，讓崔辰赫感到害怕。雖然不知道二十五歲的女孩子，未來的人生會走向何方，但至少不應該結束在一個只交往了幾天的男人手裡。

這種案子即使結案了，他心裡也不會好受。如果能看到那些凶手因自己犯下的罪行而感到後悔、痛苦，多少還能獲得些成就感，至少會覺得世界被淨化了；但看到像李玄秀這種絲毫不會反省的傢伙，只會讓人怒火沖天。這種敗類是絕對不會反省自己的。

這時，崔辰赫接到轄區派出所鄭巡警打來的電話。前不久，他們一起逮捕了通緝犯。

「崔刑警，我是鄭巡警。」

「喔，有什麼事嗎？」

「是國中生失蹤的案子，孩子的母親找到派出所來，你們恐怕得過來一趟。」

電話另一頭傳來女人的叫喊聲，崔辰赫可以想像場面有多混亂。

鄭巡警以焦急的語氣簡單說明了情況，他則把失蹤少年打來的電話號碼，交給剛進辦公室的尹智源，讓她去確認電話撥出的地點。尹刑警立即向電信公司申請協助，很快便得到回覆。孩子母親接到的電話，是從分局開車約一小時左右的郊外打來的。從放大的監控畫面研判，地點位於山裡。

一年前失蹤的少年，從山裡打來電話，這也太奇怪了。

「鄭巡警，我們現在就過去。」

「可能要快一點，孩子的母親……」

鄭巡警焦急地說完，崔辰赫便掛斷了電話。他穿起椅背上的夾克，搭檔尹智源冷淡地看著他，那副表情讓他感到憂心。

尹智源畢業於警察行政系，準備了兩年通過考試後，正式入行當起警察，晉升時被調到了刑事偵查課。大多數的人都認為警察是一份安定、可以做一輩子的職業，但她可不這麼想。每起案件她都全心全意地投入調查，特別是李玄秀的殺人案，她顯得比以往更加執著。而即便已經掌握到了確鑿的證據，她還是會深入進行調查。就像這次，她不讓犯人睡覺，一直逼問到底。她想讓李玄秀徹徹底底地知道，殺害前女友的報復心理是多麼幼稚拙劣。很多犯人會在審問的過程中反抗，但在她面前，他們多半會原形畢露。不過這次，李玄秀並沒有反省自己，尹智源因此感到氣憤不已。案子結束以後，她甚至馬不停蹄地跑去探望被害者家屬，安慰對方。這麼做明顯超越了警察工作的範疇。

「前輩，國家怎麼沒有針對被害者家屬的相關政策呢？」

事實上，清掃現場的工作，都是由被害者家屬親自處理。父母要以怎樣的心態，去打掃慘遭殺害的女兒的房間呢?崔辰赫心裡也很不舒服,但他就此打住,說些惋惜的話以後,便將煩惱拋諸腦後了。可是尹智源做不到,她堅持去探望被害者家屬。

「妳辦案不要太投入感情了。」

「可我想這麼做。」

「以後要處理的案子多得很,難道每次妳都要這樣嗎?」

「那不好說,但這樣放著不管也太不負責任了。一個人突然就這麼沒了,她沒犯過任何錯,沒有任何道理就被殺害了。她的家人能接受嗎?活著的人還能過上正常的日子嗎?這不僅僅是一個人死了,就連那些活著的人,他們的人生也都被毀了啊!」

崔辰赫看著搭檔,突然覺得或許在她心裡也曾歷過那種痛苦吧。

「我無法忍受一個人就這樣不明不白地被殺害,既覺得荒謬,心裡也很難受,所以我沒辦法袖手旁觀。如果不去做些什麼,我怕我會一槍打死那個混蛋。」

尹智源清澈的眼睛望著啞口無言的崔辰赫。「我真想一槍斃了他。」

「……有案子,走吧。」

聽到崔辰赫的聲音,她一臉得救,立刻拿起外衣。如果無事可做,只會想起那個案子,徒增煩惱。轉移注意力才能在這個地獄裡堅持下去。

「吳組長呢?」

吳珠妍組長是他們偵查一組的直屬上司,比崔辰赫還要小五歲。

「還不知道會不會立案,先不用聯絡她。好不容易放假,讓她休息吧。」

「說得也是，聽說她去約會了。」

「那就更不能打擾她了。」

「是啊，那我們趕快走吧。」

尹智源穿好外套走到走廊，崔辰赫緊隨其後。他突然想起過去的老搭檔張刑警。張刑警性格粗獷剛烈，跟他搭檔的時候，兩人一起對死不認罪的犯人拳打腳踢，直到他們招供為止。因為這樣，兩人不時受到處分。張刑警直到退休都還是基層警員，但他不在乎什麼警銜，唯一關心的就是打到犯人招供。崔辰赫懷念起過去的時光，但他覺得新搭檔智源也很不錯，說不定比張刑警更好，或許自己更加依賴這個年輕、肯賣命的女搭檔也說不定呢。他一聲不響地跟著尹智源。

†

派出所的狀況比想像中還要糟糕。孩子的母親依然處在亢奮狀態下，要求他們立刻去找回自己的孩子，搞得員警們不知所措。崔辰赫見狀也不敢輕舉妄動，沒什麼比失去孩子的母親更可怕了。她揪住鄭巡警的衣領搖晃起來，周圍的人趕忙上前勸阻，但沒人能制止失去理性的她。

這時，尹智源走了過去。

「請等一下，您來抓我吧。」

尹智源挺身站在女子面前。孩子的母親看到她冷靜且誠懇的表情，反倒不知該如何是好。

「我們是分局偵查課的刑警，偵查一組，一山分局最優秀的小組！我們接到電話立刻趕來了，從現在開始會展開調查。我們已經找出撥打電話的地址，這就要去找您的兒子，請您先冷靜一下，您這樣只會耽誤時間。」

孩子的母親呆呆地看著她。

「我們知道您很著急，但請先冷靜下來。麻煩盡可能告訴我們孩子失蹤的背景，這樣才會對調查有幫助。」

「一定要找回我的兒子啊！我的珉才……拜託妳找到他。」

「請您冷靜下來，我們現在就要去找您的兒子。」

母親突然癱坐在地上，哭了起來。

「求求妳，求求妳幫幫我，把我的兒子珉才找回來。」

她坐在地上痛哭不已，淚水止也止不住，彷彿將長時間忍受的痛苦，徹底宣洩了出來。尹智源抱住孩子的母親，又一次全心全意投入案件當中。

正好碰上下班尖峰，市區外圍被堵得水洩不通。車子擠在公路上寸步難行，開了一個半小時才出了市區。崔辰赫想到那位丟了孩子的母親急切的表情，接著又想起自己八歲的女兒秀雅。光是想像她失蹤，崔辰赫就已經無法承受了，因此他能理解那位母親的心情。她癱坐在派出所地上，不斷哽咽。整整一年，她是如何忍受那種無助與痛苦呢？那孩子一定要平安無事啊。

尹智源幾乎兩個星期沒睡覺了。即便稍微睡著，也會馬上被惡夢驚醒。夢裡，那位殺害前女友的李玄秀直盯著她瞧。當女生走進房間後，他也跟了進去。尹智源為了逮捕他，正要起身跟過去，但身體怎麼也動不了，寸步難行。她必須跟進去，阻止那個瘋子，但身體還是一動也不動。她想大喊：「那個瘋子就在屋子裡面！」絕不能讓他殺人，但她連聲音都發不出來，那句話只能迴蕩在心中。尹智源束手無策，最終一無所獲，只能感受到無力和痛苦。

就這樣，她被嚇醒了，一看錶才發現只睡了十分鐘左右。醒來後，她的胳膊和腿都發麻了，可能是手臂太用力的關係，手肘內側很痛，但更令她痛苦的是，現實其實就如惡夢一般。一個人就這樣被殺了，再也無法挽回，即便審問李玄秀、逼他認罪再移交檢察，最終關進監獄，也改變不了這一切。尹智源無法接受那名女子已經死了。這起案子讓她感受到極大的憤怒與絕望，但她能做的，只有把那個傢伙抓起來關進監獄，再怎麼審問、叫喊和譴責都已無濟於事，女子的死亡已成定局。

李玄秀最初行使了緘默權。當時尹智源與他面對面坐在狹小的審訊室裡，他面不改色，直視著她，目光裡不帶一絲感情，像是在輕蔑全世界一樣。她則忖度著該怎麼做，才能讓眼前這個混蛋在接下來的日子裡活得痛不欲生。

「看來那女生並沒有愛過你嘛。」

李玄秀愣了一下，瞪著尹智源。他在顫抖。

「你單戀人家，最後把人給殺了，還說什麼交往過，都是你在扯謊吧？」

「那個賤人愛過我！可她竟敢、竟敢……竟敢那麼對我！」

尹智源看著有如在發瘋中掙扎的犯人，說：

「那不叫愛，叫『執著』，只有你一個人在執著。」

「閉嘴！」李玄秀面色絕望，整張臉開始扭曲起來。沒有比面對醜陋的自我更可怕的事了。他終於崩潰了。

李玄秀認罪的當天，崔辰赫請尹智源喝酒。崔辰赫喝醉後，對她說：「尹刑警啊，辦案別太感情用事了，妳會受傷的。」

「前輩，可是我心裡還是很難受。」

崔辰赫無言以對。

†

現在的崔辰赫也不知道該說什麼。失蹤的少年，一年後突然現身了，沒有人知道少年在那裡是否平安無事，萬一有什麼三長兩短，他的母親又要如何度過下半輩子呢？他長嘆口氣，還是想些別的吧，不要再想這些了。

尹智源轉過頭，看向開著車的搭檔。一年前她剛調到一組時，覺得崔辰赫是個粗魯、俗不可耐的人。一開口就是髒話，對待犯人也很粗暴，對自己更沒有好眼色，凡事只會冷嘲熱諷。

「哪兒安全就到哪去，妳還是坐辦公室、找些女人做起來容易的活算了吧。」

後來，有次她在巷子裡追趕竊盜犯，被刀子劃傷了胳膊。雖然傷得不重，但崔辰赫制伏揮刀的盜竊犯後，差點打死了他。

「你竟敢弄傷我們組的妹妹！」

看到那一幕，尹智源才明白崔辰赫木納、粗魯的外表下，有顆怎樣的心。從那件事以後，她與他便走得比較親近了。

「妳個女孩子，怎麼吃相這麼狼狽啊？」

「你不也一樣，還敢說人家。還有，吃相那麼難看，拜託你不要講話了。」

他們的對話也越來越粗魯。

「前輩，衣服洗洗再穿嘛。嫂子是不是離家出走了啊？也難怪，哪個女人能跟你過下去嘛。」

崔辰赫聽了也只是呵呵一笑，接著一拳打在尹智源的肩膀上。她自認加入了一個優秀的小組，雖然大家有些粗魯，但都是些坦率、正直的大叔。這些大叔為了追捕凶手，不惜熬上幾天幾夜。

聽到尹智源申請加入偵查一組，之前小組的同事都跑來勸她。

「妳堅持不了的。」

「女人家去什麼偵查組啊。」

「偵查刑警？那可不是一般人幹的。」

是啊，她也知道，偵查組不是誰都能進的，至少要像自己這樣的人才有資格。像他們那些只會處理別人交代的工作、就為領薪水的人根本不夠格。

尹智源想成為一名優秀的刑警，她想抓住壞人，維護世界，讓善良的人得以幸福生活。警察考試第三次面試的時候，考官反問她，這樣的回答會不會太理所當然了，可這就是她想要維繫的世界，理所當然。

天越來越黑。從外環路開進國道後，車輛明顯減少。崔辰赫加快速度，迎面偶爾可以看見非法改裝前燈的車輛，光線刺眼地奔馳而過。每當閃過一輛車，他就會破口大罵，但未因此減速。崔辰赫和尹智源都希望少年平安無事，一路上他們沒有開口提到他，就怕禍從口出。

車子漸漸開進人煙稀少的地方。

†

當車子抵達電信公司確認的地點時，天色已經徹底黑了，很難確認周圍的狀況。目前他們位於山中，導航信號停止的地方，出現了一間教會。

教會在車道一側進入岔路小徑的山腳下。崔辰赫再次確認電信公司傳來的地點，接著把車停在小徑上。他倆一聲不響地坐在車裡。呼吸聲充斥在小小的空間中，規律的聲音彷彿是種不祥的徵兆，預測不久後將要面對的恐懼。

兩人下了車，巡視四周，沒有發現任何異常，唯獨紅色的十字架看上去特別顯眼。漆黑的山裡好似只有那個十字架懸在空中，像是要升上天空一般。他們互看一眼，有種不好的預感。崔辰赫勉強笑了笑，她也跟著笑了出來。儘管如此，心中的不安還是沒有退去。兩人朝十字架慢慢走去。

尹智源腳下踩著鬆軟的泥土，每踏出一步都莫名緊張，彷彿自己被某種力量向下牽引。簡直就像有人再說，來吧，下來吧。

她越發不安。這太奇怪了，一年前失蹤的少年竟然從這麼偏僻的山中教會打電話過來。這間像是埋在山腳下的教會，給人一種超乎尋常的感覺。應該不會有人到這裡來的。

「或許信徒都生活在裡面？難道少年也是？」尹智源猜測著。

來到教會門口，她望向裡面，更加確定了自己的想法。緊閉的鐵門是本館，另一側還建有組合式建築，應該是信徒集體生活的地方。這是一間封閉式的教會。崔辰赫搖晃了幾下鐵門，門被幾個鎖頭鎖得牢牢的。他再拿出手機的手電筒照亮周圍，什麼也沒有。

「有人嗎？有人在嗎？」崔辰赫連續呼喊了幾聲。

大概過了五分鐘左右，他不安地看向尹智源。看到他臉上籠罩著黑暗，尹智源也不安了起來。

「沒理由聽不到啊。」崔辰赫打算從鐵門翻過去。

「我們等支援到了再說吧？」尹智源一臉不安地看著他，但他還是一下子翻了過去。

他站在鐵門另一頭看著搭檔。「妳等著吧。」

尹智源二話不說也跟著翻了進去，站到他身邊。

「我不是膽小，是慎重起見。」

這的確是尹智源會說的話。

「總覺得心裡毛毛的。」

「其實，我也是，總覺得哪裡不對勁。」

他們互相看著彼此。

「但萬一我們申請了支援，等到人來了卻什麼事也沒有……」

「那就出洋相了。」

「是啊，我們先進去看看，妳跟在我後面。」

尹智源搶先一步，丟下一句：「前輩跟著我。」

崔辰赫笑了笑，兩人慢慢朝裡面走去。越是靠近教會，隨風飄來的腥味讓他越發反胃。難道？不會吧……崔辰赫壓抑著不安的心情，推開教會大門。

他後悔了。他應該等待支援，應該讓其他人先進去的，又或者，應該和其他人一起看到這一幕。再不然，至少晚一分一秒看到也好。

天啊……

崔辰赫嚇得不知所措。這輩子，他都將因這一瞬間而深感恐懼，夜裡作惡夢。不管身處任何幸福的時刻，只要想起這番光景，都會被拉近惡夢中。

看看這人間煉獄吧。世上竟然會有這樣的黑暗，哪裡還有幸福呢？

眼前的景象彷彿在對他們說：你們逃不掉的。別想從這情景、這黑暗中逃走。

尹智源已經渾身顫抖起來了。

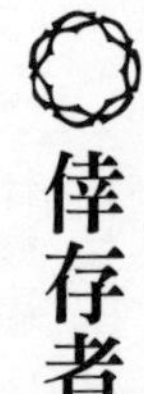

倖存者

一百多具屍體堆積在教會中，整面牆被血染成了紅色。地面上積滿血水，腥味撲鼻。「咯吱」，教會深處的角落傳來腳步聲，有人正朝外面走來，「咯吱、咯吱」地響。

崔辰赫和尹智源沒有放鬆警戒，慢慢循著聲音走去。黑暗中漸漸出現了一個人影──一名男子滿身是血地走來。體型有些矮小，要說他是成人似乎有點牽強。兩人小心翼翼地走上前，男子停下腳步。

黑暗中，他的輪廓看上去像是一名少年，大概是國中三年級或高中一年級，但身型很小。尹智源打開身旁的電燈開關，燈閃了幾下才亮起來。原本籠罩在黑暗中的教會，現在赤裸裸地展現在眼前。

兩位刑警在燈光下仔細端詳著少年。空洞的眼神，渾身是血的衣服，蒼白的臉，瘦弱不堪的身體，戴著一副小眼鏡。他就是失蹤的少年嗎？但那雙眼睛有些異樣，他究竟在看什麼呢？尹智源靠近少年，盯著他的眼睛問：「你是珉才嗎？」

少年面無表情地望著她。

「你是珉才吧？珉才，沒事了。」

但他的表情依舊沒有變化，從他的眼裡也看不到絲毫情感，尹智源從未見過這樣的神情。人類是無法表現出這種毫無情緒的表情的。崔辰赫也走到少年身邊，目光交會的瞬間，他突然覺得不寒而慄。

「你是珉才吧？」

少年仍然沒有反應，也不知道有沒有在聽。他就像被固定住的動物標本一樣，呆站在原地。

†

梁炯植洗著碗，妻子正看著他的背影喝茶。久違的閒暇時光，他想牽著妻子的手和她一起聽聽音樂。之前負責的案子令他神經緊繃，現在終於可以好好放鬆一下了。

這時，餐桌上的手機震動起來，是偵查一組的尹智源刑警打來的。看到她的手機號碼，便可以知道發生了緊急的案子。瞬間，梁炯植的神經又緊繃了起來。

「喂。」

「課長，我是尹智源。」

「什麼事？」

尹智源簡單匯報了現場狀況。雖然她辦案有時會感情用事，但當下她的聲音顫抖得非常厲害。

「知道了，我馬上就到。你們保護好現場。」

他掛了電話，坐在家裡發了一陣呆。突然間，恐懼與不安從內心深處翻湧上來，他感到暈眩、想吐。梁炯植好不容易平穩了呼吸。

一百多人死在教會裡，就目前看來倖存者僅有一名。

彷彿有人從自己拚命想擺脫的記憶中跳出來，抓住他的腳踝一樣。

一九九二年十月二十八日是被提的日子。那天，梁炯植和母親一起待在教會。據牧師所言，這個世界將變成地獄，而教會是唯一可以保護這些被上帝選中的信徒的方舟。約定好的被提時間漸漸逼近，聚集在教會裡的信徒們都忘我地呼喊，祈求上帝將自己帶入天堂。母親懇切的表情、興奮的聲音和瘋狂的眼神讓他感到害怕。他緊緊抓著她的手，希望她能回到原來的樣子，但過去的母親早就消失了。

以前，母親是個愛笑、如陽光般燦爛的人，但在父親死後，一切就變了。梁炯植的父親在出差回來的路上遭遇車禍，死在高速公路上。父親的車與疲勞駕駛的大型貨車正面相撞，雖然對方不是故意的，貨車司機也當面道了歉，父親還是沒能救回來。這世界上所謂的道歉都無法挽回任何事，僅僅說句「對不起」是沒有任何意義的。貨車司機一家人還是會繼續生活下去，留下的只有失去父親的梁炯植和母親相依為命。一句對不起，船過水無痕。

母親受到極大的打擊，從此一蹶不振。現在想來，父親是那麼深愛她。梁炯植還記得那個充滿陽光的午後，父親望著正在煮飯的母親。那間房子日照極好，父親的笑容裡滿是愛意。那正是愛情，而那裡正是充滿了陽光與愛的家。但愛消失了，徒留陽光，那光芒也不同於以往，顯得如此殘忍。

母親無法接受父親離開的事實，整日以淚洗面。有一天，住在隔壁的鄰居突然找上門。那位阿姨能嗅出不幸的氣息，專挑遭遇不幸的人家。她是名虔誠的信徒，梁炯植很討厭她，她的眼神凶狠，而且有種失魂落魄的感覺。母親還是跟著她去了教會，沒過多久，她也成了虔誠的信徒。但那不是正派的教會，而是被提教會。不知不覺，母親的眼神也變得和那個阿姨一樣了。

梁炯植打起精神，作嘔的感覺略微平復下來。

「有個案子，我得趕過去看看。真抱歉啊。」

「這麼晚了？」

「還是得去看看。」

「那我給你煮點咖啡。」

妻子走進廚房。梁炯植望著她的背影，想上前從後面緊緊抱住她。如果有一天，他把自己的痛苦與傷痛告訴妻子，會發生什麼事？她可以承受得住嗎？他搖了搖頭，立刻打消這個念頭。萬一妻子選擇離開自己，他會崩潰的。他沒有信心在這虛假、毫無意義的世界裡支撐下去。就算一切都是虛假的，就算自己無法接受，只要妻子還在身邊就好。梁炯植希望能就這樣多看看她。妻子端來了咖啡。

他將妻子煮好的咖啡裝進隨行杯，來到地下停車場。坐上車，發動引擎，他懇切地祈禱著，一定要清醒地堅持下去，千萬不能倒下。咖啡的香氣，讓他想起妻子。他駕車迅速趕往現場。

†

一山分局偵查一組的吳珠妍組長正和朋友介紹的男子喝酒。他把她請到自己居住的聖水洞，帶她去了一家自己經常光顧的啤酒屋。店面是廢棄工廠改造的，棚頂很高，空間也很寬敞，周圍還展示著各種創作，是一處新穎、有趣的地方。她很喜歡這裡，連續喝了幾杯啤酒，不知醉意是來自周圍的氣氛，還是酒精的作用。

這是第三次約會了。高中同學介紹他們認識，初次見面時吳珠妍就很喜歡這個男人。他三十五歲，是音樂雜誌的記者。雖然沒有英俊的外表，但給人的印象很隨和，性格也不張揚，從言談舉止中看得出他很有自信。他知道很多有趣的書、電影和音樂，也有很高的藝術修養。他在吳珠妍面前溫柔地講著有趣的故事，特有的低沉嗓音令她心動。

上次見面的時候，吳珠妍聽他講故事都忘了時間，兩人在地下音樂吧一直坐到凌晨四點。第二次約會，男人為她點了納京高（注）的歌，面積不大的音樂吧裡迴蕩著男中音美妙的歌聲。後來他還點了邁爾士・戴維斯和約翰・柯川等爵士名家的歌曲。吳珠妍雖然是第一次聽到這些歌，但她十分喜歡。原來還有這樣的世界啊，她對引領自己進入這陌生世界的男子心生好感。真是美好的約會。

讀高中時，吳珠妍就將警察大學設為目標，沒有想過談戀愛之類的事，也沒有那種閒暇時間。她的努力最後得到了回報，如願考上警察大學，但她並沒有因此而滿足。同屆的新生每個人都很出色，她不甘落後，激烈的競爭又開始了。以培養警察精英為目的的警察大學，有著相當嚴格的學業標準，若是稍有鬆懈，就很難再跟上進度，所以從頭到尾她就沒有時間談戀愛。

義務服役結束後，當大家都被律師事務所或大企業以誘人的條件挖角，吳珠妍選擇留下來，她想成為一名成功的警察。以優異的成績畢業後，她出任過機動大隊隊長，之後被調到一山分局當起組長，率領偵查一組。她沒有申請去人事部或情報部那種女性偏愛的部門，而是選擇了偵查組，就足以證明她擔任警察的信念。從晉升方面來看，人事部或情報部雖然更有優勢，但比起坐辦公室的工作，她更喜歡在現場磨練。與那些機動打擊部隊出身的警員共事，經歷艱苦的日子後，她終於受命領導被譽為「分局的自尊心」——偵查一組。

吳珠妍認真不懈，為了不被資深的老刑警牽著鼻子走，她合理地分配工作；為了不讓自己失去重心，她堅持按照原則辦事。她所付出的努力，漸漸獲得老刑警的認可。最初，

注 Nat King Cole（一九一九年三月十七日～一九六五年二月十五日），美國音樂家，以出色的爵士鋼琴演奏而聞名，其柔和的男中音亦頗負盛名。

他們根本不將她放在眼裡，但即使未獲得認同，她也只是一心埋首於工作。需要潛伏的時候，她堅持熬夜數日，凌晨才回家。為了逮捕犯人，她衝進男澡堂；為了逮捕有教唆殺人嫌疑的黑社會，還曾打扮成陪酒女郎，埋伏在聲色場所長達一個星期。為了工作，她從未賞過一次櫻花，但也因此站穩了腳跟，豎立起領導的威嚴。後來也發生過幾次大案，每次老刑警們都想試探她，但最後也不得不認可她的能力。

有一回大案子結束後，聚餐時崔辰赫舉著酒杯對她說：「組長，妳真了不起，佩服啊。」吳珠姸聽了，幾乎溼了眼眶，但她強忍淚水，笑著淡淡說了句：「這算不了什麼。」

解決完重大的案子後，要好的高中同學將這名男子介紹給她。這是她第一次與異性面對面聊著平凡的日常。或許正是這個原因，她欣喜不已。話題裡沒有死人、證物、嫌疑犯，或上司施加的壓力，而是喜歡的書、電影。這完全是另一個世界，沒有血腥味的世界，這樣就足夠了。

這時，電話響了，是尹智源打來的。吳珠姸馬上回到了現實。

「喂。」

屬下簡單說明了案件情況。

男子坐在對面，驚訝地看著她。

「對不起，分局出了大案子。」

「現在？」

吳珠妍沒有回答，直接跑了出去。這時她才意識到自己穿著高跟鞋和印花洋裝，還化了濃妝。先回家再趕過去的話就太遲了。剛好附近有間大型超市，她跑進去買了最普通的褲子、襯衫、運動鞋，然後走進廁所卸了妝，換好衣服。她將狠下心來買的洋裝和高跟鞋裝進紙袋，突然意識到自己今天穿著高級性感內衣。

「期待什麼呢。」她噗哧一笑，上了停在超市前的計程車。

†

梁炯植抵達現場時，管轄分局的人已經圍起了警戒線。他做了個深呼吸，下車走進現場。尹智源坐在角落，守著圍毛毯的少年，看到他時敬了個禮。崔辰赫站在不遠處，正和管轄分局的刑警講話，看見他時敷衍地敬了個禮，又繼續說起話來。崔辰赫對他的態度多少有些不屑一顧，但他並不在乎。

尹智源走上前，簡單匯報了現場的情況。

「我向分局長報告過了，現在科學調查組和國科搜能派來的人正趕過來。」

「吳組長呢？」

「就快到了。」

梁炯植朝教會走去，他必須親眼看看，逃避是沒有用的。他看到一旁嘔吐的員警，守在教會周圍的巡警臉色也很差。梁炯植慢慢走進教會入口，看到十字架的瞬間，血腥味撲鼻而來。他毫不猶豫地推開大門，走了進去。雖然他顯得出奇冷靜，身體卻有種在下沉的感覺，不斷下墜、下墜，彷彿再也上不去了。

終於，惡夢中最駭人的場景呈現在他眼前，就像終於遇見遲早該面對的惡魔一般，他回到了逃避多年的地獄中。

媽，我來了。

第二名倖存者

少年圍著毛毯呆坐在地上，梁炯植蹲下來看著他，但他沒有任何反應。梁炯植將臉湊得更近，又觀察了一會兒少年空洞的雙眼，但他依舊毫無反應。

尹智源走了過來。「他一開始就沒有任何反應。」

「他是目前唯一的倖存者嗎？」

「是的。」

少年的靈魂像是被抽走一般。究竟發生了什麼事？

隨後救護車趕到，少年被抬走了，偵查組的刑警也一起上了救護車。

「好好看著他。」

「好的。」刑警一臉緊張地回答。目前為止，少年是唯一的目擊者。

†

「唉呀，妳瘋了嗎？我才不會去那個山裡呢！」

吳珠妍搭乘的計程車雖然開到了山腳下，但司機拒絕開上山。

「這位小姐，大半夜的妳幹嘛非要到山上去呢？」

她原本想出示警證，最後還是付錢下了車，接著開始往山上跑。登山可是她的強項，讀警察大學的時候，她從沒輸給同屆的男生。

「小姐，半夜三更的妳去山裡幹嘛啊？那山裡面之前出過好多事呢！住這周圍的人天黑以後連看都不看那山一眼——」

吳珠妍沒理睬他，繼續朝山上跑去。十五分鐘左右，她全身是汗地抵達現場。基礎偵查人力已經趕到了。

梁炯植站在臨時圍起來的停車場，望著教會陷入沉思。管轄分局和一山分局的刑警在現場忙得不可開交，崔辰赫和尹智源也忙著處理現場。管轄分局的刑警都顯得很不爽，因為這是他們管轄區內的案子，卻被一山分局搶得先機。

吳珠妍走到梁炯植身邊。「課長，我來晚了。」

「沒事。」

「我去看一下現場。」

「吳組長，」梁炯植轉過頭看向她，吳珠妍在他的臉上讀出了某種情緒。「用不著去看了，妳負責現場指揮就好。」

向來冷漠無情的梁課長，竟然講出這種話。

「沒事，我還是親自去看看比較好。」吳珠妍朝現場走去。

剛要過警戒線，管轄分局的巡警攔住了她。

「小姐，這裡不能隨便進入。」

小姐？吳珠妍雖然卸了濃妝，但身上還有很濃的香水味和酒味，再加上超市買的衣服和褲子，與現場太不搭了。

崔辰赫上前推開了管轄分局的巡警，拉高警戒線。

「吳組長，進來吧。這位是一山分局偵查一組的組長，笨蛋。」

「嗯？」巡警一愣，立刻敬了個禮。

吳珠妍回禮後走了進去，崔辰赫跟在她身邊簡單做了匯報。過去連招呼都不打，甚至從不正眼看她的崔辰赫，現在卻變得這麼主動。

「也不用一定要看現場啦……」崔辰赫也來阻止。

「大家今天是怎麼了？崔刑警，我可是負責人啊。」

「妳看照片也行啊。」

「拜託，我可是偵查一組的組長，你忘了嗎？」

說完，吳珠妍自信滿滿地走了進去。她在心裡反覆默念著，不管看到怎樣的場景，我都不會動搖。

臉色煞白的尹智源站在那裡，看到組長走來，敬了個禮，眼神卻也在攔阻她。

組長，還是回去吧。

也許大家是對的，但吳珠妍還是走了進去。

看到現場的當下，她在心底大喊：該死的，大家怎麼不阻止我到最後嘛！

†

一山分局的偵查人力也陸續抵達了。梁炯植在現場召開緊急會議，偵查人員齊聚一堂，大家都顯得很緊張。他開始分配工作。

「一組負責掌舵。」

「是。」

梁炯植的意思，即是由一組負責指揮調查。一組組長吳珠妍一臉理所當然的表情，但資深的二組組長卻很露骨地表示不滿。

「憑什麼都交給一組啊？」

三組組長露出苦笑，二組的刑警跟組長都顯得十分不滿。大家喃喃地罵著髒話，但梁炯植全當沒聽見。

「二組負責支援。調查期間，二組和三組聽從一組指揮。」

二組組長轉過頭去，默不作聲。他是四十五歲的老刑警了，也是前國家代表隊常備軍的柔道選手。他曾單槍匹馬潛入黑社會的巢穴，以一敵七制伏了所有人，如今卻要聽從一個三十歲女人的指揮，或許這對他來說，簡直就是一種恥辱。雖然二組組長板著臉背對著梁炯植，但也沒有再反駁什麼。

「一組和二組把手上所有的工作都交給三組。三組做好現場分析、負責分局的例行公事和後方支援工作。」

氣氛更僵持了，人緣好的三組組長出面緩和。「我說，大家都聽明白課長的指示了吧？好啦，開始工作吧。還等什麼呢？快點行動起來。」

刑警們邊抱怨邊解散了。

「組長，請你多多費心了。」

梁炯植鄭重地向三組組長拜託後，便轉身離開。三組組長拉走一臉不滿的二組組長，遞了根菸給他。竟然要聽從一個乳臭為乾的年輕人指揮，可這也是沒辦法的事情。如果是暴力案件，主導權自然會落在二組身上，但這次的案子需要分析大量的資料，是一場腦力戰，二組是無法勝任的。

梁炯植把吳珠妍叫到一旁。「分局長呢？」

「分局長先去了京畿廳(注)，辦完事就會趕過來。」

「申請支援了嗎？」

「我已經跟分局長匯報了，申請都處理好了。」

「媒體那邊由我和分局長負責，妳叫一山的刑警們管好嘴巴。」

注　京畿地方警察廳的簡稱，相當於市政府警察局。

「是，明白了。」

「現在要跟時間賽跑，絕不能放鬆。」

「是。」

吳珠妍回到現場，梁炯植仍站在原地，思考著往後要處理的事情。

他必須在接下來的一星期內破案，如果破不了，這個案子就會演變成整個警察廳的總體戰。屆時警察廳會將全國上下最有能力的刑警召集過來，組成特別調查本部。這麼一來，原本負責調查的一山分局刑警就要退出了。當然，重大案件都會經過這樣的流程，但這也很傷刑警的自尊心。

梁炯植心想，他必須親自破案，親手抓住凶手，必須由一山分局來結案。親手逮捕凶手、扣上手銬，這是身為偵查刑警的本能。如果沒有這種DNA，就不配當偵查組刑警，怕死和只想混口飯吃的人也不能做刑警。一山分局偵查課裡沒有這種人，大家都具備了當刑警的DNA。一山分局成立後，獻身偵查的前輩們傳承下良好的傳統，大家也都做好了全力以赴的準備。

†

一幀卡車和五幀貨車相繼開進停車場，科學調查組和國科搜也同時抵達了現場。由於此案規模龐大，隸屬於一山分局的科學調查組無法勝任現場所有的檢驗工作，因此分局長特別向京畿地方警察廳的科學調查大隊，以及首爾警察廳的所有科學調查組申請了支援，也正向仁川警察廳申請協助當中。歸屬於國科搜的首爾科學研究所人員也都被派了過來，調查工作正式展開。

當時吳珠妍給分局長打電話，說明需要調派所有可以出動的科學調查人力，分局長反問道：「到底發生了什麼事？」

「至少有一百具屍體。」她回答。

分局長沉默片刻，伴隨低沉的嘆氣聲，開口說道：「這世界太瘋狂了。我知道了，妳先辛苦一下。」

抵達現場的科學調查組和國科搜職員看到教會內部的情況，嚇得目瞪口呆。科學調查組裡最資深的崔川雄組長癱坐在地上連抽好幾根菸。尹智源與他視線交會。

「喂，尹刑警啊，我看這世界要滅亡了吧。」

尹智源無話可說，只是看著他。

「我工作了三十年，什麼殘忍的現場沒見過，這麼可怕的還是頭一遭。不是啊，這怎麼可能呢？」

崔組長對著眼前的場景，長長地嘆了口氣。

屍體的處理工作很快開始，但現場環境實在慘不忍睹。原本空間就很狹小，加上屍體又很密集，工作人員行動起來十分不便。大家要在不破壞現場證物的情況下處理屍體，地上的血又已經開始凝固了，又黏又滑。科學調查組的工作人員抬著擔架搬運著屍體，經常滑倒，沾得滿身是血。儘管如此，工作還是得繼續。

今年年初調到國科搜首爾科學研究所的新人法醫李恩美，帶著無比沉重的心情處理著屍體。長期加夜班的她，原本打算提早下班後和家人一起吃晚餐，卻被叫到這裡，接踵而來的景象她完全無法接受。

要如何解釋自己現在所身處的現場呢？這真的是人類製造出來的嗎？若是如此，人類到底又是什麼呢？但她沒有閒情逸致解答這些問題，眼前有一百多具屍體要處理，還必須在這血流成河的地方工作。所有人都遭受巨大的打擊。李恩美心想，還好沒有吃晚餐。

†

光是拍照，科學調查組就用了兩個多小時的時間。在警察的協助下，增派來的國科搜人員將屍體抬到外面。每抬走一具屍體，就要對其周圍的證物及留下的痕跡進行細緻的調查，因此相當耗時。李恩美與科學調查組的人員抬著擔架，走到裡面準備抬走一具男子的屍體。

她問工作人員：「科學調查組到現場，經常會見到這種狀況嗎？」

「沒有，這種情況一次也沒見過。」

話題沒有再進行下去。李恩美查看著四周的狀況，科學調查組的人員做著紀錄。這時，一具屍體突然咳嗽起來。

「咳咳！」

工作人員和李恩美嚇得大叫，跌坐在地。抬著擔架經過的巡警也被嚇得摔在屍體上，搞得渾身是血。所有人的視線都集中過來，遠處的刑警也掏出手槍跑過來。那名男子微弱地呼吸著，接著再次咳起來，血跡四濺。男子的眼神沒有焦距，搖晃著站起身。

「呃……咳咳……」

巡警舉起槍瞄準他。

「喂，喂！」

男子邊咳邊吐出血水，他的胸部與腹部的傷口也在淌血。他還活著，但看上去已經奄奄一息，這讓李恩美想起電影裡出現的喪屍。他搖搖晃晃走了過來，剛入行的巡警舉著槍害怕地直往後退，男子毫不在乎地搖晃著身體繼續走上前。

這個人到底是誰？

搖搖晃晃走來的男子就那樣倒下了。崔辰赫上前確認他還有呼吸，向大家點點頭。他還活著。李恩美迅速走過去確認男子的傷勢，身上雖有幾處刀傷，但胸部和腹部的傷口並不深，幸好沒有傷到主要器官。

大家圍著倒在地上的男子，心想一定要救活他。

「能救活嗎？」崔辰赫問法醫。

「如果救護車可以趕緊把他送走的話。」

機動小組抬來擔架，男子被救護車緊急送往醫院。如果能救活他，那就意味著又多了一名目擊者。

載著男子的救護車離開後，分局長的車迅速開進停車場，提早接到通知的刑警們列隊站在分局長的車前，待他一下車就開始大聲敬禮。

「你們幹嘛列隊站著，黑社會啊？都在胡鬧什麼？去做事，做事！」

說完，他便朝現場走去。梁炯植和各小組組長跟在李分局長身後，他停下腳又喊了起來：「不要跟著我，去做事啦！跟著我就能抓到凶手嗎？臭小子，我叫你們去做事！」

大家散去後，只有梁炯植還跟在分局長身後。雖說李分局長叫大家不要搞形式，但身為下屬卻很難做到，因為大部分的高官都很在乎形式上的禮儀。李分局長極其厭惡這種徒具形式的禮儀。他從巡警幹起，一步步做到分局長，最大的優點就是做事有效率。除了工作，他不會為難屬下，因為他不希望屬下像自己當基層刑警時，受到不合理的待遇，他甚至還會為大家擋下來自上級的壓力。梁炯植對李分局長有高度評價，並打從心底佩服他。沒有現場經驗、只會樹立威信的高官多不勝數，因此李分局長更是鶴立雞群。

梁炯植依舊跟隨著李分局長矯健的步伐，這時他開口問道：「處理得怎麼樣了？」

「還在進行，出現了兩名目擊者，一名無法講話，另一名重傷，現在很難提供證詞。」

「除了這兩個人，就沒有其他希望了嗎？」

「嗯，目前正在蒐集與教會有關的資料。」

「必須盡快掌握方向才行啊。」

「是。」

李分局長快步走進現場，看到教會內部的情況時，差點沒暈過去。他呆呆地站在原地，直到眩暈消失，才開始查看起情況。他取出手帕摀住鼻子，感覺快要吐出來了。長官要是吐在現場，以後可就成為大家的笑柄了，因此他盡量表現得從容不迫。

「天啊，這不就是地獄嘛。」

這段時間，崔辰赫和老刑警們正進行地毯式搜索。老刑警們信賴這種傳統的調查方式，他們覺得什麼科學調查都比不上這種最基礎的調查工作，因此絕不能掉以輕心，而他們也從這份工作中，感受到身為刑警的存在感。

崔辰赫繞著教會周圍走了一圈，熟悉現場的地理環境是刑警很重要的工作。他在教會附近巡視的時候，發現距離教會不遠處的山腰上住著一戶人家，房屋是近來流行的庭院式住宅。裡面亮著燈，傳出電視的聲響。他按下門鈴，裡面隨即傳出吃驚的聲音。

「誰啊？」

崔辰赫取出警證貼近攝像頭，但屋裡沒有任何反應。他心想，誰會相信一個大半夜找上門的男人嘛，應該帶智源一起來的。

「有什麼事嗎？」

「下面的教會出了點事，我們想簡單請教幾個問題。」

開門的是名男子，一對三十歲左右的年輕夫妻走了出來。妻子挺著肚子，從隆起的程度看來，很快就要臨盆了。

「教會發生了什麼事嗎？」

「呃，出了點狀況。」

「我就知道早晚會出事。」妻子斷然說道。

「您是什麼意思？」

「那間教會有點奇怪。我偶爾會遇到教會裡的人，跟他們打招呼也不理人，還用那種很可怕的眼神盯著我看，超恐怖的。剛開始我想，住在這麼偏僻的地方，相互認識也好有個照應，而且還是教會也很讓人安心，可是那裡的人太不對勁了。後來我甚至懷疑那不是什麼正經的教會。」

站在一旁的丈夫流露出擔心的神情，接著說：「裡面的人不輕易出來，只會看到車子偶爾進出。他們晚上還會集體唱歌，有時一唱就是一整夜，吵死人了。但我們也沒去找他們理論，畢竟他們人多，我們只有兩個人。」

崔辰赫看著面帶不安、摸著隆起肚子的女人，說道：「恭喜您就要當媽媽了。」說完，他遞上名片。「要是還有想起什麼事情，請聯繫我。」

接過名片的丈夫表情略顯不安地問：「到底發生了什麼事啊？」

崔辰赫看了眼他妻子的肚子。「沒什麼事。」又向丈夫使了個眼色。「您抽菸嗎？」

「啊，抽。」

他將丈夫帶到稍遠的地方，幫他點上菸。崔辰赫吐出第一口白煙時，低聲問道：「您能帶您的妻子到別的地方住嗎？」

「嗯？為什麼？」

「那教會裡，除了兩個人以外，其他人都死了。」

丈夫的臉瞬間失去了血色。

†

尹智源和管轄分局的巡警正將教會裡的證物和資料進行現場分類。變成停車場的小路入口處，警車打著前燈當作照明，巡警將分類好的證物與資料裝進證物箱，等會帶回分局還要一一進行分析。教會裡發現了一堆類似聖傳、教理的書籍，還有信徒們的信仰日記，這些都需要詳細查看。為了節省時間，按照種類貼上序號會更有效率。

這時，記者們突然現身。照明貨車載著各式設備和發電機開進停車場，堵在現場的入口。可能是同一時間獲得消息，各大電視臺幾乎同時趕到。他們一邊整理衣著打扮，一邊確認新聞稿。攝影機為了爭奪有利的位置，展開激烈的競爭。如果自己的畫面裡出現了其他電視臺的記者，又會立刻開起一場唇槍舌戰。隨著媒體增加，競爭也越發激烈。打起燈光後，攝影機幾乎將通路堵死。為了更靠近現場，設備輕便的報社記者乾脆堵在教會門口。

從現場出來的李分局長看到記者，立刻惱火起來。他對記者幾乎沒有什麼好印象。

「鬣狗登場了。」

梁炯植命令機動隊隊長徹底封鎖現場入口。迫不得已，正在教會裡處理現場的巡警也被調出來攔在入口處。這麼一來，就會花更多時間處理現場。李分局長朝自己的車走去、正準備離開現場時，認識的張記者緊跟上來。李分局長還是警衛的時候，在特殊調查本部曾與張記者發生過不愉快的事情。

「聽說裡面有人死了？」

「……」

「真的嗎？好像還不只一、兩個？」

「不知道。」

「別這樣嘛，反正早晚也會揭曉。」

「分局會召開記者會。」

「在那之前先給我們點料，死了多少人啊？」

「不知道。」

「唉，告訴我吧，看在老交情的份上，十個？二十個？三十個？」

「全部。」

記者愣在原地。「真的嗎？」

李分局長沒回答他，加快了腳步。

「全部是多少人啊？」

李分局長已經上車離開現場。張記者望著陰森森的教會，不寒而慄。上頭高掛的紅色十字架顯得特別顯眼。

†

一山分局徹底被記者包圍。全國新聞臺播放著緊急速報，有關這起案件的謠言也在網路上流傳開來，投毒殺人、集體自殺、神鬼論等假新聞鋪天蓋地。這種謠言一經擴散，警方自然會受到外界的壓力，因此必須盡快召開記者會，傳達正確的訊息，但要傳達多少，又是另一道難題了。假如警方毫無保留地公開所有資訊，到最後很有可能成為破案的絆腳石。像這種受到社會高度關注的重大案件，需要有人指引出正確的調查方向，唯有如此，偵查人力才能規畫及採取行動，盡快破解所有謎團。因此，向媒體公開資訊必須經過深思熟慮。

如果調查方向設定錯誤，便會帶來巨大的混亂。最具代表性的例子就是東南部的連環殺人案。當時，特別調查本部判斷這是一起因怨生恨的殺人案，由此設定出調查方向。但事實上，那是一起隨機殺人案。由於判斷錯誤，白白浪費了最初的二十幾天，警方也因此受到輿論嚴重譴責，還就此失去了調查的主導權，最後演變成媒體親自找來犯罪側寫師和犯罪專家，以談話性節目的方式給警方提供建議，等於赤裸裸地批判警察的無能。雖然一個月內抓到了凶手，但警察的形象也徹底毀了。

要想找出正確的調查方向，最重要的是選出具備分析資料能力的領導人，那個人要能深入內容，從資料中分析出多種可能性，計算好所有變數，進而確定正確的調查方向。像這種複雜的大案，更存在著諸多變數。

這次，決定案件調查方向的人，正是一山分局偵察課課長梁炯植警正。

貼有三號標籤的便是與教會營運有關的資料。這些資料全都要裝進他的腦袋裡，才能進行系統性的綜合分析。如果每個人只讀一部分，再彙整起來，很有可能扭曲了整體的脈絡。最終負責人必須大量閱讀，融會貫通，才能準確指揮調查，同時兼顧效率。一山分局裡能有這能耐的負責人屈指可數。

資料量相當龐大，閱讀、分析資料又是件很枯燥的事，電影裡的帥氣警察並不會做這種工作，但事實上，案件調查多是這種枯燥、機械性的作業。只有吸收龐大的資訊，才能展開靈活的調查。梁炯植坐在桌子前，以令人嘆服的集中力翻閱起資料。對他來說，閱讀、思考再作出判斷是自己最擅長的工作。

他首先翻閱的是教會牧師兼教團創始人林昌道所著的《神的啟示》。

林昌道？

梁炯植覺得這個名字很耳熟，但心想同名同姓的人那麼多，也就沒放在心上。

《神的啟示》一書中多半都是誘惑人的內容，卻沒有系統性，也缺乏邏輯，可以很明顯地看出許多內容都是東拼西湊而來。書中大篇幅講述林昌道兒時的種種，以及他體驗宗教和受到神啟示的內容。簡而言之，就是敘述自己在原來的教會時對宗教心生質疑，於是孤身一人前往荒野中的洞穴；經過四十天的禁食祈禱，獲得了神的啟示，因此建立了這間教會。書中引用大量《聖經》的內容，還不斷吹噓自己的軼事。從教理便可清楚看出這是個邪教組織。林昌道在書中反覆強調自己就是救世主。要想說服他人，比起倫理邏輯，自信滿滿的反覆強調說不定更有效，就像希特勒和戈培爾那樣。

少年被送進急診室，接受簡單的治療和檢查。醫生診斷他雖然處於營養不良的狀態，但健康沒有什麼大礙。隨後他被送到一般病房，母親也在這時趕到了。她等不及電梯，一路跑了上來，氣喘吁吁地慢慢走向躺在病床上的兒子。

真的是兒子，母親就那樣癱坐在地上，握住兒子的手哭了起來。看著自己的兒子回來了，她的眼淚久久沒有停止。

護送少年的刑警看著母親，赫然發現她腳上沒有穿鞋，赤腳一路跑來，腳底都流血了，她卻絲毫沒有察覺，只是坐在地上不斷痛哭。

被囚禁之人

梁炯植終於無法忍受肩頸的痠痛，放下資料。他聚精會神地翻閱資料，就這樣過了五個小時。他感受著令人窒息的疼痛，頭向後仰，試著鬆弛肩膀和頸部僵硬的肌肉。

透過閱讀信徒們的日記，他掌握了教會的基本輪廓。這間教會的信徒盡是些受過傷、歷經痛苦的人，為了得到救贖，最後選擇依靠此地。他們的心中埋藏著抹不去的傷痛、洗不掉的罪孽和無法擺脫的痛苦。教會正是利用這點，鑽進他們的傷口詐取錢財。信徒們毫無保留地將自己擁有的一切都捐獻給教會，因為教會的教理聲稱，只有身體和心靈輕盈的人才能升上天堂，而世上的財產正是妨礙他們的絆腳石。

梁炯植閱讀著信徒們的日記，漸漸理解人們為什麼會相信這些漏洞百出、荒唐可笑的教理。越往下讀，他也越接近母親。到這間教會來的人，沒有一個人是幸福的，他們都被無法承受的苦痛包圍著。或許他們也清楚一切都是謊言，但還是選擇相信。當人絕望無助時，只要有一線希望，不管那是謊言與否，都會設法抓住，因為如果不去相信它，就要回到無情的現實世界中，重新面對那些痛苦了。因此，他們選擇了可以給自己帶來安慰的謊言。他們需要的，只不過是一個可以依靠、信任的對象罷了。

他想起了母親。

被提當天，母親想到終於可以見到父親，興奮不已。幾天裡，她滴水未沾，全心全意投入祈禱，深信只有這樣，才能減輕罪孽、升上天堂。但被提並沒有發生，不管她如何迫切地懇求、哭喊，終究沒有發生任何事。翌日凌晨，她的身體裡什麼也不剩，既沒有體力，也失去了信念——她成了一具空殼。那天跟著母親回家的情景，梁炯植依然記憶猶新。明明走在燦爛的陽光下，她卻完全不受光輝的感染。她瘦成了皮包骨，站不穩似地左右搖晃著，年幼的他卻滿心期盼。母親再也不用去那間教會了，他期待她會回到從前，回到穿著白色衣服站在陽光下曬被子的母親、為他削蘋果的母親、對自己笑的母親……

就在那天夜裡，母親上吊自殺。整整一夜，梁炯植就那樣看著吊在空中、已經沒有呼吸的母親。狹小的房間裡，只有上吊的女子與她年幼的兒子，她的腳不停在空中晃動著。

那天的恐怖與黑暗，至今仍清晰留在他的心中。說不定正是那天決定了梁炯植的人生。他必須從黑暗中掙脫出來，不斷逃亡。

†

按照梁炯植的指示，吳珠妍對營運教會的林昌道牧師展開了調查。林昌道在書中的履歷提及自己所屬的教團，她打電話過去，發現教團已經不在了，又或者這個教團本來就不存在。她難以找到有關林昌道的線索。

她想到了在神學大學當教授的舅舅。就算林昌道是異端、邪教，但他的教理還是以基督教為根基。她希望得到對於林昌道及其教理的客觀評價，於是撥通了舅舅的電話。舅舅凌晨三點就起床，開始一天的生活。

「我在網上看到新聞了，真是太殘忍了。」

「舅舅，你能給我一點意見嗎？」

「我也想幫妳，但那不是我的專業領域，我介紹別人給妳好了。」

舅舅介紹了長期研究韓國教會的專家李書銀。吳珠姸顧慮到時間還太早，不如天亮後再打電話過去，沒想到對方先打來了。

她來到李書銀的住處。雖然才剛凌晨五點，但事態緊急，顧慮不了那麼多。天亮之後，巨大的風暴即將席捲而來。早上十點準備開記者會，在那之前如果找不到任何線索，警方就會成為媒體的笑柄，還會被輿論牽著鼻子走。

李書銀住在公寓的七樓。按下門鈴後，一位年輕女士來應門。吳珠姸跟著她走進堆滿書籍的房間。

李書銀問：「要喝點咖啡嗎？」

這個時間，吳珠姸太需要咖啡了。「謝謝。」

李書銀現磨了咖啡豆，在她認真沖泡咖啡時，吳珠姸環顧屋子裡的書。書籍種類繁多，數量相當可觀。

「我目前正在研究韓國教會的整體情況。」

「喔，原來如此。」

從書籍的種類來看，她應該不光只研究基督教。

「其實我的專業是宗教學。畢業後，研究韓國教會的分化歷程時認識了妳舅舅，他幫了我不少忙。」

「真是不好意思，這麼早打擾到您了吧？」

「沒關係的，反正我都在夜裡工作。剛才在網上看到了新聞，嚇了我一跳。」

「那您知道這間教會嗎？」

「不知道，還沒有掌握到訊息。」

李書銀喝了一口咖啡，表情略顯複雜地說：「實在有太多教會成立又消失了，但我還是找到了些關於林昌道牧師的資料，都列印出來了。」

她遞上一個文件夾，裡面的文章出自調查異端基督教的雜誌，當中有提及林昌道牧師。

「林昌道牧師從神學院畢業後，在幾間教會待了沒多久就離開了。但事實上，應該說他是被開除才對。」

「被開除？」

「上面雖然沒有寫，但教會活動應該出了不少問題。他可能和主任牧師或長老之間發生了不少衝突。」

「主要是哪些衝突呢？」

「他對信仰層面的神祕主義過於誇大，或者言詞過激。我聽說他提出的主張，多半很難被現在的教會所容納。」

「您能講得再具體些嗎？」

「我也想幫妳，但當我進到基督教聯合會想查看資料時，卻發現有關他的資訊都被封鎖了。」

「被封鎖？」

「如果發生了嚴重的問題，或是震撼的事件，他們便會立即封鎖消息，不允許任何人閱讀。因為他們怕那些資訊一旦流傳到外部，會被扭曲再散播出去。這是教會所不樂見的。」

「所以您的意思是，林昌道牧師也因此被封鎖了。」

「沒錯，也許他已經成了異端調查會的主要觀察對象。」

「異端調查會？」

「是的，這是基督教聯合會內部祕密經營的團體。如果宗教質變，便會給人類帶來致命的災難。為了避免這種事情發生，基聯會內部成立了追蹤、監視邪教的團體。也許就是那個團體封鎖了資料。具體內容必須要跟他們申請才行。我知道的也就只有這些了。」

「我要到哪裡才能見到異端調查會呢？」

「我也不知道這個團體的細節，只是知道有這麼一個團體的存在。」

「您肯定它真的存在嗎？」

「是的。我曾看過他們的祕密文件，但他們卻極力否認這個團體存在。」

「為什麼呢？」

「妳能保守祕密嗎？」

「當然。我一定不會暴露您的姓名。」

「異端調查會會將調查員直接送進異端邪教教會進行調查，簡單來說，就是潛伏在裡面進行偵查。只有這樣，才能掌握他們的手法，找到相應的對策。正因如此，他們才要對外界隱瞞自己的存在。」

聽完李書銀的解釋，吳珠妍這才理解為什麼這個團體必須隱身在幕後。

「聽說，有幾名調查員再也沒有回來了。」

吳珠妍大感震驚。

「我也相信宗教的力量，但當信仰到達了瘋狂的地步，卻是件非常可怕的事情。這次發生的慘案就是一個明顯的例子。」說完，專家一臉沉痛地望向窗外的黑暗。

†

道別李書銀後，吳珠妍走回停車場上了車。已經七點多了，她整整一夜沒有闔眼，全身疲憊，肩膀像是要斷了似的。這是當上偵查一組組長後落下的病根，每當疲勞過度，肩膀就會像要斷掉似地痠疼，如今已成了頑疾。

她看了一眼手機，朋友介紹的男子傳來簡訊，希望等案子結束後再見她一面。吳珠妍簡單回覆他，不知道案子什麼時候才能結束，之後還要立刻開車趕往分局。

雖然有些難過，但現在她的腦子裡沒有可以容納這男人的空間。比起談戀愛，想要破案的欲望更加強烈。如果破不了這案子，她可能無法入睡。她的神經緊繃了起來，思維變得更敏銳了。因為年輕，吳珠妍相信自己的意志絕對可以戰勝肉體的疲憊。這個時間梁課長也差不多看完資料了，要盡快和他討論出調查的方向，然後準備報告應對記者會。

即使身心俱疲，但想到要調查案子，吳珠妍又打起了精神。她一心只想破獲這起案件，不管發生任何事，都必須集中精力。

†

母親望著沉睡中的兒子。自從他被送到這裡以後，至今沒有醒來。

當母親得知少年還活著的消息，她高興得跳了起來，立刻趕過來，她想抱著兒子跟他說說話，但一年未見的兒子還在沉睡著。母親看著他，覺得兒子似乎長大了一點，但還是跟從前一樣瘦小。她有太多事想要問他，這一年來你是怎麼過的，為什麼沒有聯絡家人？可是比起這些，母親更想向兒子道歉，都怪自己沒有關心他，她想說聲「對不起」，是自己沒察覺他在學校受了那麼多的委屈。

母親想知道，這一年的時間裡兒子究竟遇到了什麼事？

†

尹智源守在醫院手術室門前，裡面正在搶救另一名倖存者。醫生說，雖然患者的傷勢很嚴重，但並沒有對生命造成威脅。警方認為若這名倖存者能恢復意識，案件也會加快進展。必須要救活這名新的目擊者，然後搞清楚發生了什麼事。

尹智源坐在椅子上，頭靠在身後的牆上。突然，她想起了幾天前看到的一則新聞。某ＩＴ企業家將百億財產全部捐給宗教團體後便失蹤了。當時她不以為意，但現在想想說不定和這起案件有關。她拿出手機搜索新聞，裡頭提到企業家去的那間教會的位置，正是這次案發教會所在的區域。與其說是巧合，也未免太奇怪了。尹智源心想這件事一定要報告組裡。

這時，來換班的巡警走了過來。

†

天亮後，崔辰赫對教會周圍展開了走訪調查。附近村子的人已經對山裡教會發生的事情議論紛紛，但沒有人具體了解那間教會。他們異口同聲提到教會裡的人過著極封閉的生活，其中一位阿姨提供了非常有價值的線索。這位阿姨五十多歲，自小生活在村子裡，靠種地為生，她清楚記得當天發生的事情。

「那是深秋的時候，幾個村子裡的人一起上山去撿橡子和栗子，每年那時候我們都會做橡子涼粉吃。那天我跟大家分開了，走到那間教會後面撿橡子。因為那裡沒什麼人出沒，橡子特別多。我正撿著，只聽教會那邊傳來聲音，抬頭一看，一個女人跑到鐵網這邊喊我。看她一臉驚慌失措的表情，我上前問她出了什麼事，她求我救救她。我嚇了一跳，叫她快點出來，可就在那時後面跑來了幾個男人。那女的看到有人跑來，一邊慘叫一邊想要逃走，結果還是被那些人給抓回去了。我見狀立刻大叫起來，叫他們把她放出來。我這一喊，其中一個人虎視眈眈地瞪著我。天啊，那眼神……我到現在也忘不了，那可不是正常人的眼神。他又不是貓，人怎麼會長那樣……總之，他一邊瞪著我一邊對我喊：『骯髒的撒旦，退下！』可你知道嗎？還有更可怕的事呢。村子裡有一個巫婆，她就站在岩石上盯著我們呢。你知道她說了什麼嗎？她說，這裡將會發生可怕的事情，幾百年聚集在此的冤魂會一下子冒出來。那個巫婆說得沒錯吧，那間教會所在的位置，當年六二五戰爭（注）的時候也死了不少人呢。更之前倭亂的時候，日本鬼子把村子裡的人都抓到那裡給殺了。話說回來，這次的事，真的是人幹的嗎？」

注 即韓戰（一九五〇年六月～一九五三年七月），韓國稱之爲六二五戰爭、六二五事變。

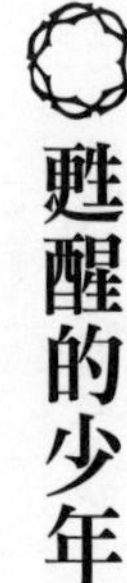

甦醒的少年

「然後呢，您就置之不理了嗎？」

「怎麼可能，放著不管的話，我還算是人嗎？我馬上跑到派出所報了案。」

「然後呢？」

「然後我就把這事情給忘了。我心想，案都報了，警察自然會去調查啊，那女的後來也應該回家了吧。那裡到底發生了什麼事呀？看來當時警察沒徹底調查，也沒管啊！」

崔辰赫找到當時接到報案的轄區派出所，詢問當天發生的事情。派出所所長一臉疲倦不耐的表情。

「喔，那天的事啊？當時我們接到報案去看了，但教會說什麼事也沒有啊。畢竟人家是宗教機構，警察對進入這種地方都很小心謹慎的。唉呦，你我都是幹警察的，幹嘛這樣啊，大家不都心裡有數嘛。」

看到派出所所長不以為然的態度，崔辰赫感到渾身的血液開始倒流。

「所以說，你連教會裡面都沒進去嗎？」

「唔，當時……這種小地方像這樣的報案不計其數，這裡的人比較敏感啦。」
「你小子知道現在那裡發生了什麼事嗎？」
「什麼？你小子？」
「沒錯，你小子。你當時為什麼不進去調查，或者向上面報告？」
「那個嘛，那時候……」
所長慌張了起來。
「這要是被記者知道了，你知道會有什麼後果嗎？接到報案的警察嫌麻煩，置之不理。明明可以阻止的悲劇，你們卻袖手旁觀。」
「我說，你幹嘛講得這麼嚴重啊。唉喲，都是自己人幹嘛這樣。」
「你要是採取了及時的對應，悲劇就不會發生了。哪怕是向上面報，事情也不會這樣！」
「不是，當時我也有不得已的原因啊。再說，都是自己人何必——」
「哐」一聲，崔辰赫舉起眼前的椅子摔到牆上，派出所裡的巡警都嚇傻了。
「你這狗娘養的！那裡死了一百多人，一百多條人命！之前那個女人叫救命的時候，村裡的居民都來報案了，你竟然袖手旁觀？你個豬狗不如的王八蛋！就這樣，你還算是警察嗎？」
崔辰赫瞪著派出所的巡警們。
「你們都等著脫掉這身警服吧。都有駕照吧？一群廢物，去當代駕混飯吃吧！」

崔辰赫一腳踹開派出所的大門走了出去。

世界上小小的漠不關心，都會帶來嚴重的後果。再大的悲劇都有微小的徵兆。崔辰赫恨透了這種事不關己的人。

†

距離記者會還有兩個小時。

偵查一組的辦公室裡，以梁炯植為中心聚集了所有偵查組刑警。大家互相交流著整夜調查到的資訊，以此決定出案件調查的方向。

「這應該是典型的邪教作案手法。」吳珠妍看著梁炯植說道。

「沒錯。到這為止大家都預想到了，有找到其他線索嗎？」

「我……」

這時，尹智源小心翼翼地開了口，大家齊齊看向她。

「不久前，我碰巧在網路上看到了一則新聞。某家知名ＩＴ公司社長把股票都處理掉後，全部捐給了自己所在的教會。我覺得也許跟這個案子有關，所以查了一下，那個社長所在的教會正是這間耶穌再臨教會。雖然目前尚未發現他的屍體，但我想他存在的可能性極大。」

所有人一聲不響地看著尹智源，從她口中就這樣突然冒出了重要的線索。

「他捐了多少？」崔辰赫問道。

「一百億元左右。」

「一百億？」

眾人瞠目結舌。

「教會從原有的信徒身上就收了不少錢，在那之上又多了一百億。」

梁炯植整理思緒的時候，吳珠妍說：「這件案子也許更加複雜。」

「有這種可能。到目前為止找到的線索中，最重要的是異端調查會和ＩＴ社長這兩條，我們必須親自去調查。」

梁炯植說完，大家都點了點頭。

「這樣好了，我跟吳組長負責調查異端調查會，崔刑警和尹刑警負責追蹤ＩＴ社長那條線索。」

「好的。」

梁炯植轉過頭，問吳珠妍：「確認屍體身分還得再等幾天吧？」

「現在現場環境實在太惡劣了，就算把國科搜的人都調來也很難處理。總之，還需要些時間。」

「那兩名倖存者怎麼樣了？」

「那個孩子還是不說話，另一人據說下午左右會恢復意識，但還不確定什麼時候可以接受審問。」

「身分呢？」

「已經採集了指紋，馬上送去確認。」

「好，查到的話，立刻向我報告。」

「是。」

「異端調查會那邊，吳組長親自過去問問看。」

「你不說，我也正打算過去呢。」

「還有，教會周圍的走訪調查和其他方向的調查也不能鬆懈。我知道大家很辛苦，但這種時候絕不可以放過任何線索。」

「明白了。」

吳珠妍敬了個禮，起身離開位子。

她到辦公座位上後，馬上召開會議。雖然她知道大家都會全力以赴用心去調查，但事前確認好各自的任務才能萬無一失。二組組長和多數老刑警還是一臉不滿的表情，吳珠妍假裝沒看見，很早以前她就放棄計較這些事情。糾結在這些小事上只會讓氣氛更僵，既然當了領導就要包容下來。

「還請二組組長您多多指點。對於經驗不足的我來說，調查這件案子還有很多不足。」

聽到吳珠妍在大家面前誠懇地講出這番話，二組組長和他手下的刑警們表情發生了變化，氣氛也和緩很多。吳珠妍與二組組長討論完具體的調查方向後，將走訪和整理現場的基本工作都交給二組組長，然後立即從分局出發，趕往基督教聯合會。

吳珠妍最大限度地加快車速，時間正一分一秒地流逝。

✝

梁炯植旋即趕到分局長辦公室，報告目前調查到的情況。李分局長重嘆一口氣，將身體靠向椅背。他轉過頭看向花盆的方向，像是在整理思緒，接著轉回椅子，看向梁炯植。

「辦案是你的強項，總之都交給你了。上面不了解情況，亂插一腳指揮的話只會帶來混亂。」

「是。」

這也正是梁炯植期望的。

「可問題在於那些媒體，必須讓他們朝對我們有利的方向報導。沒抓住什麼把柄吧？」

「轄區派出所沒有做好初期現場調查，但這應該跟我們沒什麼關係。日後看時機透露給媒體，撇清關係，應該對我們更有利。跟上面做交涉的時候也能派上用場。」

李分局長凝視了梁炯植半天。這傢伙看似對什麼都不關心，做事卻比任何人都嚴謹周密，而且還很有政治頭腦。他究竟在想什麼呢？雖然炯植是屬下，李分局長卻對他敬畏三分。

「好吧，對警界有負面影響的事就沒有必要公開了，你說呢？」

「是。」

「總之，你我先把話統一了，再來應對媒體。」

「最重要的問題是，要公開到什麼程度？首先，案件剛發生沒多久，媒體也都在忙著報導。我認為應該盡可能地對媒體隱瞞下來。死亡人數或者倖存者的現況，光是這些就夠他們報導一整天了，等後續報導出來後，再做應對也不遲。」

「沒錯，初期勢頭很重要。這案子不會拖太久吧？」

「不好說，也許意外是個難辦的案子。」

「好吧，先別這麼早下結論。你都沒睡覺吧？」

「我沒事。」

「唉，沒睡覺總比挨罵好。那就辛苦你了。」

「是。」

「快回去工作吧，開記者會的時候站我身邊。」

「是。」

梁炯植走出分局長辦公室。

分局長敬畏梁炯植，也對他百般信任，還是讓他發揮最大限度的能力吧。事實上，他光是向上級報告、阻擋他們的干涉就已經夠忙了。他突然懷念起當年毫無顧忌、只專注調查案件的時光。李分局長將身子陷進鬆軟的皮椅裡，覺得自己已經老了。

†

韓國基督教聯合會強烈否認異端調查會的存在。雖然吳珠妍親自前往請求協助，但基督教聯合會只是反覆強調不存在那樣的組織，他們甚至表示，很厭惡警方將自己與這起案件牽扯在一起。

「這種荒謬的說法妳是從哪裡聽來的？什麼異端調查會？究竟是誰胡編亂造出這種事的！」

吳珠妍誠懇地再次拜託他們，但情況並沒有好轉。

「那種邪教組織不是基督教，他們不過是冒充基督教的邪教。請妳不要把我們和他們扯在一起。」

「這是當然，但我聽說你們也會調查和監視這種邪教組織，我只是想看那些資料。」

「我們的研究員研究的資料都可以提供給你們。」

「警方已經收到那些資料了，但我們需要更具體的資料。這裡應該有關於林昌道牧師的資料吧。」

「那個人不是正式登錄在我們這裡的牧師！」

吳珠妍覺得再這樣爭論下去，搞不好會演變成對立的局面，還是先做出讓步，再尋找其他的辦法吧。在這裡爭執起來的話，對破案也不會有任何的幫助。雖然先到此為止，但她很肯定他們分明掌握了重要資訊。吳珠妍希望盡快看到異端調查會的調查紀錄、見到調查員，說不定這會是破獲本次案件的關鍵。

她趕回分局向梁課長報告情況。梁炯植露出為難的表情。

「他們果真頑強否認啊。」

「沒辦法，只能找找其他的解決辦法了。」

梁炯植想到通過警察廳出示公文的方法。假設警察廳寄出公文正式申請協助，想必基督教聯合會也很難拒絕了。如果他們不肯提供資料的事實被公開了，到時處境一定會很難看。事情很有可能演變成基督教聯合會與耶穌再臨教會有牽連，所以才要隱瞞真相。

他打電話給警察廳的前輩，正式申請了公文寄到基督教聯合會。

「所以說，必須讓他們認識到再這樣隱瞞下去，對彼此都沒有好處。到最後他們還不是也得看輿論的眼色。」

「是啊，我知道了，這就去處理，先從這邊獨家給他們開條熱線。」

看來前輩是想藉由這次的機會，展現自己在警察廳的資訊蒐集能力和控制能力。只要能對調查起到幫助，梁炯植不會在乎任何事情。雖然他不喜歡警察內部搞派別的風氣，但有需要的時候，他也會趁機利用。為了破案，沒有什麼是不能做的。

†

少年睜開雙眼，意識到自己身在一個陌生的地方。等他回過神，才發現這裡是醫院。他的胳膊上打著點滴，一個女人埋著臉趴在床邊。他感到陌生，但他知道那個女人就是媽媽。少年抽出她緊握的手，手上黏黏的，又看了看床邊的她。

重要的事情正擺在眼前，不能因為世間微不足道的關係產生動搖。他揣懷著上天的旨意，必須響應上蒼的召喚。少年側眼看向窗外的天空，腦中忽然打起漩渦，回想起那天夜裡發生的事情。

先知、被提、死掉的人；必須升上天空，必須要與主相遇。一切尚未結束，少年還有最後的任務。上帝、自己、少年先知、被選擇的信徒、靈魂高潔的信徒、在最後的審判中存活下來的信徒……時間不多了，天堂已經準備了最好的位子，這是主最後的召喚。少年可以感受到，沒有時間了。

主正在降臨。

倖存者的真面目

崔辰赫和尹智源去見失蹤的ＩＴ公司社長的家人。不知道他是否有留給家人一部分財產，從地址來看那裡是位於市中心的獨戶高級複合式住宅。大庭院裡鋪著草坪，種著庭院樹。

三十歲出頭的年輕婦人接待兩人。雖然丈夫失蹤了，妻子卻顯得十分冷靜。她身後一對看上去五、六歲左右的兄妹正你追我趕地玩遊戲。

尹智源向她道明了此次前來的目的，她卻只漫不經心地說了句：「我就知道早晚會發生那種事。」

「您確定是這間教會嗎？」崔辰赫遞上資料，反問道。

「是的，沒錯，耶穌再臨教會。他還勸我看看那本《神的啟示》呢。想到都令人生厭。」

「不好意思，請妳具體講述一下他是怎麼陷進去的。」

崔辰赫一時心急，語氣顯得有些粗魯。妻子心生戒備，喝了口茶。這個端著皇家哥本哈根茶杯、品著英國早餐茶的女子，顯得既富有又有品味，因此她才會覺得崔辰赫帶有攻擊性的問題很沒有禮貌。

社長妻子的嘴閉得死死的，尹智源露出微笑看著她。

「我們知道您有難處，但如果您能告訴我們的話，會對警方破案起到很大的幫助。我們現在的處境也很為難，拜託您了。」

社長妻子想了想，叫來了褓姆。

「妳帶孩子們到院子去玩吧，我們有點事要談。」

褓姆帶著孩子走到院子，透過大玻璃窗可以看到孩子們嬉笑奔跑。那院子看上去比普通的社區遊樂場還要大。尹智源腦海中浮現出社區狹小的遊樂場裡擠滿孩子的畫面，但現在不是胡思亂想的時候，她很快將注意力拉回女子身上。

妻子優雅地喝著茶，睫毛向下一垂，開口說道：

「我和我丈夫是朋友介紹認識的，他的事業做得很大，除了很會做生意以外，就是一個普通、善良的人。他這個人要是對什麼感興趣，就會一心一意研究到底，而且很堅持自己的主見。即使是別人都做不到的事，只要他相信能做到就會堅持下去，這也是他事業成功的原因。但他獲得成功以後，便開始覺得精神上很飢渴，也許是他對物質上的成功感到空虛了吧。到這裡，我都覺得沒什麼，因為他一直是一個不斷追求進取、渴望什麼的人。以前，他會出天價買下旁人完全無法理解的畫，還會一聲不響地跑到寺廟裡住上幾天幾夜才回家。我對此並沒有任何不滿，因為他做的這些事也不是什麼壞事。但就在兩年前，一個公司的員工介紹他到那間教會，之後一切就都變了。他突然說什麼要去天堂，為了上天堂必須清空一切，不光是身心，還有家人和財產也都要捨棄。最初我也勸過他，但到了某個瞬間，我覺得要他回頭是不可能的了。從那時起，我便開始準備打訴訟。不採取措施的話，他就要把財產都捐出去了。多虧當時我作出了決斷，這才留下了這棟房子和公司的股票。」

得知這些財產不是丈夫留下，而是妻子自己爭取來的，尹智源開始佩服起這位明智的女子了。從她這裡，說不定可以得到客觀的線索。

「對於您丈夫信仰的宗教，您個人有什麼想法嗎？」

「我家沒有特定宗教信仰，但我個人很喜歡哲學，所以他信什麼宗教我不會干涉。所謂的宗教，是會給人生帶來積極的影響的，可是那間教會絕對是邪教。怎麼說呢？那間教會反覆強制性地給人洗腦，讓人產生恐懼。我丈夫就是這樣陷進去的，雖然我想勸勸他，但他已經陷得太深了。」

崔辰赫問道：「那您認識那名員工嗎？」

「他叫李時天，是個程式設計師，性格相當開朗。當然，最初見到他時是這樣。可現在想來，說不定他從一開始就是有計畫性地接近我丈夫。」

「為什麼這麼說呢？」

「因為他知道那件事。」

「什麼事？」

「我丈夫妹妹的事。」

「妹妹？」

「他之所以會沉迷於宗教，是因為兒時妹妹的死給他留下了陰影。他們兄妹兩人在鄉下的池塘裡游泳時，妹妹不幸溺水身亡。這件事對他的打擊很大，總是時不時想起死掉的妹妹。如今細細回想李時天當時說的話，我覺得他就是在丈夫的傷口上撒鹽，趁機把他引誘到教會去。比如，他說如果被提實現的話，就可以升上天堂去見那些過世的人了。他還特別對我丈夫強調，兒時往生的人因為尚未積累下罪業，所以他們都住在天堂，但成人在成長過程中累積了許多罪業，因此很難升上去。要想上天堂就要清空自己所有的罪，這就是那間教會的倫理。」

「看來這個人是有備而來的。」

「我也這麼認為。」

開始對話以來，社長妻子的情緒第一次有點失控，拿著茶杯的手微微顫抖著。

「當時我很氣，現在也一樣。好好的一個丈夫完全變成了另外一個人。更讓我感到害怕的是，那些人竟然知道我丈夫的往事，知道他難以釋懷的傷痛。那些人懂得利用別人的傷痕，誘惑他們，讓他們無法拒絕這種說詞。這麼一來，身旁的人就很難用理性跟他們溝通了。還有什麼可以阻擋他要去見兒時不幸離開的妹妹呢？一切都已經超出理性的範圍了。」

妻子看向正在玩耍的孩子。

「如果換作是我站在他的立場，恐怕也不好講吧。總之，教會的那些人太可惡了。」

社長妻子冷靜地注視著兩位刑警，問道：「那……你們找到我丈夫的屍體了嗎？」

「還需要些時間才能確認身分。」

妻子望向窗外。

「我丈夫是個善良的人，他會去菜市場買下老婆婆賣的青菜和年糕，也給孤兒院捐了不少錢，可結果，他卻被他那顆善良的心給害了。」

「……」

「希望他的在天之靈能夠得到安息。」

†

由於管轄分局沒有適合的場所，所以記者會選在隔壁的區政府禮堂召開。這裡舉辦過大型居民活動和各地區民間防衛訓練，是一處相當寬敞的室內空間，今天卻擠滿了各大媒體的記者。一夜之間，這件案子就像颱風一樣橫掃各大媒體的頭版。政界數月來展開的攻防戰、職棒選手賭博和藝人吸毒等醜聞都被這件案子蓋過去了。特別是因大型貪汙事件陷入守勢的執政黨，也趁機藉由討論社會治安問題擺脫了的困境。舉國的目光都在這件案子上，畢竟真實案件所帶來的衝擊遠遠超越了任何影視作品。媒體播報大量的推測新聞，甚至還開通舉報熱線，各臺之間競爭十分激烈。

當然，警界的首腦層也同媒體一樣高度關注這起案件。李分局長一大早就接到了警察廳偵查局局長的電話，再三叮囑絕對不允許有任何閃失，而且要盡快破案。其言外之意是說，必須要引導輿論朝對警方有利的方向報導。事實上，警察廳的首腦幹部們所在乎的並非查出案件的真相，而是媒體如何報導這起案件。若輿論對警方有利，他們就能平步青雲，晉級或進入國會。

李分局長帶著警廳首腦的期盼站在媒體面前。相機的閃光燈不斷閃爍，恐怕最近都沒有哪位明星受過如此高度的矚目，但他只是感到太耀眼了。拍攝告一段落，記者們爭先恐後提出了一連串問題。

「現在可以知道明確的死亡原因嗎？」

「大部分的死者都是被利器所傷致死。」

「那凶手是誰呢？外部人員嗎？是個人所為，還是集團犯案呢？」

「案發現場的處理工作尚未結束。由於屍體的數量過多，目前還在處理當中，因此案件還未進展到可以公開明確的死亡原因、凶手的階段。截至目前，情況還不好斷言。」

「那大概什麼時候可以確認完死者的身分呢？」

「最少需要三天的時間。」

「需要那麼久的原因是什麼？」

「首先，是因為屍體的數量龐大，可以看作是全年發生的殺人案的總人數。即便如此，警方處理現場的工作也不可以疏忽大意。由於案發現場的保護和紀錄要與搬運屍體同步進行，所以從物理條件來講需要這麼長的時間。另外，國科搜也無法一次檢驗那麼多屍體，這種案子他們也是第一次遇到，我們都需要時間。目前，國科搜和警方都在全力以赴地調查此案，還請大家再多給我們一些時間。」

從現場氣氛的轉變，可以看出記者們接受了李分局長的說詞。其實，媒體並不是真的期待警方能在一天的時間裡給出什麼說法，只要警方表現出坦率且誠懇的態度，記者自然會往友好的方向報導。這種情況下，態度和情緒才是最重要的。李分局長的經驗將警方與媒體的第一顆鈕釦扣好了。

「兩名倖存者的狀態如何呢？」

「一名處在嚴重的休克狀態，要獲得可靠的證詞還需要相當長的一段時間。另一名的傷勢很嚴重，仍處在病危狀態，審問還需要再等一段時間。就目前來看，他還處在生死未卜的狀況。」

†

尹智源坐在醫院的休息室，用手機收看李分局長召開的記者會。她和崔辰赫見過ＩＴ公司社長的妻子後，直接趕到醫院。兩人得到消息，另一名倖存者的身分已經被證實了。關於倖存者的現況，李分局長所說的與事實相反，雖然傷勢很嚴重，但並沒有對生命造成威脅。因為刀子巧妙地避開了重要器官，所以輸血後倖存者很快便恢復了意識。但如果警方對媒體公開實情，他們肯定會將焦點轉移到倖存者身上。到時記者為了採訪，說不定會擠滿醫院走廊，所以還是盡量隱瞞得好。

這時，崔辰赫拿著文件從走廊另一頭走過來。尹智源關掉手機，站起身。他沒說話，上前直接將文件塞給她，便一屁股坐在沙發上，看起來也很疲倦。她打開文件，裡面是倖存者的身分調查資料。昨天將他送進手術室之前，警方採集了他的指紋進行比對。

李爀世，29歲。有過七次前科。竊盜保險箱。

尹智源轉過頭看向他，崔辰赫勉強地睜開眼睛。

「那傢伙可是業界出了名的大盜，據說沒有他開不了的保險箱。」

「保險箱盜匪加入了邪教組織？看來這案子越來越有趣了。」

「更有趣的是什麼妳知道嗎？那間教會的教理禁止信徒把錢存進銀行。當然，個人身上帶錢也是違反教理的。」

「難道……」

「信徒捐出的錢都保管在教會裡。」

「哇。」

「早上開會的時候也提到了，這案子應該不是單純的宗教案件。」

「為了錢？」

「難道不是嗎？」

「可是單純為了錢，就能殺死一百多個人嗎？」

「妳還真是天真，人只要有錢，什麼都會做。」

「不要把所有人都講得那麼壞。當然，這間教會勢必跟錢有牽連，但把這案子百分百跟錢扯在一起，未免有點太牽強了吧？」

「牽強？妳仔細想想，IT社長的一百億加上其他信徒的財產，保險箱，還有竊盜犯，不覺得很順理成章嗎？」

「真是如此？」

「雖然這案子散發著宗教的氣味，但我覺得是事先設計好的。以錢為目標，有計畫地犯罪。宗教只不過是一個包裝罷了。」

這時，護士和醫生從病房走了出來。

「病人剛剛恢復了意識。」

兩人對望一眼。

「好吧，讓我們進去瞧瞧那傢伙手裡藏著什麼牌？」

審問

梁炯植巡視著現場，身為負責人，他需要留意現場的進展。目前此地仍處在一片狼藉的惡戰中，科學調查組為了保存、分析證物臨時搭起帳篷，國科搜的法醫徹夜不眠地進行屍檢，但屍體的數量實在太多了。連續兩天在屍堆中工作的年輕巡警，躲在角落嘔吐著，大家連頓正經的飯也沒吃上。也難怪，這種地方能吃下東西才奇怪。案發後梁炯植也沒有吃任何東西，酸溜溜的胃液反到了嗓子眼。所有參與這起案件的人，說不定要擔心的是日後留在精神上的陰影。

「找到頭緒了嗎？」科學調查組的崔組長問起。

「我在想有沒有遺漏什麼。」

崔組長嘆口氣，跟著梁炯植一起巡視起每個角落。兩人注意到尚未檢查過的公共食堂和洗澡設施。

「這裡的人也吃飯洗澡啊。」梁炯植望著食堂，自言自語道。

「再怎麼說，也得吃飯洗澡才能活吧。」

崔組長看著他。「發現什麼新線索了嗎？」

「我正在找。」

梁炯植走進食堂仔細查看四周。

「想像在這裡吃飯、聊天的人。」他像是看到了另一個世界似地望著食堂。「他們用了什麼樣的餐具，幾個人坐在一起吃飯。」

看著越來越投入的梁炯植，崔組長覺得自己也身臨其境。

「他們搭配乾菜醬湯大概吃了半碗飯，還有用水洗過的泡菜和醃黃蘿蔔，因為身體一定要輕。」

梁炯植細緻的洞察力讓崔組長感到震驚。可是，那些人吃什麼有那麼重要嗎？對梁炯植來說這很重要。刑警在調查案子時表現出的投入與執著，可以幫助他們想像出凶手的輪廓。或許，調查案子就是走進另一個世界的過程——走入各種怨恨與欲望使人們互相傷害的世界。為了找出真相，就必須深入其中。

他沉浸在想像中，走到教會後方的倉庫。這裡儲藏著大型的米桶、罐頭和速食麵紙箱。銀色的大型泡菜冰箱依然發出運作的聲響。即便必須清空身體才能升天，人還是要吃東西。梁炯植站在倉庫前，想像著進進出出的人。

他不肯放過任何小細節，將周圍的一切都拉進自己的想像中。不知道過了多久，崔組長已經走開了。這時，他注意到倉庫的地面上有些細小的鐵屑。如果不仔細看，是看不到的，而且這裡不是命案現場，所以很容易被忽略，但他注意到了這些完全不該出現在這裡的碎屑。

他蹲下身仔細查看，清醒的頭腦迅速運轉著。一定是有人為了開鎖磨了鐵。這就表示有人來過這裡，還是用了不正當的方法。他推了推櫥櫃，櫥櫃動了一下。那是一個多層移動櫥櫃。他將櫥櫃徹底移開後，看到了隱藏在後面的祕門——一扇大鐵門。鐵門上安裝了指紋識別鎖，他對這種最新型的鎖頭束手無策。

梁炯植找來支援現場的特殊勤務兵部隊，他們搬來砂輪機，用了近一個多小時才打通鐵門。他走進密室，狹小的空間立著一個高聳的大型保險櫃。勤務兵又花了一個多小時打開保險櫃，裡面卻空空如也。

這個隱藏起來的大型保險櫃是為了保管大量現金而設的，如今裡頭卻什麼也沒有。難道真的是為了錢？這時，尹智源打來電話向他報告，倖存者李爀世已經醒了。

為了親自審問李爀世，他出發趕往醫院。空著的保險櫃和確認身分的倖存者，將這起案件帶入了另一個完全不同的局面。他認為，這起案件已經超越了宗教的狂信，其背後說不定隱藏著其他陰謀。包括ＩＴ社長在內，所有信徒捐獻出的巨額現金不翼而飛。這間教會的教理禁止信徒擁有金錢，也不允許他們存進銀行，所以那些錢才會放進保險櫃裡。像這樣隱祕且安裝了雙重保安裝置的地方，不正證明了裡頭保管著巨款嗎？一定是有人將所有信徒殺害後，偷走那筆錢、消聲滅跡了。

但這件案子真的是因為錢嗎？

†

翌日正午左右，倖存者李爀世醒了，到了下午他已經徹底恢復意識。梁炯植課長和偵查一組的刑警都聚集在病房。作為目前唯一可以提供證詞的倖存者，李爀世的存在非常重要。

「崔刑警負責審問，尹刑警負責協助，開始吧。」

聽到他的指示，崔辰赫和尹智源點了點頭。這讓人大感意外，因為論審問技術，梁課長絕對是最厲害的，大家都很肯定他的實力，他卻把機會交給崔辰赫。

尹智源對課長不親自進行審問感到好奇。崔辰赫一定會把持不住自己的，如果是那樣，審問過程中便很有可能錯過重要的線索。再加上萬一李爀世被他威脅到閉口不答，情況只會變得更糟。雖然她知道辰赫是一個好搭檔，但就辦案能力而言，他和梁課長無法比擬。當然，這種想法若是被辰赫知道了，他心裡一定會很不好受。尹智源心想，先靜觀其變，一定要控制好他才行。

崔辰赫坐在病床前的折椅上，看著李爀世說：「李爀世。」

李爀世像是在作夢一樣望著遠方，彷彿什麼也沒聽見。他強忍著怒火，長嘆了口氣。崔辰赫很肯定他在演戲，因為像他這種慣犯，根本不存在做人最基本的良心。也就是說，這種人對於他人的苦痛和悲傷缺乏同理心。如果不是這樣，他怎麼可能進出監獄像回自己家一樣平凡？若是普通人，進了一次監獄出來後便不會再想犯案了，他們只會因自己前科在身而感到羞恥、痛苦，餘生也抬不起頭做人。但相反的，慣犯幾乎沒有這種心理，所以就算李烿世眼前死了一百多個人，受到非比尋常的打擊，但他失去理智的機率幾乎為零。這種慣犯只會在乎自身利益，都是些不可救藥的人渣。崔辰赫對此深信不疑，他注視著李烿世，心想只要抓住一絲破綻，就要撕下他的假面具，讓他原形畢露。

這時，尹智源流露出溫柔的表情，用溫和的口吻對李烿世說：「感覺好些了嗎？」

李烿世依舊望著遠方。她移動身子，與他四目相對。

「你知道這裡是哪裡嗎？」

李烿世默不作聲。她對著梁炯植和吳珠妍搖了搖頭。吳珠妍心想，雖說事態緊急，但也沒有辦法。處境十分尷尬，要是連李烿世也無法提供證詞的話，調查便很難再進展下去了，但梁課長的表情卻沒有任何變化。

崔辰赫一直盯著李烿世，再也抑制不住怒火了。他站起身擋在李烿世面前，視線與他相對。瞬間，李烿世的眼神顫抖了。

「明明就很清醒。」

憤怒漸漸沸騰，崔辰赫一把揪住李烿世的頭髮。

「你一聲不響，就以為沒事了嗎？那裡死了一百多個人，倖存者只有你和一個講不出話的十五歲孩子。搞不好你就要成為有史以來最惡毒的殺人魔，這樣也沒關係嗎？」

站在一旁的刑警戰戰兢兢地看著崔刑警，大家擔心他的動作超過容許範圍。就算是再重要的目擊證人，萬一傳出去警察逼供剛剛甦醒的患者，那可就糟糕了。但現在，崔辰赫已經顧不上這些了。

「喂，兔崽子，你現在打的是什麼主意啊？」說著，他更用力揪住李爀世的頭髮。

梁炯植站起身。「放開他。」

崔辰赫不但沒有放手，甚至還用食指捅了捅李爀世的手術部位。李爀世露出了猙獰的表情。

梁炯植喊道：「崔刑警，住手！」

崔辰赫聽了反倒更加用力地捅了下去。李爀世忍無可忍，大聲慘叫了起來。

「我叫你住手！」

梁炯植邊喊邊上前抓住了他的肩膀，但他用力甩開課長的手，又往傷口捅了下去。崔辰赫怒瞪著李爀世的眼睛，問道：「你能看見我？對吧？」

「呃啊——」

「住手！」梁炯植爆發了。

崔辰赫更用力地往深處刺激著李爀世的傷口。終於，他呼喊起來。

「看見了，看見了！求你住手，住手！」

崔辰赫這才放開了他。

李爀世眼裡湧出淚水，喊道：「媽的，看見了！沒錯，我看見了！」

原形畢露的李爀世在痛苦中掙扎著，梁炯植虎視眈眈地盯著崔辰赫，他也不示弱地瞪著課長，接著用輕蔑的口吻說道：「課長，他開口了。」

梁炯植慢慢放下抓著他肩膀的手。崔辰赫轉頭瞪著李爀世的眼睛，小聲對他說：「給我老實交代。」

李爀世在痛苦中一邊掙扎，一邊嘶吼：「不記得了。等我醒過來，才發現自己在那個倉庫裡，其他的什麼也想不起來了！」

「那好。那你說說看，你是誰？是從什麼時候開始待在教會裡的？」

「不知道。」

崔辰赫嗤之以鼻，舉起食指正要捅向他的傷口。

「真的，我真的不記得了！」

「是嗎？那我就幫你記起來。」崔辰赫拿來身分調查資料。

「李爀世，滿二十九歲。」

「不是。」李爀世極力否認現實，他捂住耳朵，搖著頭。

「有過七次前科：六次竊盜，一次強姦。」

「不是，那不是我！」

「給我閉嘴，你這混蛋！」

崔辰赫把身分調查資料推到他面前，喊道：「這可是藉由你的指紋確認出來的，你還敢說謊？李爀世。」

李爀世看了眼資料，想要迴避現實似地轉過頭去。

崔辰赫沒有放棄時機，他緊盯著李爀世湊到他面前，接著抬起頭，問道：「人都是你殺的吧？」

「不，我沒有殺人！」

下一刻，他又繞到李爀世的另一側，把臉湊過去窺視他的眼睛。李爀世的瞳孔出現了微弱的晃動。

「我說，李爀世，你都想起來了吧？」

「沒有！」

「媽的，你還敢跟我演戲。我知道，你清醒著呢。」

崔辰赫死死盯著他的眼睛。

「說，那裡發生了什麼事？」

李爀世轉過頭，一言不發，像是在心裡思考著該如何應對。

「爀世啊，不要再耍花樣了，老實講出來，才會對你有幫助。你真的想揹黑鍋嗎？假如傳出去你就是殺人凶手，你的父母、家人——你不是還有個侄子嗎？他們可都會變成殺人凶手的家人，而且還是殺了一百多條人命的殺人魔的家人喔。這種謠言要是傳出去了，你說他們會怎麼樣？啊？」

李爀世的臉上閃過一絲恐懼。

「人真的不是我殺的。」

「我知道，當然不是你了。你只不過是一個竊盜犯，不是殺人魔。快點把你知道的事都說出來吧，嗯？我們也不想為難你，可總得抓住真凶啊，快點說吧。」

李爀世陷入了沉思。崔辰赫向尹智源使了個眼色，她慢慢走上前。

到目前為止，崔辰赫用了硬招，現在該輪到軟招了。

「我們都知道，你也是迫不得已才捲進了這件案子。你如實地告訴我們真相，只要能破案，你那些小罪名我們是不會追究的。」

「……」

「就看你的了。」

「你們真的肯保護我嗎？」

李爀世上鉤了。

「當然了。來，現在就告訴我們吧，那裡到底發生了什麼事。」

終於，李爀世的嘴巴張開了。

作案計畫

那是一年前的事了。我出獄後遊手好閒了好一陣子，整天待在網咖想找找看有沒有什麼事可做。我說的都是實話，我真的不想再被抓進去了，所以想找份工作，努力生活下去。眼看就要三十了，三十而立的心情還真是有點複雜，總覺得不能再這麼一直混日子下去了。就在那時候，那個傢伙打電話過來。

「喂？」

「喂，膽小鬼。」

膽小鬼是我在監獄裡的綽號。雖然不是什麼好名字，但聽起來也不置於討人厭。

「媽的，你誰啊？」

「是我呀，雙龍！」

他綽號叫雙龍，是個詐欺犯，那傢伙要是動起嘴來可了不得。雙龍性格好，又有人脈，但就是不講義氣。他背後刺了兩條龍，所以大家都叫他雙龍，真名叫張二龍，也是兩條龍的意思。我和他同時進監獄，加上年齡相仿，又聊得來，所以在裡面走得很近。監獄裡面別提多無聊了，所以能說會道的人特別有人緣。大家都知道他張嘴就是謊話，但就那麼聽著唄。

那天我正好也無聊，就跟他見面喝了杯酒。

「你小子都快三十了，還混在網咖裡啊？」

「喝你的酒吧。」

「喂，日子得活出點生氣，有點創意行不行？瞧你那副倒楣樣。」

「我要找份正經工作，好好過日子。」

「你是在逗我吧？」

「隨便你怎麼嘲笑。」

「要是能像你想得那麼簡單，那些有前科的人怎麼會又進去啊？就因為不行嘛。可為什麼不行呢？因為這世界不公平，社會不合理嘛。你想想，哪有人願意相信有前科的人，還僱用他呀？更別提正經的工作了。我們這種人充其量只能去賣苦力做苦工。」

「所以我才在等機會啊。」

「臭小子，你還不明白呀？是這個社會逼我們有前科的人再犯罪。所以說，那都不是我們的錯，是這個社會的責任！」

「喝你的酒吧。」

「喂，憂鬱的小傢伙。為了你，我這個當哥哥的可是找了份好差事呢。」

「我已經金盆洗手，不想再進去了。就算過得窮，也想過得乾淨點。」

「發什麼神經，我們哪裡髒了？我們乾淨得很。這工作絕對沒問題，乾淨、不會傷到任何人。就幹這麼一次，好好把握這次的機會，以後就能過上舒服的好日子了。到那時候沒有人會瞧不起我們！只要我們手上有個二十億，什麼前科？那都不是問題了。」

「抓進去以前，人人都這麼說，這次絕對沒問題，這次肯定不會被抓。可結果呢？每次還不都是一樣。」

「那都怪之前我這個當哥的沒有計畫好。」

「那你說來聽聽。」

「不行，這件事只能告訴下定決心跟我們一起幹的人。」

「……」

「這件事是我認識的大哥策畫的。那位大哥的腦袋可不簡單，轉得相當快。這事我敢擔保，你要是有興趣，就打電話給我。要是人齊了，我們馬上就會採取行動。找到其他人的話，你可就出局了，盡快作出決定吧。好好想想，你這輩子可不常有這種機會。」

「真的能拿到二十億？」

「臭小子，最少二十億。」

我跟雙龍分手後，回到家躺在床上。雙龍說的那些話一直在我耳邊揮之不去。他說得沒錯，這麼混日子下去也不是辦法，一輩子每天都要去找工作，到頭來既沒錢，還要被人家歧視。雖然我死也不想再被抓進去了，但為了以後能過上好日子，還是決定再賭一把。

第二天，我打給雙龍。我當時真是瘋了，要是沒打那通電話，要是能努力找到一份工作的話，也不會……

沒過幾天，他帶我去見了一個叫ＳＫＹ的男人。他的真名叫朴天空，所以大家都叫他ＳＫＹ。他比雙龍大幾歲，應該是從小一起長大的朋友。雙龍為了介紹我們認識，找我一起去喝酒。醉意上來後，ＳＫＹ開始滔滔不絕地講起計畫。

「前不久我在報紙上看到一則新聞，某知名ＩＴ公司的社長賣了公司，接著就突然消失了。你們猜，他處理完上百億的財產後跑到哪兒去了？」

「哪兒啊？」

「教會。」

「教會？」

「你們肯定沒聽說過，因為那是間小教會，而且還隱藏在鄉下。不過，據說那個有錢人被教會迷住後，把全部財產都捐給了教會，自己也入教了。」

「所以？」

「所以，我們要拿到那筆錢。」

「那筆錢在哪裡？」

「跟我來。」

ＳＫＹ把我們領到他的住處。他住在位於市中心的高檔公寓裡，一看就知道那裡的租金很貴。其實，看到ＳＫＹ住在那種地方，我就已經相信他了。走進他家，就看到房間的牆上貼滿關於教會的資料、跟蹤ＩＴ社長時偷拍的照片，還有其他相關資料和新聞剪報。SKY調查得非常詳細，我們光是看那些資料就花了幾個小時。別的不知道，但我能看出來他為了這次的計畫花費了不少時間和努力。我心想，如果是計畫到這種程度的話，信他一次也無妨。

我盯著那面牆發呆時，SKY站在我身後邊喝著啤酒，邊問我：「怎麼樣？」

「可是，你怎麼知道那筆錢就在教會裡呢？」

「這間教會的信徒遵守教理，不會把錢存進銀行，教會只保管現金，這是他們的戒律。這點你放心，消息很可靠的。」

「那要怎麼取出來呢？」

「這有什麼好擔心的？你不是大韓民國最厲害的開鎖高手嗎？我們進到教會去找保險櫃，撬開它，然後把錢取出來就行了。」

「真的只做這些就可以嗎？」

「嗯，首先我們得進得去才行。這間教會呢，可不是人人都能進去。我們必須偽裝成基督徒混進教會。要得到他們的信任，還要準備被提。」

「被提？」

「沒錯，就是上天堂。這間教會的最終目標就是被提。他們不輕易接收信徒，要想進去就必須有錢或者積攢業績。」

「積攢業績是指？」

「把有錢人帶到那間教會，也就是說必須去傳教。」

「那我們要怎麼進去啊？難不成我們還得到處去傳教啊？」
「當然不是，教是要傳啦，我傳你。」
「我？哈哈哈，我是富三代，他們會信嗎？」
「為什麼不信？我會把你包裝得很精緻的。」
我看著ＳＫＹ的表情，意識到他是認真的。他為了這次的計畫，從六個月前就開始參與傳教活動了。
「你只要好好地扮演疑心重又什麼都不懂的富家子弟就可以了，然後趁機找到保險櫃，把錢取出來。雖然那筆錢被長老們盯得死死的，但總是會有機會下手的。」
「具體有多少錢？」
「那個ＩＴ社長就捐了一百億，再加上其他信徒捐的錢，實際有多少不能確定。但我可以保證，最少能讓你拿到二十億。」
「不是，你是按幾分成啊？」
「你小子野心不小啊，你放心，只要你成功撬開保險櫃，我肯定不會虧待你的，知道了嗎？」

†

醫院裡，母親懇切地望著熟睡中的兒子。雖然兒子的青春期來勢洶湧，但她沒想到竟會引發如此嚴重的後果。看著孩子的睡臉，她想起小時候的他。當年搖搖晃晃、笑著朝自己跑來、撲進懷裡的那個孩子，現在卻像是失去了靈魂一樣躺在床上。

少年醒來後，即使看著母親也不發一語。

母親握著他的手，看著他的眼睛說：「珉才啊，我是媽媽。」

但他依舊毫無反應，只是茫然望著窗外。母親感到焦慮，用力握緊兒子的手，他卻把手抽了回來。少年以沒有任何感情的眼神注視她，那眼神如同一把刀刺進為人母的心裡，令她疼痛不已。

†

李爀世的呼吸漸漸加快，大口喘著粗氣。崔辰赫刺激到的手術部位出了血，審問無法再進行下去。事實上，術後應該讓患者休息，但考慮到事態緊急，醫生才批准了這次的審問。大家雖然心裡著急，但還是請來了醫生，便離開病房。所有人都沒有睡覺，各個看上去疲憊不堪，神經緊繃。

現在也沒有時間休息，以警察廳次長的名義寄出的公文，得到了基督教聯合會的回應。基督教聯合會同意進行面談，但他們向警方提出要求，對異端調查會的相關資訊必須絕對保密。沒有理由拒絕這項要求，警方也絕不想讓媒體知道這點。

梁炯植命令崔辰赫和尹智源看守李爀世，等他恢復後再立刻進行審問。接著他與吳珠妍走到停車場，準備前往基督教聯合會。尹智源向梁課長敬了禮，但崔辰赫卻無動於衷，反倒一屁股坐在椅子上。

吳珠妍放心不下，對課長說：「你別放在心上，崔刑警就是那個樣子。」

梁炯植面無表情地看了看她。

「如果不是崔刑警，到現在我們還被那傢伙的演技矇騙呢。」

「那你剛才為什麼阻止他？」

「我也在演戲啊。」

「什麼？」

「如果我不上前阻止他，李爀世會那麼害怕嗎？從心理學的角度來看，有第三者出面阻止的時候，當事人的恐懼感才會提升。」

「不會吧……」

「我為什麼要讓崔刑警負責審問？我本可以把他派去現場的，但對付李爀世那種人，需要的正是崔刑警的粗暴。」

吳珠妍和梁炯植上了車。他發動引擎，駛離醫院。吳珠妍看著他，突然感到好奇，他到底在盤算著什麼呢？

現場總算整理出了頭緒。案發之後連續兩天，二十多具屍體已經分別移送到首爾、京畿、仁川的國科搜，同時，科學調查組根據照片和資料正努力復原當時的案發情景。

一山分局科學調查組崔川雄組長目不轉睛地盯著電腦，他是一位從檢驗班做起，資歷超過二十年的老手了。從蒐集證物、採集指紋進行比對到現在，崔組長一直堅守在現場。他將死者身上的傷口輸入電腦，藉由刀子刺進身體的角度和深淺，推測出凶手的體型、年齡、性別和手法。電腦畫面上生動地分析出二十名遇害者倒地的整個過程。他面對電腦，難以置信地一再重播著分析結果。

「天啊，會不會是哪裡出了問題啊？」

楊政吉警員和新人鄭仁海巡警反覆檢查了幾十遍，楊警員以他特有的口音說道：「組長，這是無法改變的事實。你看這個角度。」

「天啊，這……」

崔組長無論如何也不敢相信。他看向鄭巡警，只見她的臉上也充滿恐懼。鄭巡警的專業是電腦繪圖，這次她發揮了自己的專業特長，但她怎麼也沒有想到電腦會復原出這麼殘忍的場景。崔組長再次看向電腦。

畫面中，二十幾名遇害者互相刺殺對方，接著紛紛倒在地上。

被打亂的計畫

審問結束後李爀世昏睡了過去。醒來後，可能是肚子太餓，他連喝了兩碗白粥。

尹智源看著他狼吞虎嚥的樣子，對崔辰赫說：「人類真是奇妙，經歷了那種事還能吃得下去。」

但崔辰赫沒有回應，他正皺著眉頭思考別的事情。

「崔刑警，你沒事吧？」

「心情不好。」

「怎麼了？」

「剛剛課長啊。」

「你跟課長警銜差那麼一大截，還敢頂撞人家，不受處分就萬幸了。還好，梁課長是個講道理的人，才沒跟你計較。」

「不是這麼回事。」

「那是因為什麼？」

「課長他，剛才像是在跟我演戲。」

「嗯，演戲？演什麼戲？」

「剛才我看到他的眼神時感覺到了。」

「看眼神能知道什麼？」

「梁課長，剛才阻止我的時候一點也不像在生氣。」

「什麼！」

「他是在利用我套出李嫦世的口供。」

尹智源心想，如果是課長的話，一定能做出那種事。為了調查案子，他什麼事都做得出來。站在崔辰赫的立場，她完全可以理解他心情糟糕的原因。

崔辰赫不願再糾結在這件事情上，轉過頭看向李嫦世。看吃相，李嫦世怎麼也不像是幾個小時前剛做完手術的患者。雖然他的狀態並未好轉，但食欲似乎沒受什麼影響。尹智源也靜靜地看著他。為了不讓自己噎到，他開始細嚼慢嚥地吃著，真是讓人覺得又可惡又可憐。

就在這時，科學調查組的崔組長帶著剛分析出來的結果走進病房。他看了眼正在吃飯的李嫦世，接著將資料遞給了崔辰赫。

「真是Unbelievable。」

「說什麼呢？」

「聽不懂英語啊？我說，真是難以置信，你看看分析結果吧。」

他打開信封，尹智源好奇地湊了過來。崔辰赫的表情漸漸凝固，身旁的尹智源也一臉受到衝擊的樣子。

崔辰赫看著崔組長問道：「這是什麼意思？」

「還能是什麼意思，就是上面寫的意思啊。」

「你要我相信這些？」

「我在現場忙翻了天，難不成閒到跑來跟你胡扯啊？分局裡沒人，我才特地把分析結果送過來的。話說回來，梁課長去哪了？」

崔辰赫拿著分析結果走到正在喝粥的李爀世面前，一把搶下餐盤丟了出去。崔組長嚇了一跳，趕忙上前攔阻，尹智源也擋在他前面。

李爀世大叫起來。「又怎麼了嘛！」

「怎麼了？」

崔組長用力阻擋住崔辰赫。

「你這是幹嘛，瘋啦？又想受處分啊？」

「好了，知道了，我冷靜就是了！」

崔組長慢慢放開他，崔辰赫拿著資料在李爀世面前晃了晃。

「你知道這上面寫著什麼嗎？啊？」

李爀世嗆到了，咳出了米粒。

「你個混蛋！還能吃得下飯？你給我看清楚！知道這是什麼嗎？」

「不知道，不知道！」

「一百多個人不分你我互相刺殺彼此，看到沒？」

李嫦世一臉驚慌，老實地聽著。

「你這混蛋，快說！那裡到底發生了什麼事？」

李嫦世靜靜地垂著頭，過了一會兒慢慢地抬頭看向兩人。他哭了。

「少耍花樣。」

「我沒有耍花樣！」

「什麼？」

「我害怕，因為我害怕！」

尹智源安撫道：「是啊，你也很害怕，那你快點告訴我們吧，好嗎？」

李嫦世好不容易忍住了眼淚，撇著嘴說：「我說到跟ＳＫＹ和雙龍見面了吧？」

他接著講了下去。

†

一個月後，我和ＳＫＹ、雙龍一起去了耶穌再臨教會。ＳＫＹ把我介紹成富三代，把雙龍介紹成放高利貸的黑社會。但那些人不相信我們，他們把我們帶到教會本館旁邊的組裝式建築裡，就是大門入口旁邊的倉庫。從外面看那是一個倉庫，但其實裡面和監獄沒什麼兩樣。每個房間都設有鐵門，而且只能從外面上鎖。我們被分開關了起來，每隔一段時間，就會進來一個人坐在我面前講述相同的事情，然後離開。他們說的都是與教會教理有關的內容。我提出問題，他們也不會回答我。所有人都像機器人一樣說完自己背下來的話就離開。神奇的是，他們講了三十分鐘左右，每個人講的內容都一字不差，現在想來都覺得很不可思議。

就這樣，不知道進進出出了多少人之後，那名男子走了進來。他穿著黑色的衣服，感覺跟其他人不同。怎麼講，看上去很有魄力的感覺。他問我：「你叫什麼名字？」

「李爀世。」

「為什麼來教會？」

「因為我感到孤獨。」

「為什麼孤獨？」

「小時候，我爸打跑了我媽，然後給我找了個繼母，那個女人，嗚嗚，她虐待我。」

這些話都是ＳＫＹ教我講的，他說如果內心有創傷的話，教會更容易相信我們。我跪在那個男人的面前，哽咽地講出編造出來的故事。奇怪的是，當我在他面前講出這些時，會覺得捏造出來的故事就是自己真實的記憶，我還哭了出來，當時真的很難過。其實，我的童年也不比假的故事好到哪裡。

第二天他繼續問了相同的問題，第三天也是，第四天也是。那個男人會在指定的時間出現，他問我答，我把人生裡的點點滴滴都告訴他了。而每天的最後，問題都一樣：

「你為什麼來教會？」

每天都這樣，讓我感到快要崩潰了。在那裡我感受不到時間的經過，被關在裡面的時候，我真開始思考起他提出的問題，我是誰？為什麼活著？這些問題我平時絕對不會細究。捫心自問後，我彷彿知道了自己是誰一樣，於是我回答：「來教會是為了得到救贖。」

我是真心講出這句話的，我希望得到救贖，渴望得到幸福。在別人眼中，我是一個無可救藥的罪人，但我也想腳踏實地活下去，只是不知道方法罷了。我也想像其他人那樣好好生活。

當然，SKY事前教我們練習過了，他說要是被問為什麼來，就回答是為了得到救贖。我再怎麼迷糊，也還記得標準答案。可我萬萬沒想到，自己是在真情實意下說出來的。其實，一開始我並沒有把邪教放在眼裡，我以為那些人都是群白癡才會對此深信不疑，但並沒有那麼簡單。那些人是真的以執著的信仰團結在一起，內心有著痛苦的人更是如此。沒錯，我心裡也有痛苦，那些人就像能讀懂我的心一樣，他們都很關心我。

現在我還記得，黑暗裡只能聽到那個人的聲音。他的聲音中不摻雜絲毫的情感，使我更加相信他。在那個狹小的房間裡，他的聲音彷彿抓住我的身體，滲透進每一個細胞。怎麼形容呢？那聲音就好比一把鑷子，把我過去人生裡的點點滴滴都揪了出來。那些我想要忘掉的記憶，想要抹去的想法，他執著地緊咬不放，像是要揭開我們的真面目一樣。

他們每天只給我們一塊麵包、一口水，我們被關在各自的房間裡，必須在黑暗中回答幾個小時的問題。那裡還不如監獄呢，監獄至少還能和關進來人聊聊天，也有簡短的時間可以做運動，但在那裡，感覺精神都快被榨乾了。不過，每天那樣回答他們的提問，你知道我感受到什麼嗎？我認清了自己，知道自己是個怎樣的人，怎麼活過來的。沒錯，我就是一個沒有希望的小偷，一身可恥可惡的壞習慣——我是一個無可救藥的人。老實講，我還是第一次那樣坦白地審視自己的人生。最終我明白了，其實我就是一個廢物。搞清楚了這些以後，一切就都結束了。

從那天起出現了改變，那個人一聲不響地望著我，握著我的手說：「在這裡，你可以重新來過。」

你知道我聽到那句話時的反應嗎？我哭了，我太激動了。笑吧，我知道你們會嘲笑我。你們這些人絕對不會明白我的感受。聽到他那麼講，我真的覺得自己可以重新開始，你們能了解嗎？我們這種人，每天都會去想如果可以重頭來過，如果可以回到小時候，如果可以回到犯罪以前！如果人生沒有汙點，如果可以洗清自己的罪孽！

你們知道僅有一次的人生被毀掉時的心情嗎？可他告訴我可以重新來過，他是真心的，不覺得這很感動嗎？那個人很清楚我最想聽到什麼話，「可以重新來過」這句話令我渾身發抖。從那一刻起，我便視他為主，我的主，他救贖我，讓我可以重新來過。

就這樣，我們結束了昏暗的生活走到外面，看到太陽，感受到炙熱的陽光。我們在住處慢慢恢復身體，在那裡吃飯、睡覺，閱讀他們給的書，就是那本《神的啟示》，他們的聖經。讀了那本書以後，我理解了那些人的想法。他們並不是愚蠢的人，是這個世界被罪惡汙染了。沒辦法，帶著原罪降世的人類其本性就是會去犯下錯誤，因此，人們為了升上天堂就一定要洗清罪孽，要將自己徹底地清空才能重新來過；要將自己的一切都獻給教會，徹底服從神，不可以被人類的欲望和情感左右，只能服從並按照神的旨意行動。看到這些，我覺得簡直就是胡說八道。我產生了疑問，到底是什麼讓這群人被這些胡言亂語所迷惑，自願把財產捐了出來，又肯住在這窮鄉僻壤裡，甚至連頓正經的飯都不吃呢？

從倉庫被放出來、看到陽光時，我清醒了，也找回了理性。在裡面產生的想法，都是因為神智不清所致。應該是從那時開始，雙龍動搖了。那傢伙的眼神從被放出來以後就變得很奇怪，像是放棄一切似的，偶爾還會流眼淚。關在裡面的時候，也許在他身上發生了什麼事吧。於是我問他：「你想什麼呢？我們為什麼來這裡，你沒忘記吧？」

可那傢伙卻不回答我，然後，ＳＫＹ動怒了，一把揪起雙龍的衣領。

「你仔細想想我們被關在裡頭發生了什麼事，還有，我們為什麼要忍受這些！」

雙龍面無表情地看著我們說：「如果他們說的都是真的呢？」

「什麼？」

「如果我們因為原罪不能升上天堂呢？」

「你這瘋子，那都是胡說八道！這裡是邪教，你打起精神來！」

ＳＫＹ忍無可忍，打了他一巴掌。

「你該不會是在裡面把我們的計畫都供出去了吧？」

雙龍嗤笑著說：「什麼計畫？」

「什麼？」

「那種計畫，我現在想不起來了。」

說著，雙龍甩開ＳＫＹ的手，走掉了。

雙龍就是那種性格，在監獄裡的時候，他就很感情用事。怎麼說好呢？他是個沒有主見的人，很容易受人擺布。別看他能說會道，跟人相處融洽，但他耳根子軟特別容易聽信別人。沒辦法，我們心想只能一邊觀察雙龍，一邊盡快找到保險櫃離開那裡。那間教會的氣氛真的很詭異。

ＳＫＹ說：「我總覺得這裡不乾淨，我們得盡快離開。」

「怎麼了嗎？」

ＳＫＹ一臉恐懼地看著我。

「這裡真的很詭異，太可怕了。你說，那些人說的不會是真的吧？」

「你清醒點！」

事實上，我也漸漸感到混亂。我們陷入了無法預知的狀況。後來，那件事就發生了！沒想到世上竟會發生那種事！

惡靈

為了掌握異端調查會的實際情況，梁炯植和吳珠妍來到基督教聯合會。兩人坐在會議室裡等待教團的負責人。過了一會兒，一位青年送來茶水。隨後，一名看上去四十多歲、長相文靜的男子也走了進來，是擔任教務科科長的張聖民牧師。他打過招呼後，思考片刻才開了口。

「異端的問題真的很棘手。事實上，異端跟我們沒有任何關係，但外部的人卻不這麼看。所以我們盡量藉由教會的雜誌，告訴世人邪教與異端的問題。」

吳珠妍擔心牧師的開頭過長，於是直接打斷他。

「您知道那間耶穌再臨教會嗎？」

「我們從很久以前就注意到那間教會了，因為它是最具危險性的異端。林昌道牧師從很早以前就擁有很多異端經歷，是我們特別關注的人物。五年前，發生過一件大事。」

「什麼大事？」

「唉，教會裡的一個孩子創造出了奇蹟。」

「奇蹟？」

「是的，奇蹟。」

「您能具體解釋一下是什麼樣的奇蹟嗎？」

「那個孩子能為患者治病，會說方言（注），還能預言，而且他僅是一個十五歲的少年。」

十五歲？梁課長瞬間想到了躺在醫院裡的金珉才，那孩子也是十五歲。

「這都是真的嗎？」

張聖民牧師長嘆一口氣，然後搖了搖頭。

「不是沒有這種可能，隨著親眼目睹奇蹟發生的信徒人數增多，林昌道的宗教勢力也逐漸擴大。我們判斷這樣下去會很危險，如果置之不管，他勢必會成為災難的種子，因此我們嘗試用教團的方式去阻止他，但……」

「但是怎麼了？」

「那個少年消失了。」

「突然的？沒有任何原因？」

注 說方言是指流暢地說出類似話語般的聲音，但發出的聲音一般無法被人們理解。與失語症不同，說方言是暫時性的精神狀態，而不是一種長期的生理疾病。說方言通常是宗教活動的一部分，特別是印度教和基督新教的靈恩派。

「是的，沒有人知道他為什麼會消失。」

「那之後他去了哪兒也不知道嗎？」

「我們也想找到那名少年，為此付出了極大的努力，但最終還是沒有找到。少年消失以後，失去了先知的林昌道教會也逐漸走向沒落，所以我們就把這件事隱藏起來了。」

「如此看來，說不定這件案子也和那個少年有關。」

「可能有，也可能沒有。雖然傳說他能創造奇蹟，但畢竟不知是否屬實，而且現在他已經二十歲了，很有可能發揮不出當年那種魅力了。」

「魅力？」

「因為孩子在青春期時情感敏銳，想像力豐富，很容易相信自己就是先知，並按照自己相信的採取行動，因此精神會出現分裂，由此形成一種魅力，這也是邪教利用孩子的典型手法。但等孩子過了二十歲，他本人還會相信這些嗎？那種魅力最終來自於全情地投入，邪教教主更是如此。」

「如果這件案子跟當時的少年有關，那就等於說五年後他再次現身了。」

「是的，當時我們應該想盡辦法徹底揭開那間教會的真面目，卻力有未逮。」

「未能揭開的原因是什麼？」

梁炯植冷冷地問道。張聖民牧師覺得他的口氣像是在審問，忽然露出警戒的表情。

「呃，派出去的調查員發生了一些問題。」

「什麼問題呢？」

「現在在這裡很難向你們說明。」

吳珠妍開口問道：「奇蹟真的存在嗎？」

「怎麼可能存在，那怎麼可能是真的呢？你們去調查的話就會知道，林昌道就是一個膚淺的騙子。那名少年只不過是被他利用的可憐孩子罷了，怎麼可能存在那種奇蹟呢！」

「請您再詳細地講一講那個少年的事情。」

「對不起，我知道的只有這些。」

「那——」

「其他的事情，你們只能直接去問異端調查會了，他們手上才有當時的調查紀錄。」

「我們想見見他們。」

「收到公文後，我們也斟酌了很久，這件事還請你們絕對保密。異端調查會的資料一旦流傳到外面，必定會對社會造成影響，也會讓異端調查會的工作人員陷入險境。」

「我們會保守祕密的。」

牧師遞上兩份契約書。

「這是保守祕密以及調查過程必須先通知我們的內容。」

兩人看過契約書，點了點頭，並在上面簽了名。

「在參考異端調查會的資料時，請二位務必作好判斷，因為那些資料存在著撒旦的力量。」

「什麼是撒旦的力量？」

「就是能夠吞噬掉我們的邪惡力量。」
梁炯植和吳珠妍心想牧師恐怕要開始傳教了，於是打算起身離開。
「你們相信撒旦的存在嗎？」
「我們沒有信仰。」
張聖民牧師面帶苦澀地看著兩人。
「我信奉耶穌基督，因此也相信惡靈與撒旦的存在，請二位多加小心。」
「那您能具體地告訴我們，您在擔心什麼嗎？」
「異端調查會是在最前線與異端和邪教鬥爭的人，異端和邪教的人多數都擁有撒旦的靈。」
「所以呢？」
「所以那些人會親眼目睹我們無論如何也無法相信、無法理解的事情。你們絕對不要去相信，那都不是真相，只不過是假象、是不存在的。」
「既然如此，那異端調查會又是怎麼記錄下這些的呢？難道不是因為實際發生了那些事，才記錄下來的嗎？」
「惡靈的力量遠比你們想像的還要強大，祂會讓你們相信並看到從未發生過的事情。事實上，異端調查會的調查員也……」
張聖民牧師欲言又止，陷入沉思。吳珠妍希望他能繼續講下去，說出真心話。終於，他冷靜地開口說道：「異端調查會中的一些人也被撒旦掌控住了。」

「掌控住了？」

「就是說有幾個人犧牲了，屬靈上的犧牲。」

「屬靈上的犧牲……」

「請二位多加小心。調查這種案子並不是單純地找出凶手就會結束的，千萬不要讓祂吞噬掉你們的靈魂。願上帝賜福於你們。」

聽到這些，吳珠妍更想去見異端調查會了。見兩人還想再問些什麼，張聖民牧師說：「三個小時後，我會再聯絡二位，告訴你們具體的見面地點和時間。其他問題，請你們去問異端調查會吧，但我還是希望你們不要完全相信他們。」

梁炯植盯著張聖民牧師問道：「看來你們也不再信任異端調查會了。」

牧師一臉悔恨的表情，長長地吁出一口氣。

「我最害怕的莫過於撒旦的樣子，祂就潛藏在我們周圍，有時讓人難以分辨。」

說完，張聖民牧師轉身離開。

†

「那件事就發生了！沒想到世上竟會發生那種事！」

李爀世顫抖著，像是有人要來抓他似的，視線垂在地上。他看上去並不像是在演戲。

崔辰赫急躁地想要上前逼他繼續講下去，但尹智源一把抓住他的胳膊，對他搖了搖頭。她覺得應該讓李爀世休息一下，讓他整理好思緒才能更有效率地提供證詞。崔辰赫錯過了時機，只好再給李爀世一些時間讓他陳述下去。崔辰赫的手緊緊抓著椅子的扶手，壓抑自己的急性子。

李爀世顫抖著，尹智源靜靜地等待，崔辰赫則目不轉睛地瞪著他。就這樣過了許久，終於，他抬起頭看向兩人。

「不管我說什麼，你們都會信嗎？」

李爀世變得跟剛才截然不同，顯得很冷靜。

「說吧，不管你說什麼。」

尹智源點了點頭。李爀世用顫抖的聲音繼續說下去。

†

那件事發生在週日禮拜的當天。那些人允許我們參加週日的禮拜，就表示他們開始接納我們了，因為只有得到肯定的信徒才可以參加禮拜。這完全歸功於雙龍的表現，他以令我感到可怕的態度深入學習他們的教理，還會提出問題。他漸漸變成了另外一個人，我甚至想不起來最初認識的那個雙龍了。

開始做禮拜時還很正常，牧師走上臺講論，信徒們在臺下聽著。我聽著林昌道的演講，覺得沒有什麼特別之處，都是些老套的內容，一點吸引力也沒有。大家看上去也和我一樣覺得無聊，甚至還有幾個信徒做起別的事。雖然林昌道是主任牧師，但我覺得大家並不相信他，他不是那種有能力說服、領導大家的人物，所有人都在等那個人的到來。

終於，他登場了。一瞬間，教會的氣氛高漲起來。他的存在、出現就足以讓人為之著迷。那真的是充滿激情、讓人全身心投入的禮拜。那個人什麼也沒說，他的存在就足夠了。大家哭了起來，接著一、兩個人說起了方言。那些聽不懂的語言不是叫作方言嗎？他們連自己在講什麼都不知道，在場的人就像大合唱似地滔滔不絕地說著方言，聽不懂的語言充斥整個教會。

突然，所有聲音戛然而止，那個人的聲音產生了變化，不是單純的變粗了，怎麼形容呢？就好比是從地底發出的聲音一樣帶有迴響。他的聲音征服了所有人，大家停止哭喊和方言，所有人都看向他。從他嘴裡爆發出一種奇怪的聲音，那不是我們的語言，我從未聽過那種語言，沒有人知道他在說什麼。牧師走上前，他才安靜了下來。接著，又發出深沉的聲音。

「ㄨㄙㄉㄊㄚㄊㄧㄙㄨㄡㄔㄚㄧㄍㄋㄚㄡㄊㄇㄚㄇㄨㄙ　ㄉㄜㄊㄨㄣㄇㄧ。」

牧師翻譯道：「神要對你們說，那一天就要來臨了。」

大家開始狂抖起身體，所有人都難掩興奮地摸抓著自己，他們看上去就跟瘋了一樣。

「ㄔㄨㄨㄉㄧㄋㄧㄔㄞㄉㄡㄏㄚㄊㄜㄌㄢㄙ。」

「繼續祈禱吧，為了那一刻的到來準備吧。」

「ㄔㄚㄧㄚㄉㄡㄔㄨㄑㄧ　ㄅㄧㄛㄣㄧㄛ　ㄏㄡㄌㄚㄙㄚㄙㄚㄒㄧ　ㄡ！」

「那一刻來臨時，你們必要奮不顧身！」

「ㄎㄡㄎㄜㄔㄚㄊㄧㄙ ㄇㄞㄉㄜ。」

「那一刻就在眼前了。」

說完，整個教會的氣氛變得更加狂熱，大家高興得不知所措，跟瘋了一樣。我夾在人群中努力讓自己保持清醒，但不知不覺中我感到自己的血液也沸騰了起來。我轉過頭去找雙龍和ＳＫＹ，ＳＫＹ一臉慌張地望著我，撇撇頭。我看過去，只見雙龍沉浸在歡呼聲中哭喊著，無法自拔。

我又看向那名男子，他站在信徒之間說著方言，聲音不斷迴響著，但……但是，他的嘴巴卻一動也不動。

難以置信的供詞

李爀世已經精疲力盡了，但崔辰赫卻顯得一點也不知疲倦。他睜著充血泛紅的眼睛，一臉今天勢必要問出真相的表情瞪著李爀世，眼看就要發火了。

「喂，你以為我們會相信你那些鬼話嗎？」

崔辰赫的口氣驚心動魄。再這樣下去很危險，尹智源先發制人阻止了他。她的腦袋也很混亂，擔心警方說不定已經落入了李爀世的圈套了。他的陳述既沒有邏輯，也不合理，教人難以置信。他的意圖是什麼呢？但就目前的狀況來看，警方也束手無策。又或許連李爀世自己也不知道真相，他是一個不可靠的證人。既然如此，在這裡聽他講下去就失去了意義。

尹智源作出判斷，必須先暫停，分析他講的內容，再來進行審問。稍有差池，大家就都會掉進他設下的陷阱，但崔辰赫卻堅持勇往直前。

「不動嘴巴就講出方言？你現在是在跟我開玩笑嗎？你說的是人話嗎？」

「我也知道你們很難相信，可你們沒在那裡啊！只有聽過那個聲音才能明白，那不是假裝模仿就能發出來的聲音。真的就像是從地獄裡發出的聲響一樣！」

「兔崽子！你少在這裡講瘋話。」

崔辰赫的火氣漸漸飆升。依他來看，這案子很單純，邪教教主迷惑信徒，騙走錢財後殺人滅口。他好奇的是，信徒們為什麼會互相殘殺？但他完全沒有料到李爀世會講出這些意想不到的事情，把大家引到預料之外的方向。崔辰赫恨不得立刻上前拆穿他的謊言。

尹智源一把抓住他的胳膊。「我們去喝杯咖啡吧。」

「妳自己去喝。」

崔辰赫正要上前逼供，尹智源更加用力地抓住他的胳膊，堅定地說：「去喝杯咖啡。」

她的口氣讓人無法拒絕。

†

尹智源雙手拿著美式咖啡走到休息室，坐在崔辰赫身旁。她將冰美式遞過去，搭檔接過一口氣喝光，接著咀嚼起冰塊。尹智源看了不自覺地皺起眉頭，她小口啜著手中的熱美式，原以為醫院裡的咖啡店不怎麼樣，沒想到咖啡的味道還不錯。

這時，崔辰赫連冰塊也吃完了。

「上去吧。」

「我還沒喝完呢。」

「邊走邊喝啦。」

「很燙耶。」

「那妳喝完再上來。」

崔辰赫起身。

「崔刑警！」

「又要幹嘛？現在哪有時間坐在這裡喝咖啡啊？必須馬上把那傢伙的嘴巴撬開才行。妳也看到了，那傢伙都胡扯些什麼！」

她冷靜地看著他。

「所以我們才要在這裡喝咖啡。」

「為什麼？」

「你那樣逼問他，就能解決問題了嗎？」

「什麼？」

「你還不明白嗎？那傢伙正按部就班地照著自己編造的劇本演戲呢。你被那傢伙編造的故事給戲弄了。」

「妳是說他是有計畫性的？」

「對啊，不然他就是瘋了，所以我們不能把他的話當真。再這樣下去，可就上了那傢伙的當了。」

崔辰赫一愣。因為自己過於激動，沒有考慮到這一點。

「那傢伙說的都是謊話？」

「目前來看還無法肯定。只是我們也需要點時間，不能一味地被那傢伙牽著鼻子走。」

「嗯，妳說得沒錯，但我們現在沒有時間啊。」

「心急往往會誤事。」

「那傢伙的腦袋有那麼聰明，還敢戲弄我們？那小子不過是個竊盜犯。」

「崔刑警，他可是一百多人裡存活下來的人，絕對不是個單純的竊盜犯喔。」

†

從基督教聯合會出來後，梁炯植和吳珠妍開車趕回分局。雖然在案發僅一天的時間內有了重大進展，但越深入案情，越讓人覺得複雜。這絕非一起輕而易舉就能破獲的案件。梁炯植深知，越是這種案子，越要找出明確的方向進行調查。到處蒐集資訊，或是朝多方面展開調查只會浪費時間。他希望由自己來設定計畫，刑警們只需按照計畫採取行動。再也沒有多餘的時間可以浪費了，他正面臨一決勝負的關鍵時刻。

梁炯植召集所有刑警，是時候將眾人之力投入到自己的計畫中了。

一山分局的大會議室裡，擠滿他手下的三十多名刑警，到處響起不滿的聲音。

「搞什麼啊，這麼忙還開什麼會啊？」

「哼，了不起的課長有話要說嘍。」

「看來他是想給我們介紹犯人吧？」

大家嗤嗤笑了起來。

「喂，還不把嘴閉上！」

崔辰赫大喊一聲，所有人頓時安靜下來。

「幹嘛那麼敏感啊？」

二組組長追問：「一組查到什麼啦？獨家調查總得有點收穫吧？難不成，漂亮的組長到處去兜風啦？」

這句話絕對是針對吳珠妍。

「大哥，你這是在講話，還是在放屁啊？」

「你這兔崽子！」

崔辰赫一句話激怒了二組組長，他起身正要朝崔辰赫走去時，梁炯植和吳珠妍走了進來，眾人只好坐回座位上。梁課長態度冰冷地站在臺上，直接進入正題。

「從現在起，大家要將調查人力集中在尋找失蹤的林昌道、張二龍和朴天空三人身上。」

臺下交頭開始接耳。這命令意味著要大家放下截至目前進行的所有調查，將案件方向鎖定在計畫犯罪上。

二組組長問：「課長，那其他的可能性就都排除了嗎？」

「是的。」
「現在屍體的身分都還沒有確認，要是那幾個傢伙就在其中呢？」
「我認為他們沒有死。」
「搞什麼？就算他們沒死，最基本的工作也要先從遇害者周邊進行調查啊。你現在要我們改變調查方向，這是在做賭注嗎？」
「是的。」
「理由是什麼？」
「現在去確認所有的可能性只是浪費時間，我們必須以切實的計畫採取行動。」
「你說這是那群傢伙有計畫地犯罪，那你有什麼確鑿的證據嗎？」
「沒有。」
「那你現在是要拿我們整個一山分局的命運跟你的直覺下賭注了？」
「是的。」
「吁，課長，我知道你很能幹，可我也當了二十五年的刑警了，下這種賭注未免也太危險了吧？萬一基礎工作有什麼閃失，到時候你要怎麼擔當啊？」
「我會負起所有責任。」
梁炯植直視著二組組長，他的眼神極為冷靜，沒有一絲憤怒或焦慮，讓人覺得既堅定又冰冷無情。
二組組長無話可說，坐回位子上。這時，分局長走了進來，所有人站起來。

「臭小子，都給我坐下，你們爺爺來啦？大家知道情況的嚴重性吧？」

刑警們表情嚴肅地望著分局長。這位從基層做起一路拚搏到分局長的男人，可說是身經百戰。正是這種閱歷，讓基層刑警對他無比信任。李分局長有著能夠團結所有人的力量，也只有他可以做到這一點。

「我們是一家人，知道嗎？現在不要互相猜忌，抓緊時間破案！這是我們一山分局的案子，必須由我們親手解決。」

大家眼中重新燃起了鬥志。這種激發鬥志、同時安撫屬下的話語，只有李分局長說得出來。

「是！」

「好，開始行動吧。」

刑警們陸續離開了會議室，分局長叫住眼睛充血的崔辰赫。

「崔辰赫。」

「是！」

「你去睡一會兒。」

「我沒事。」

「逞什麼強，誰擔心你了？我可不是為你著想，我是怕你不讓那個倖存者睡覺！要是傳出去警察拷問證人的謠言，你負責啊？」

「……」

「還有，絕對不能動手啊。要是他帶傷出現在記者面前，警察的形象可就都毀在你手上了。就連我和廳長這頂烏紗帽也不保了，知道嗎？」

「是。」

「去吧。」

大家都走了以後，會議室裡只剩下梁炯植和分局長。李分局長拿出菸叼在嘴裡。

「你有信心嗎？」

「我沒有其他的選擇了。」

「是啊，幹刑警的都很堅持自己的直覺。呼，像你這樣能冷靜思考，實屬難得啊。」

「是。」

「那個孩子怎麼樣了？」

「還是不能講話，看上去失魂落魄的。」

「他不會也在演戲吧？」

「那孩子不像。」

「好吧，一個十五歲的孩子，我們也拿他沒辦法。」

「這案子似乎越來越複雜了，我總覺得背後隱藏著更大的陰謀。」

「是呀，我也這麼覺得。那些信徒又不傻，背後肯定另有隱情。這條線你會親自去追吧？」

「是的。」

「調查會那邊呢？」

「今天晚上我們會去見異端調查會，已經得到見面時間和地點了。」

「真是夠隱祕的。答應他們的事情要做到，教會提出的要求也很合理。」

「我明白，我也希望暗地裡採取行動。」

「辛苦了。」

梁烱植離開後，會議室裡空無一人。

李分局長覺得自己的身體像故障一般，胸口有如被子彈穿透。他想大聲發洩，也想抓住誰傾訴，可是他找不到任何適合的對象，不，應該說自始至終他就沒有可以傾訴的人，能去問誰呢？

「為什麼會發生這種事！」

李分局長感到害怕，但他絕不是一位軟弱的警察。十年前，他審問過一個殺害了三十名婦女的連環殺人魔。凶手在他面前不敢放肆，很快便招供了。當時，他目睹了案發現場，面對被截斷四肢、血肉模糊的屍體，他依然可以保持冷靜，因為他要求自己必須如此。他深信身為警察，冷靜思考和判斷才能破案。正是因為能夠一貫保持冷靜的態度，才讓他從巡警步步高升。所謂刑警的直覺，也是從冷靜的判斷中萌生出來的。失去冷靜的瞬間，就會被情緒控制，作出誤判。多年來的警察生活，讓他引以為傲的，正是自己不管處在怎樣的狀況下都可以保持冷靜，從不受情緒的影響。

但這次的案子與以往不同。在巡視教會時，他感受到了恐懼。如果可以，甚至想轉身逃走。他見過那麼多慘不忍睹的案發場面，但這次現場令人觸目驚心，簡直慘絕人寰。

李分局長不由自主地回想起那個場景，他突然想明白了，為什麼這次的現場會令自己如此震撼，不單純是因為死亡人數的關係。那讓人無法釋懷的理由正是那些屍體的表情——他們都在笑。

這真的是人為所致嗎？

異端調查會

梁炯植和吳珠妍正趕往異端調查會指定的地點，是距離首爾車程約一小時左右的教團附屬大學。時間定在午夜，由此可見他們相當重視保密。路上梁炯植一句話也沒說。吳珠妍雖與他共事了一年多，但除了公事以外，她從未聽過課長談起任何私事。

「崔刑警那邊的審問內容發過來了嗎？」

「我現在確認。」

她取出手機點開信箱，看到一封音檔郵件。

「有一封音檔郵件。」

「太好了。節省時間，邊趕路邊聽吧。」

「好的。」

在深夜的高速公路上，聽著從殘忍的凶案現場倖存下來的證人供詞，吳珠妍多少感到有些害怕，但她還是按下播放鍵，李爀世顫抖的聲音從手機裡傳了出來。她轉頭瞥了眼課長，見他紋絲不動地直視前方，卻神經緊繃地聽著審問內容。

吳珠妍心想：這個人的腦子裡除了調查案子以外，還會思考別的事嗎？

車子就這樣行駛過深夜的高速公路。

†

位於首爾南部的「基督教大學」是教會以財團形式創建的學校，具有悠久的歷史。雅緻的建築坐落在山腳下。

午夜時分，周圍死一般地寧靜。梁炯植將車子停在停車場，吳珠妍按照示意圖朝校區最偏僻的矮樓走去。只見黑暗中有一名男子站在矮樓前方。兩人慢慢走上前，藉著朦朧的路燈看清他的長相，是一位看上去年過半百的男人。他神情鎮定地前來迎接。

「我是異端調查會的負責人。」

「我是一山分局偵查課課長梁炯植警正。」他邊說邊遞上名片。

「我沒有名字，請你們不要記住我，就當我是這世上不存在的人吧，叫我牧師就好。」

「好的。」

他望著牧師，那張臉既沒有特徵，也沒有表情。長相平凡，即便走在街上也不會引起任何人注意，但如果仔細觀察，可以感受到那張臉的背後隱藏著什麼，而且異常堅決。雖然牧師什麼也沒說，身上卻散發著一種固執。這種人是完全不會被周圍環境所影響的。

兩人就這樣盯著牧師的臉，特別是梁炯植，他覺得眼前的這位牧師很面熟，似乎在哪裡見過。牧師打破了沉默。

「進去吧。」

他們跟隨牧師走進樓裡，裡面的空氣蔭涼又乾燥。來到二樓，走進最角落的資料室，裡面堆滿書籍。書架間擺著一張小桌子和幾把椅子，很明顯是為了這次見面而準備的。

「請坐。關於那起案件，我已經在電視上看到了。發生這種事以後，媒體都會站在多數無神論者那邊，批判、譴責基督教，因此異端調查會的任務，就是要證明他們與我們毫無關係，是個邪教團體。但我們不能公開進行調查，因為一旦公開，便會立刻成為邪教團體的防範目標，所以只能親自潛入。對我們來說，保密是最重要的任務。二位應該是首例與我們異端調查會接觸的外部人員，還請你們出去以後，忘記今天與我的會面，以及在這裡聽到的一切。關於這起案件，日後就算警方需要我們協助調查，恐怕我們也無能為力。二位明白我的意思嗎？」

牧師的口吻不是請求諒解，而是命令，但從他的聲音裡，梁炯植感受到了難以抗拒的威嚴和堅定。

「是的，那是當然。」

牧師嘆了口氣。

吳珠妍開始提問：「請問您聽說過耶穌再臨教會和林昌道牧師嗎？」

牧師無聲地將燒開的水倒進茶杯，熱氣冒了上來。

「非常了解。」

他將倒有紅茶的茶杯遞給兩人。

「說起林昌道這個人，就必須追溯到很久以前。那是很久以前的事了。」

「很久以前的事？」

「林昌道十五歲的時候，我們就知道他了。」

「十五歲！」

牧師平靜地喝了口茶。

「是的，我第一次見到那孩子的時候，他才十五歲。異端調查會成立於一九八八年，當時經濟復興，加上舉辦奧運會，整個國家都處在興奮的狀態下，宗教也借助了這個勢頭。當時出現了各式各樣的宗教，不計其數的邪教也在全國各地冒了出來，他們矇騙世人，把大家推向痛苦的深淵。那時，基督教聯合會為了區分出邪教組織，私下成立了異端調查會。」

「真是相當久遠的組織啊。」

「嗯。八〇年代後期，對於壓抑許久的人們來說，宗教是一種既新鮮又神聖的存在。當時，國內開始盲目地引進美國中西部一些極端主義教會的錯誤教理，其中一項就是『被提』。」

「被提……」

梁炯植感覺有如被一個巨大的鐵鎚擊中頭部。

被提，母親，還有二十四年前的那個地方，那一天。

「嗯，這是基督教的教理內容，描述信徒會被耶穌基督提升到空中。」

牧師講述的內容正是梁炯植想要忘卻與逃離的，但現在，那隻大手正從暗處向他伸了過來。他動搖了，內心被巨大的黑暗侵襲。

「你們應該聽說過一九九二年發生的大規模被提事件吧。」

一九九二年，被提，梁炯植又回到了那個地方。他感到呼吸困難，從黑暗中伸出來的那隻手正拉著他墜入深淵。來吧，下來吧，人們向他呼喊著，還有母親。

吳珠妍看到課長緊張害怕的表情，感到很吃驚，她從未見過他這樣。

梁炯植盡量控制住情緒，回答道：「隱約記得那件事。」

「被提充分具備了吸引人的要素，加上當時快要到千禧年，所以矇騙了很多人。身為人類，誰都會有優越傾向，人人都期盼超越現實世界，到另一個世界去。正是那種期盼程度，成為了區分宗教人與非宗教人的標準。宗教人當中也有一部分人期盼程度過高，進而否定現實，只嚮往奇蹟的發生，被提剛好觸動和利用了這種心理。」

「那林昌道牧師跟被提有什麼關係？」

吳珠妍這麼一問，牧師平靜地看了她一眼，她再度開口：「林昌道牧師當時應該是國中生吧？」

「沒錯，你們還記得當時有個少年先知嗎？」

梁炯植再度被重擊。那些壓抑的記憶，忽然伴隨著「先知」一詞浮出意識表面。年少的先知、朋友、主、還有神的兒子——他知道這一切。但他的朋友卻看著他說：「朋友，快逃吧，這一切都是騙局。」

「少年先知？」

「被提事件發生時，有一名少年以先知的身分受到矚目。據傳他會說方言，能夠傳達神的啟示，還能創造奇蹟。因為他的存在，被提才爆發性地擴展開來。人們把少年先知當成神一樣看待。那時，我也親眼目睹了，他的確是一個氣質非凡的孩子。」

梁炯植記得那個朋友，他只要走上祭壇就會變成另外一個人，胡亂講一些沒有人能聽懂的話。他過於投入，以至於眼球翻轉只露出眼白，最後還會暈倒在地。那個朋友和他走在教會外面時，還曾對他說：「我好怕。」

「您親眼所見的嗎？」

「一九九二年當時，我潛入那間教會目睹了現場的一切。那時，見到了少年林昌道。」

「那——」

「是的，那個少年先知長大後，就成了現在的林昌道牧師。」

梁炯植心想，難怪覺得那個名字很耳熟，原來是朋友昌道。他叫林昌道，但沒有人直接叫他的名字，大家都稱呼他為主或者先知。私下時，梁炯植叫他「張震」，因為他長得很像那位臺灣演員。原來那傢伙就是昌道，張震，我的朋友。

昌道住在教會，也不上學。他的眼睛很大，很喜歡斗山熊隊，但他沒有棒球手套。他說過：「棒球手套太貴了。」

「當時，雖然流傳著先知創造奇蹟的傳聞，但那都是假的，都是巧妙的騙局。是那些牧師利用年少的孩子進行表演，大家都被巧妙地欺騙了。」

「您為什麼這麼肯定呢？既然他能吸引住那麼多人，並獻出自己的一切，應該有些什麼非比尋常的吧？」

「並沒有。後來我們對林昌道的言行進行了分析，他不過是一個想像力豐富且很會說謊的孩子。他思緒敏感，要是遇到好的父母，說不定會成為作家、演員之類的藝術家，但他從小被人利用，以錯誤的方式被引導站在大眾面前，發揮自己的才能到極限。最後，他漸漸出現嚴重的思覺失調症狀，但這樣反而更吸引大家，人們不知道那是思覺失調症患者的症狀，只覺得他的表現很神祕，彷彿蘊含著什麼深奧的含義一樣。林昌道脫口而出的，都是與日常無關的事情，更談不上什麼邏輯性，但如果信徒們認定他的話就是神的旨意，那他講的一切就都會成為神的啟示。再加上當時他正處在青春期，情感十分豐富，所以大大發揮了自身的魅力。你們看看林昌道當時寫的啟示錄。」

牧師打開一張年久發黃的紙，上面潦草地寫著錯亂無序的韓文、羅馬字母和漢字。

「這是當時少年林昌道得到神的啟示後寫下的啟示錄。乍看之下會覺得很厲害吧，好像有什麼神奇的地方，但請仔細地看一下，去掉這些羅馬字母和漢字，再把這些韓文的母音和輔音拼湊起來……」

「我想吃炸醬麵。」吳珠妍讀了出來。

「請再拼湊看看這些羅馬字母。」

「Fuck you，Sex，I love you。」

「你們看，就只是這些。」

「呿，真是夠無聊的。」

「被提也是如此，最終也都毫無意義地收場了。我至今也忘不掉當時被提沒有發生時，那些人的表情：失望、絕望、羞愧。雖然他們沒有表現出來，但我想深陷其中的信徒心中一定留下了不小的傷痕。那種傷痛是很難治癒的，因為人類無法真正忘記經歷過的事，不管那些記憶以怎樣的形態改變，最終還是會留在我們的心裡。」

吳珠妍聽得興致勃勃，問牧師：「您在那裡潛伏了多久？」

「我按照異端調查會的指示偽裝成信徒，在裡面待了三個月，可以說親眼目睹了那裡發生的一切。」

梁炯植想起了一位坐在教會最後面的叔叔，總是面無表情地觀察大家。那位叔叔偶爾還會在教會的院子裡和張震玩傳球遊戲，空手也能準確接球。現在他就坐在他的面前——牧師。

牧師接著說：「被提失敗以後，大部分的信徒都離開了教會，只有極少數的信徒和牧師留了下來，策畫著重建教會。這些人可以說是教會的骨幹了，他們太過沉迷，最終無法捨棄那種信仰與幻想。因為那些錯誤的信仰一旦失去意義，他們的人生也同時失去了意義。林昌道就是他們其中之一。後來，我對他公開了身分，想要努力幫助他。我認為如果能把他的宗教信仰引導回正軌，說不定他會成為一名藝術家或者優秀的牧師。所以等他高中畢業後，我幫助他考上了神學大學，但大學還沒畢業，他就消失了。」

牧師喝了一口紅茶。吳珠妍被故事所吸引，期待他繼續講下去，彷彿忘了自己在調查案子。

「然後，二〇〇二年林昌道再度現身了。」

黑暗中，朋友出現了。

少年先知

「林昌道再次現身，是在被提事件發生後又過了十年？」

「是的。」

牧師平靜地回答吳珠妍的問題。他沒有絲毫動搖，反倒是她手心握出了汗。吳珠妍看了眼聚精會神聆聽的課長，與以往不同，看上去情緒有些混亂。是牧師的哪句話令他感到不安呢？

牧師轉而靜靜看著梁炯植，像是在窺視他的內心一樣，兩人之間似乎存在著旁人不知道的祕密。

吳珠妍試著緩和氣氛。「您長期潛入調查，精神壓力一定不小吧？」

雖然沒有親身經歷過，但她在讀警察大學的時候，聽過一位刑警的演講，他埋伏在黑社會組織裡進行調查長達幾十年。那位刑警說，最危險的瞬間不是身分被揭穿，或是生命遭到危險，而是從某一刻起，自己開始理解黑社會組織的倫理。長期與他們相處，自然而然便接受了他們的處事方法與思考模式。這麼以來，內心便會混亂不堪。吳珠妍覺得牧師一定也有過這種經歷，便與他分享。

牧師點了點頭。

「尼采說過，與怪物戰鬥的人，應當小心自己不要也成為怪物。但與怪物對抗，人怎麼可能毫髮無傷呢？事實上，我現在也不是個正常的人了，我的內心出現了裂痕，因此教團把我們視為受到撒旦影響的人。我想告訴你們的是，我們在那裡經歷了外人不曾經歷的事，之所以分辨不出那是神的聲音，還是撒旦的聲音，是因為我們無法打從內心深處肯定。聚集在那裡的都是些平凡、溫和又正常的人，誰又能說那裡不存在神呢？只能說我們無法承認，那就是神的旨意罷了。」

牧師啜了口茶，話題再次回到主題。

「十年後的林昌道是什麼樣子呢？」

「林昌道成年了，在首爾近郊創辦了一間小型教會。為了招收信徒，他用了跟一九九二年一樣的手法，但最終還是失敗了。世人已經被騙過一次，再加上他也有一定的年紀，再也不是少年先知，那種魅力便不復存在了。因為招不到信徒，他很快又銷聲匿跡。從那以後，他不斷在各地嘗試建立教會，努力建造自己的王國，卻屢屢失敗。他把自己樹立為先知，但沒有人相信他，畢竟他已經被世俗浸染，再也散發不出純潔、超凡脫俗的魅力了。我再次獲得他的消息是在二〇一二年。」

「又過去了十年啊。」

「林昌道終於成功地重建了教會。」

「重建教會的意思是？」

「簡單來講就是他找到了落腳之地，這也證明了信徒開始以等比級數的形式在增加。也就是說，那些人主張的教理再次迷惑了世人。」

「是有什麼特別的契機嗎？」

「從某種程度來看，二十年來他們反覆修改的教理已經臻於完善。邪教的教理經過時間磨練，也會擁有邏輯性的體系，如此以來他們就可以更有效率地傳教，然後……」

牧師欲言又止，沉默了片刻。吳珠妍邊喝茶邊轉移視線看向別處，梁炯植則目不轉睛地注視著牧師，但他陷在自己的思緒中，並沒有注意到別人的視線。茶水已經涼了。

牧師艱難地開口：「得知林昌道的教會復興的消息後，我們私下展開了調查。因為我的身分已經暴露了，所以派出其他牧師偽裝成信徒潛入教會，從而掌握他們的教理以及傳教手法。」

「嗯。」

「但派去的牧師傳來了讓人難以置信的消息。」

「什麼消息？」

「林昌道的教會裡出現了少年先知。」

「少年先知？」

「這次林昌道沒有樹立自己，而是選擇了其他孩子作為先知。」

「原來是跟從前一樣的手法啊。這在之前就已經發生過了不是嗎？」

「是的，但不是任何人都能成為少年先知，那孩子必須要有豐富的情感才行。」

「如果是這樣——」

「就表示林昌道找到了合適的犧牲品。他失敗後的這十年，一直在尋找可以取代自己的少年先知。」

兩位刑警越聽越投入。

「我們獲取他們的資訊後傳達給教團，然後刊登在教會的雜誌上，再發放給林昌道教會的信徒，但是……」

牧師的表情與剛剛不同，顯得很激動。雖然他端起茶杯想要平復情緒，手卻在顫抖。他接著說：「派出去的牧師告訴我的事，簡直不可置信。」

「發生了什麼事？」

「少年先知在那裡創造了奇蹟，那個孩子被神附了身。」

「奇蹟？什麼奇蹟？」

「他可以把人提到空中。」

「這怎麼可能呢？」

「你們也無法相信吧？我們也是，但那個牧師真的這麼說。」

「那位牧師會不會也被迷惑了呢？」

「也有這種可能。其實，那位牧師自從結束任務後就離開了這裡。你們看了資料就會知道，裡面的內容真教人無法相信，但他其實有很深的信仰，也是一個頭腦靈活的人。如果連他那樣的人也動搖了，就說明林昌道的教會裡真的存在著什麼。」

「他動搖了嗎？」

牧師平靜地看著兩人。

「正如我剛才講的，那位牧師在內心深處動搖了。就像臥底警察受到黑社會組織的影響，開始接受他們的組織文化一樣，那位牧師從心裡認可了那位少年先知。」

「難道他也捲入了這件案子？」

「不會的。他只是一時動搖，後來又恢復了理性，但在他的內心深處已經留下了深深的傷痕，所以很難再回到從前了。」

「我們可以和那位牧師見一面嗎？」

牧師沉默了良久。

「我不知道他肯不肯見你們。」

「您最近沒有見過他嗎？」

牧師緩慢地搖了搖頭。

「就算你們見了他，他說的話你們又會相信嗎？他是動搖過的人，而且當時的他處在恐懼與混亂的狀態下，說的話又有多少可信度呢？」

「或許他可以提供重要的線索。」

「我可以把他的相關資料給你們，這裡有他加入異端調查會時填寫的身分資料。我去影印給你們。」

很快，牧師送來了身分資料的影本。

「我至今仍想不通，他在去執行任務以前是一個信仰極深、且充滿智慧的人。從他嘴裡講出那些內容，給我帶來不小的衝擊，到現在我還是不敢相信。可如今竟然發生了那種事，不得不教人懷疑那些人是被惡靈附了身。那間教會真的存在著什麼，能讓人動搖的什麼。你們要小心，不要被捲入其中。」

吳珠妍感到不寒而慄。

「不過，總要有人去查清真相，請你們務必小心，但不要畏懼。」

牧師送兩人到門口。

吳珠妍快步走在前面，回頭一望，只見課長與牧師面對面站在門口。

牧師平靜地對梁炯植說：「你都長這麼大了啊。」

「……」

「一定要抓住他，阻止他，說不定這也是他正在期望的。」

梁炯植低著頭回到車上。

吳珠妍望向他，但他一聲不響地發動了車子。

✝

梁炯植來到高速公路休息站的廁所，把胃裡的東西都吐了出來。因為沒吃東西，吐出來的幾乎都是胃液。

越是深入案情，他越要面對自己逃避的過去。那些想要忘記的種種不斷湧出：母親、被提、先知、朋友和那位面無表情的叔叔。他們就像幽靈一樣，抓著他的腳踝將他往下拖。

梁炯植在空無一人的廁所裡漱了漱口，清理乾淨嘴裡的殘留物，接著靜靜地直視鏡子。鏡中站著一個疲憊不堪、快要步入四十歲的男人，沒有人知道他隱藏著巨大的黑暗。潛伏在他四周的暗夜向他襲來，彷彿想將他徹底吞噬。每分每秒他都要保持警戒，稍有不慎，就會被內心的闇影吞噬掉。

†

睡在椅子上的崔辰赫醒了。他看了眼手機，凌晨四點半，大概睡了三十分鐘左右。

他一點也不覺得累，所有神經都鎖定在李爀世身上，彷彿每個細胞的觸手都伸向他。崔辰赫不斷看著時間，那種緊迫感正一點一滴啃噬著他。他有些激動，懷著滿腔仇恨，眼裡容不下一粒沙。正是這無法掌控的敵意讓他成為警察，欺負朋友的壞蛋、對人施暴的惡人、敲詐勒索他人的人渣都令他感到憤怒。

多數情況下，當他怒火沖天時，事情總能得到解決，因為他會不擇手段地去破案，但這次的案件卻與以往不同。他覺得自己被困在迷宮裡，就算嚴刑逼供也解決不了問題。這次要運用頭腦，要去理解死掉的人，為什麼他們會去教會？為什麼他們要互相殘殺？崔辰赫試著體會他們的苦痛。這件案子就像沼澤一樣讓他越陷越深，緩慢地通往最深處，他卻不以為然，欣然接受這一切。

必須要等到早上八點，才能再次審問李爀世。到了八點就能去逼問那個傢伙了。

「李爀世，這個混蛋，你等著。」

崔辰赫不自覺用手指敲打著桌子，等待八點鐘的到來。

†

母親聽著兒子的呼吸聲。她覺得如果自己不守在兒子身邊，他會再次被人帶走。看守病房的警察躺在走廊的椅子上睡著了，也許他只能闔眼睡一會兒。警察告訴母親，等下少年醒了，希望能問他幾個問題才可以加快破案速度，但他依舊閉著雙眼。

「這一年裡到底發生了什麼事呢?兒子到底在那裡看到了什麼啊?」

母親望著呼吸平穩的兒子。就在這時，少年的眼皮動了一下。她緊握住兒子的手，接著他深吸了一口氣，睜開了眼睛。

†

清晨五點。梁炯植見過異端調查會後，直接趕到李分局長家。

分局長也是整夜未眠，他帶梁炯植來到書房，親自泡了咖啡。這時，傳來高三的女兒和妻子出門的聲響。

「我老婆每天都送孩子去上學。我以前上學的時候，哪有人送啊？」

「嗯。」

梁炯植沒什麼特別的反應，他對別人的私生活完全不感興趣，也不暴露自己的私生活，就連輕鬆的閒談也不會參與。

分局長直接進入主題。「找到什麼線索了嗎？」

梁炯植遞上報告。李分局長翻看報告時，他簡短地匯報了相關情況。分局長聽完匯報，端起桌上的咖啡。

「有方向了嗎？」

「說實話，還沒有。」梁炯植誠實地回答。

李分局長聽了，倒覺得他還滿有人情味的，同時也對他感到很放心。

畢竟這傢伙也是人啊。

「好吧。現在的問題是輿論，今天的記者會要怎麼應對？總不能說是妖魔所為吧。」

「您只要公開這起案件與一九九二年的被提事件有關就可以了。公開這個事實，媒體和大眾便會把注意力轉移到那件案子上。沒什麼比有歷史、有故事的案件更吸引人的了。」

「這樣既展示了警察的辦案能力，又能把視線轉移到其他地方去？」

「是的，把被提事件透露給媒體，他們暫時會把注意力集中在那邊。我們趁機調查林昌道牧師和少年先知，這樣就可以破案了，最後也能找回那筆消失的巨款。」

「你覺得需要多久的時間？」

「我無法準確回答。」

「關鍵問題還是輿論和上面，兩邊都一樣難搞。你繼續努力，我也要去總廳做匯報了。」

分局長一想到要去總廳見那個老奸巨猾、傲慢無禮的偵查局局長，就感到心煩意亂。他看了看梁炯植，只見他的臉色糟糕，眉眼之間失去了往日的平靜和淡定，似乎很不安。這一點也不像炯植。

「你沒事吧？」

「我沒事。」

「去睡一下吧，距離早上的記者會還有一段時間呢。」

「嗯。」

李分局長看著梁炯植的表情，知道他是睡不著的。他看上去就像被猛獸追趕一樣，雖然不知道實際上他被什麼追趕著，但可以肯定，這一點也不像從前的他。

梁炯植開始動搖了。

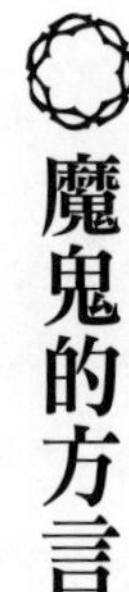

魔鬼的方言

「來到這裡，真是辛苦你了。」

警察廳偵查局局長吳庚植一臉傲慢，靠在椅背上看著李分局長。

來到這裡，真是辛苦你了，這句話明指勞駕分局長親自到警察廳來，也暗指他辛辛苦苦才爬到現在的位子。當然，後者才是吳庚植的真心。

吳局長是典型的警界幹部，將管理職與一線刑警分得一清二楚。他畢業於國立大學法律系，通過司法考試進入警界。他對此引以為傲，自然看不順眼從基層爬上來又與自己平起平坐的李分局長。吳局長是一個政治人物，正虎視眈眈地盯著更高的位子。

「現場和指揮可不同，要是進行得不順利，全體警察都得跟著你們挨罵，到時候再指揮就都是紙上談兵了。」

「我知道。」

「你懂什麼？從輿論到上級都在關注我們，這可是危機啊，知道什麼是危機嗎？」

「雖然存在著危險，但——」

「瞧你一副沒文化的樣子！所以才說跟你們這種從現場爬上來的傢伙很難共事，難道什麼都要我一一教你們嗎？搞不清楚內情就只會在外面瞎跑，你知道現在有多敏感嗎？」

李分局長覺得自己被羞辱了，但也只能忍下來。警界和軍隊一樣講究級別，要是自己當場頂撞了吳局長，就等於是自尋死路。更何況，這不僅僅是李分局長個人的問題，為了那些視自己為榜樣、夢想晉級的一線刑警，他死也要忍下來，絕不能因為自己的脾氣，畫下一線刑警無法晉升高職的汙點。李分局長想樹立起好的先例，因此只能無條件地服從。

「對不起。」

「你聽著，危機就是雖然存在著危險，但同時也存在著機會。」

李分局長心想：我也正要這麼說啊。

雖在心裡破口大罵，但嘴上卻說：「感謝您的指點。」

「現在這種被媒體關注的時刻，就要盡可能地吸引眾人目光，還要傳達出警察的重要地位。處理好跟媒體的關係至關重要，所以我們需要找一頭替罪羊，提供一個給大眾指責、謾罵的對象。這麼一來，就算調查沒什麼進展也能撐個一時半會。媒體都是需要餵食的，知道嗎？」

吳局長重複講著人人都已看穿的事實。

「您的判斷真是了不起。」

「有沒有合適的替罪羊啊？」

「我們覺得這件案子跟一九九二年的被提事件有關。」

吳局長的表情頓時大變，對此很感興趣。

「我們只要向媒體透露，警方正在重新調查當年策畫被提事件的主謀，應該就沒問題了。」

「很好，這個點子想得不錯。看吧，我這樣指點你一下，腦筋不就轉了？」

李分局長雖然很想高喊：這可是我的點子！但還是回答：「我還真是沒想到。」

「行了，好好幹。大家都看著你呢，這種機會可不常有啊。」

「是。」

「誰知道呢？說不定在現場打滾的小刑警也能坐到這裡來？」吳局長拍了拍辦公桌。

好大的一張辦公桌，李分局長平靜地看著他，忽然冒出一個想法，要是有人霸占了吳局長的這張大桌子，最終他又會留下什麼呢？想到最後他只不過是個沒教養又自私自利的老頭子時，李分局長突然對他心生憐憫起來。不，他這種人會為自己尋找生路的，聽說他早就在政界布好局了。

李分局長得趕緊回去，記者會的時間就快到了。

†

在回分局的車上，李分局長重新確認了發言稿的內容。警方需要周密的策略。當然，若是警方的策略過於算計，或是政治目的太明顯，也會遭到輿論譴責，但如果媒體和民眾不斷地指責警方，便無法秉持原則進行調查了。到時，就只能聽從毫不知情的上級的指示，然後被無頭蒼蠅似的媒體牽著鼻子走。上級對輿論十分敏感，是因為這關係到他們日後的晉級與前途，所以每當重大案件發生，一定要處理好與媒體之間的關係。媒體善意的態度，直接關係到警方是否可以掌握調查權。案件的負責人不僅要擔負起調查案件的責任，也要毫無差池地應對媒體。這可不是光有辦案能力就能解決，應對媒體並不簡單，還需具備老練、堅韌的政治態度。

李分局長感嘆炯植靈活的思維，才能勾勒出這樣具體的場面，與此同時，他發覺自己有些嫉妒炯植，但他並未表現出來。這種不值一提的情感，並未對他造成影響，畢竟分局長已是位優秀的老警察了，現在的情況又如此緊急。等下必須交出一個可以說服媒體的理由，唯有如此警方才能集中全力追捕凶手。李分局長再次產生了疑問。

「那裡到底發生了什麼事？」

†

「進去後我們必須搞清楚那傢伙的用意，他說的話不能照單全收。」

「知道了，可我真是不喜歡跟他動腦筋。」

崔辰赫和尹智源站在李爀世的病房外計畫著。早上八點，兩人推開病房的門走了進去，只見他正在喝咖啡，崔辰赫的怒火直衝腦門。死了一百多人，這傢伙竟然還能悠然自得地喝咖啡，怎麼可以如此厚顏無恥呢？

「好喝嗎？」

「嗯，香氣不錯。」

「你少給我裝傻，趕快喝，不然就邊喝邊說。」

崔辰赫走到李爀世身邊小聲對他說：「沒事，沒事，你多喝點啊。不就是咖啡嘛，算不了啥。你要是能一五一十全交代出來，我就每天買咖啡給你喝。好了，我們開始吧？」

「嗯嗯。」

兩人拉來折疊椅坐在他對面。

「上次你說，聽到的聲音不像是人發出來的，是吧？」

「嗯，那不是人的聲音。」

「也有可能是變聲啊，或者是從音響裡傳出來的。」

「你覺得我連這個都不會分辨嗎？」

「嗯，是有點。」

「那，在那裡的一百多人呢？他們也都是不會分辨的傻瓜嗎？」

「所有人聽了都那麼覺得嗎？」

「是啊。」

「那好，就算你說的是真的，那雙龍，那個張二龍徹底歸順教會後，發生了什麼事？」

†

雙龍徹底變成另外一個人。

「那瞬間，我看到了另外一個世界。你們不懂，神的世界有多美好。」雙龍用他那徹底改變的眼神看著我們說道。

ＳＫＹ對那樣的雙龍忍無可忍。

「你這白癡，那都是騙人的！你現在是被他們矇騙了！」

「你也聽到了啊！那個聲音，能是假的嗎？」

「那……」

「你聽著，以後不許再叫我雙龍了，我已經不是從前的那個我了，現在我的內心充滿喜樂，你知道我有多想和你們分享這份喜悅嗎？求你們不要再戴著有色眼鏡看世界了，我希望你們也能回到上帝的身邊。」

那傢伙的表情真是異常平和，說完這些他就走開了。從那以後，雙龍比任何人都誠懇地祈禱。我和ＳＫＹ擔心著計畫，但他已經迷失到連計畫都不記得了，每天只顧著禱告和哭喊，我還是第一次見到他笑得那麼幸福。我和ＳＫＹ感到越來越不安，擔心著萬一他們說的都是真的該如何？雙龍的想法如果是對的又該如何？

想想看，如果那種事真會發生、我們都能升上天堂的話，那該有多精彩啊，但我和

ＳＫＹ努力保持清醒。做禮拜和祈禱的時候，我們不斷尋找他們的漏洞、懷疑他們。奇怪的是，越去思考他們的教理，越覺得自己的心一點點瓦解。我想也許他們都是對的，再加上一直聽到那些荒謬的主張，我也想相信了，因為相信他們，自己也會好受些。ＳＫＹ看上去比我還要不安，所以我和他聚在一起的時候就批判他們，罵他們是邪教。

「這裡是精神病收容所，所有人都不正常！你要打起精神，我們跟這些人不一樣。」

老實說，真正看起來像精神病的人其實是ＳＫＹ，他比任何人都還焦慮，不堪一擊。那些信徒看上去都很平和、幸福。沒錯，只有一個辦法，那就是快點離開教會。精神上的折磨真是太痛苦，我們就快動搖了，所以我和ＳＫＹ努力尋找著保險櫃，但並不好找。我們無法自由行動，周圍有很多人監視著我們。以主任牧師為中心的六位長老經營教會，我們得知那幾位長老負責管錢和購買生活用品，於是我們假裝祈禱，暗地裡調查他們的行蹤。沒過多久，我們發現其中一位長老走到教會後面的倉庫後，就消失不見了。那裡肯定就是藏保險櫃的地方，但一直找不到機會下手。我們知道長老會讓大家彼此監視，就算偷偷溜出來，還是會有人監視我們。他們為了監視大家，還分成好幾組。

接著又到了做禮拜的日子。這次也跟之前的過程一樣，牧師先開始講論，接著大家跟著哭喊，方言的聲響四起，變得越來越激昂。我比之前更加動搖了。我想融入他們，突然強烈地認為也許問題不是出在他們身上，而是我自己。我好奇ＳＫＹ有什麼反應，於是回頭看向他，只見他冷笑著看向信徒們，表情輕蔑。他的態度與周圍的反差太大，非常顯眼，甚至還發出聲音嘲笑大家，周圍的人開始注意到了ＳＫＹ。

就在那時，牧師抬手示意情緒激昂的信徒停下來。瞬間，所有人都安靜了。大家看向牧師，他正注視著ＳＫＹ，眾人的目光也跟隨著他的視線，自然而然落在ＳＫＹ身上。ＳＫＹ滿腔怒氣，毫不掩飾自己的敵意瞪著大家。他已經不想再隱藏自己的想法，也徹底忘了我們的計畫，只想蔑視和嘲笑這些人。現在想想，那時ＳＫＹ的精神壓力已經到了臨界點。

牧師從臺上走下來，慢慢朝他走去。ＳＫＹ以更加氣憤的表情瞪著他。兩人就像要展開一場對決似地直視著對方，信徒們注視著兩人。

「你在看什麼？」

ＳＫＹ一語不發地瞪著牧師，他已經失去理智了。

他環視著周圍的人嗤笑道：「你們都是瘋子。」

大家盯著ＳＫＹ，但沒有人回應他。

林昌道站在他面前，ＳＫＹ指著他罵道：「你們這群神經病，這傢伙就是個騙子！」

大家更加沉默地看著ＳＫＹ。寂靜是如此可怕，ＳＫＹ像是中邪般越發瘋狂地喊了起來。

「你們這群神經病，這傢伙就是個邪教的騙子！」

牧師向前一步。「兄弟。」

「走開，我叫你走開，你這個瘋掉的騙子！」

大家注視著ＳＫＹ，他已經無法控制自己的情緒了，瞪著牧師再次喊道：「全都是騙人的，你們這些骯髒的騙子！」

周圍的信徒卻一點反應也沒有，如果他們罵他或是出手打人，SKY或許還能撐得住，但那種沉默，太殘忍、太可怕了！SKY用更激烈的言語斥責信徒和牧師。

「你們以為這種勾當是正常的嗎？你們都瘋了。被提？少在這裡胡說八道了！」

我想對他喊：SKY，你醒醒！我們已經知道保險櫃在哪了，你這是要幹嘛？快醒醒吧！」但他像是早已忘了最初的計畫，繼續教訓大家。

「什麼被提，天國？你們以為搞這些不著邊際的勾當就能上天堂了嗎？你們都跟白癡一樣把錢捐了，這些傢伙就是在利用你們！知道嗎？」

牧師看著SKY，開了口：「你面前的苦痛正在阻擋著你。」

「這種話誰不會講。」

「你受了一輩子的苦吧？」

「你在說什麼？」

「你心裡有著傷。」

SKY顯得有些慌張。牧師的話像是觸動了他的某部分，讓他更加亢奮了。

「你這個瘋子。」

「這一生你都在被人取笑，不是嗎？」

「閉嘴，我要殺了你！」

「正因如此，才走上了歪路，對吧？」

ＳＫＹ終於爆發了，他伸手掐住牧師的脖子，接著像瘋了似地開始用力勒緊，周圍的人上前阻止。雖然牧師被勒住脖子，他依舊沒有一絲動搖。

大家終於把他們拉開，牧師已經失去意識。此時ＳＫＹ的眼神變得更奇怪了！真的很奇怪，像中邪一樣，眼球翻了過去。他開始胡言亂語起來，像禽獸發出奇怪的笑聲盯著大家。有一種難以忍受的惡臭開始從ＳＫＹ身上散發出來，接著他像瘋了一樣掐住自己的脖子倒在地上。ＳＫＹ口吐白沫，翻起白眼！大家向後退去。那真的是撒旦，真的是魔鬼！

被提
1992

那個人

李爀世在醫院陳述證詞的這段時間，一山分局正召開記者會。李分局長剛走上臺，記者們的閃光燈便閃個不停。忍受了幾分鐘耀眼的燈光後，記者開始提問。

「請問案件有眉目了嗎？」

「目前還在調查中，還需要些時間。」

「已經三天了，未免也太久了吧？」

有影響力的日報崔記者丟出挖苦人的問題，他是李分局長最討厭的記者。

「雖然警方正竭盡全力破案，但畢竟是重大案件，客觀來講還是需要些時間。」

「尚未成立特別調查本部的原因是什麼？這麼重大的案子一山分局可以勝任嗎？」

「首先，初期調查應由我們分局來負責，稍後還會增派調查人手，特別調查本部也會在本週內確定。」

「想必您是打算在那之前破案吧？」平時跟李分局長交情不錯的K報社李記者問道。

「警方正竭盡全力爭取早日破案。」

崔記者見縫插針問：「很多人都認為初期調查應該交給經驗豐富、精英雲集的首爾廣域隊，對此您有什麼看法？」

這個問題絕不能含糊回答。

「我們一山分局都是優秀的警員，不要說是廣域隊了，就算FBI來了，初期調查權也是我們一山分局的，這案子歸我們管！」

李分局長強硬的態度逼退了崔記者。

「這案子是集體遇害，請問殺害方式確認了嗎？」

這是很重要的問題，但還不能透露消息。

「尚未確認。」

「警方也太不放消息了吧？」

長期出入警界的老記者開始不按規則出牌了，這是他丟出來的誘餌。

「因為這不是一起需要爭分奪秒的案子。」

「這麼說，您很肯定凶手不會再繼續犯案了？」

李分局長看向梁炯植，他點了點頭。

「是的，不會再繼續犯案。」

「您確定？」

「是的，我確定。」

李分局長沒有上鉤。記者們點著頭，竊竊私語起來。老記者見李分局長沒有上鉤，臉可惜的表情。回答問題時，若為了求慎重而留下後路，只會被媒體緊咬不放。看來瞬間的判斷還是要相信炯植。

記者會進入後半部分，輪到警方出牌了，但如果警方先開口，怕記者對他們的意圖起疑。幸好李分局長丟出去的誘餌被新人記者咬住了。跟那些聲東擊西、擅長破解警方意圖的老記者不同，新人記者直接拋出了直線球。

「警方有確認到那間教會的教理和由來嗎？」

「嗯。」

李分局長停頓片刻，然後毫不猶豫打出手中的牌。

「這要從一九九二年的被提事件講起了。」

記者席頓時炸開了鍋，大家的胃口被吊起來了，分局長很自然地講了下去。被提事件發生後，教會留下來的幾名牧師和信徒持續修改教理、擴大勢力至今，所以上演了這次的悲劇。記者席傳出敲打鍵盤的聲音，大家正用耳機與編輯室取得聯絡。上鉤了，二十四年前的邪教歷史吸引住大家，沒什麼比有故事的案件更有趣的了。

很快，媒體大量報導出關於被提的新聞，將目光從警方身上移開。如此他們就可以靜觀其變，再根據大眾的反應一點點透露消息。一山分局總算可以鬆口氣了。

「我們掌握了主導權。」

李分局長看向梁炯植。這都是從他的腦子裡想出來的，真是教人害怕又羨慕。

†

同一時間，在醫院的崔辰赫憤怒得無以復加。李爀世講的內容已經脫離了常理和理性，實在教人無法相信。他的言論不著邊際，什麼散發出惡臭？什麼魔鬼？

但要說是謊言，他鉅細靡遺的描述又讓人身歷其境。必須要搞清楚他說這些的用意是什麼，只有看穿李爀世，才能知道他要投出什麼樣的球，警方才有勝算。可是對於不投直球又摸不透套路的李爀世，崔辰赫和尹智源束手無策。

崔辰赫緊握椅子扶手，手在抖動。他腦子裡根本就不存在沙盤推演，只見雙臂的肌肉緊繃起來。

「喂，你是真想找死吧？」

崔辰赫的脖子爆出青筋，臉漲得通紅像是血液倒流一般，但李爀世的表情卻沒有絲毫變化。不，他根本沒有在聽，整個人沉浸在自己講的故事裡。李爀世搖頭晃腦，嘴裡嘀嘀咕咕的，完全聽不懂他在說什麼。

尹智源努力不讓自己動搖，注視著他。那都是真的嗎？真如他所說，惡靈和撒旦介入了這件案子？如果不是這樣，那李爀世就是在說謊嗎？但他為什麼要說謊呢？想要戲弄我們，或是另有目的？他說這種謊打亂警方的調查方向，對自己又有什麼好處呢？尹智源心想，她必須冷靜地站在李爀世的立場，重新思考這些內容。

就在這時，李爀世看向兩人，他還有話要說。尹智源告訴自己絕對不可以慌張，不可以上當，一定要直視真相。只不過李爀世把一切講得太逼真了，看到他這個樣子，誰又能肯定這都是謊言呢？

尹智源不自覺地等待著他繼續說下去。

†

你們知道嗎？我們真的看到魔鬼了，真的看到了！呵呵呵，真的是惡魔喔。ＳＫＹ被魔鬼附了身，就快要死了。他躺在地上發狂地尖叫，身上的惡臭越來越重，叫聲也漸漸變成豬叫，真的跟豬一模一樣。

但就在那時，上次聽到的那個聲音又響起了，像是從天而降，又像是從地底下冒出來，真是令人心動的聲音。緊接著，那個人出現在人群裡——非常年輕的少年。他真是太美好了。

可是ＳＫＹ那傢伙，那個被魔鬼附身的髒東西！他看到那個人以後變得更抓狂，完完全全瘋了。他掏出凶器在大家面前揮舞起來，嘴裡罵著各種髒話，眼睛變成了綠色。那傢伙每喊一句，惡臭就會從他嘴裡冒出來。大家開始往後退，沒有人能受得了那股氣味。他成了世上最髒、最醜陋的存在，就像從地獄跑出來似的。不過，少年並沒有畏懼，他一步步走向ＳＫＹ，緩慢卻沒有停頓。他走到ＳＫＹ面前，ＳＫＹ瞪著他發出咆哮的聲音，想要撲倒他，吐出惡臭想要傷害他，但他完全不為所動，抬起一隻手放在ＳＫＹ的頭上。

突然間，ＳＫＹ渾身失去了力氣，癱坐在地，然後嘔吐起來，吐出了奇怪的液體。ＳＫＹ像是突然清醒過來，但害怕得渾身顫抖。少年把手放在他的頭上輕聲做起祈禱。哇，他的聲音，他講的那些話，所有信徒都跪在地上望著他、膜拜他。那個人一聲不響地俯視著ＳＫＹ，只見他早已淚流滿面。

†

崔辰赫還是爆發了，他抓起折疊椅朝李爀世丟了過去，幸好椅子丟偏摔在牆上。他衝到李爀世的面前，揪住他的衣領拚命搖著。

「混蛋！開什麼玩笑？你以為我會相信你這些鬼話嗎？」

李爀世的眼神像是中邪似的，完全沒有任何反抗，任由他搖晃著。

「你這混球，我們肯聽你胡說八道，你就開始戲弄我們了是吧？王八蛋，你到底在想什麼？到底想要隱瞞什麼？」

被崔辰赫搖晃著的李爀世淡定看著他。

「我把我看到的都原原本本告訴你們了。」

「我會相信你說的這些？什麼惡臭，什麼眼睛變綠了？」

「我親眼目睹都不敢相信，又怎麼會期待你們肯相信我呢？」

「你瘋了吧？」

李爀世對著兩人放聲大喊起來。

「連我自己都不敢相信那是真的！但你們想想看，死了一百多人啊，那些人呢？他們也都是瘋子嗎？那些人裡有大學教授，也有ＩＴ企業家，你們覺得他們也都被這荒謬的騙局給騙了嗎？那裡真的存在著什麼，神也好，鬼也罷，真的存在著什麼啊！你們要是不相信我，幹嘛還要讓我交代啊！」

李爀世看起來一點也不像在說謊。崔辰赫的表情出現了細微的變化，站在一旁的尹智源也摸不著頭緒了。

這時，李爀世喊道：「我怕，我怕到快瘋了！你們不會懂的，你們沒有看到。我就在現場親眼目睹了一切，我能不害怕嗎？嗯？」

「那好，既然如此，你說的那個人到底是什麼來頭？你看清楚了嗎？他是人嗎？」

「他是先知。」

「先知？像預言家那種？」

「神進入了他的身體。」

「越說越離譜了，巫婆啊？算了啦，那個先知叫什麼名字？」

「名字對他來說是沒有意義的，因為存在即是他本人。」

「我快瘋了。那好，那人是男的、女的？幾歲？有五百歲了沒？是個魔術師吧？」

「他是個少年。」

「少年。」

「看起來十五歲左右。」

「兔崽子，你又跟我開玩笑，那他不就是個國中二年級學生嗎？」

「他是少年先知。」

†

母親焦慮地看著醒來的兒子。他雖然醒了，眼神卻沒有焦距，只是呆呆地望著牆壁。醫生檢查了他的眼睛，也問了他問題，但少年絲毫沒有反應。

「他還沒有恢復意識嗎？」身後的刑警焦急地問醫生。

「目前還處在對意識沒有認知的階段。由於他受到極大的衝擊，出現了意識中斷。」

「那有可能恢復嗎？」

「不好講，也許馬上可以恢復過來，但也有長時間後才恢復的案例。」

少年有可能無法恢復了，難道說他會一直像個人偶似地發呆下去嗎？母親緊緊握著兒子的手，她能夠感受到跳動的脈搏。我的兒子還活著，這就足夠了。母親強忍快要湧出來的淚水。就在這時——

「他來了。」

母親懷疑起自己的耳朵，但的確是兒子的聲音。她抬起頭看著兒子，刑警則拿出手機按下錄音鍵。

「他來了！」

兒子仍舊以沒有焦距的目光望著牆壁，他再次開口說道：「他來了！」

母親心跳加速，看著兒子的雙眼。

「珉才啊，我是媽媽。」

兒子面無表情地望著遠處，重複著相同的話。

「他來了。」

「珉才，你在說什麼呢？」

金珉才慢慢轉過頭看向母親，露出一絲冷笑，說道：「去死。」

母親嚇了一跳，看著兒子，兒子也看著自己。他的表情沒有任何的變化，他一字一頓地說：「去死。」

崔辰赫即將失控，光是在一旁就能感受到他的怒火。尹智源不安地注視著他。辰赫粗魯的幹勁推動調查工作往前進，但有時也會給工作帶來難處。他正要進一步逼問李爀世時，剛開完記者會的梁炯植和吳珠妍走進了病房。尹智源打電話向課長匯報後，梁炯植決定來見見他。

課長就站在一旁看著審問，崔辰赫顯得更緊張了，他很肯定課長是在利用自己。或許這只不過是身為領導的梁炯植根據屬下能力分配工作罷了，但他還是覺得課長的表現有些異常。

尹智源也覺得梁炯植看上去跟平時不太相同，看起來疲憊又脆弱。課長做事向來一絲不苟，出現這種情形還是第一次。

這時，崔辰赫再次開口：「李爀世，我們重新再來。」

「你再怎麼問，我的回答都一樣。ＳＫＹ真的被魔鬼附了身，他是被那個人救下來的。」

「好，那我問你，你相信嗎？」

「……」

「我是在問你，你自己本身相信那件事嗎？相信鬼神或是撒旦嗎？」

「那件事真的發生了，就在我眼前。」

「所以你相信了？」

「是的，我信了，而且我也經歷了。」

「經歷了什麼？」

「我經歷了那個人走進我的心裡。」

「我還以為你算正常，原來不是嘛。到現在為止我們聽到的都是瘋子的胡扯啊。」

「什麼？」

「兔崽子，你是在跟我說謊吧？」

「真是的！」

「你有什麼目的？」

「你們要是這麼想，我也沒有什麼好說的了。」

「你這混蛋傢伙！」

尹智源攔住氣頭上的崔辰赫。「你這樣的話，什麼也問不出來的。」

平時尹智源不會這麼做，但現在他已經到了無法自制的狀態，一點一滴陷入李爀世的圈套。說不定這正是他所期待的。李爀世是一個不可靠的目擊證人，諷刺的是警方不得不重視他的證詞，因為他是唯一一個可以提供證詞的倖存者。正因為這點，警方極有可能被他的證詞矇騙。

尹智源覺得不管李爀世帶著怎樣的意圖在說謊，都應該先聽他把事情講完再作判斷。要從大局入手，絕不能為他的每句話做出反應。如果做不到這些，警方就只能被他牽著鼻子走。

也許崔辰赫在打擊黑社會方面是個能手，但他掌控情況的能力卻很不足。雖然他本人不這麼認為，但他的確是一個適合靠體力辦案的人。尹智源出面阻止，接著淡定地看向李爀世。要讓他把話講完，加上課長也在場，他會作出判斷的。

「好，我們相信你。那接下來，發生了什麼事？」

「怎麼說你們也不會相信我的。」

「我在聽，比誰都認真地在聽。」

李爀世繼續講了下去。

†

從那天以後，我也搞不清楚什麼是真的、什麼是假的了，心裡充滿混亂。但有一點可以肯定，那就是繼續待下去，我也會變成他們那樣。沒錯，我開始動搖了，而且非常害怕。

關在裡面像那些信徒一樣生活？那不是我想要的人生，我想拿了那筆錢到外面去過自由自在的日子。神，魔鬼，撒旦？那些存不存在又能怎麼樣呢？這跟我一點關係也沒有。我只想瀟灑地活一回。

那天做完禮拜後，我想一定要在還沒徹底瘋掉以前盡快拿到錢離開這裡。夜裡，我偷偷溜出宿舍，跑到後面的倉庫，我很肯定保險櫃就在那裡。倉庫裡面十分昏暗，堆滿了雜物。我開始到處亂翻，發現有一處角落沒有什麼灰塵，我判斷那裡就是經常有人出沒的地方。把東西都搬開後，看到了一個櫥櫃。櫥櫃的表面有很多刮痕，它的體積很大，感覺很難搬開，但我還是試著推了一下，結果發現它是有輪子的，很容易就被移開了。接著，我看到櫥櫃後面的密室門，門上有密碼鎖，但打開這種鎖對我來講簡直易如反掌。

我打開密室門走進去，看到裡面放著一個超級大型的保險櫃，那是用鐵鑄造的新款保險櫃，要想打開它可不容易，保安裝置也非同小可，但要破解它只不過是時間的問題。開保險櫃對我來說是家常便飯，我就是為了開保險櫃而生的。我對了大約一個小時左右的密碼，只聽「喀噠」一聲，終於對上了裡面的螺絲。要去對微小的螺絲可是件精工細活，零點一毫米的差距決定了你可以打開保險櫃，還是觸動報警裝置。打開保險櫃一看，裡面都是現金和貴重首飾，我趕快往包裡裝。

就在這時，我覺得背後好像有人在看著我，於是轉過頭，只見那個人就站在我身後，像是從一開始就站在那裡似地俯視著我。我感到害怕，起身往後退了幾步，想找件可以防身的武器。我想不如跑掉算了，因為我真的不想再進監獄了。那一刻，我想起了SKY

和雙龍，我恨死他們了，要是他們也在，我們就能制伏那個人然後逃走了。我與他面對面站著，很害怕，他一語不發只是看著我，那種眼神和表情令我恐懼。接著，我內心深處莫名燃起了反抗情緒和憎惡之情。我憎恨起他，想要反抗他，想要罵他是虛偽的騙子，我被撒旦附了身。那個人慢慢靠近我。

「不要過來，站住！」我喊道。

但是他並沒有停住腳步。我邊往後退邊破口大罵。不，應該這麼說，我眼前突然一片空白，內心彷彿只剩下了憎恨。我只能感受到強烈的恨意，除此之外的感情都消失了。隨後我又很快恢復了意識，轉過身去看那個人，他就站在那裡。

「兄弟，如果你需要錢，請都拿走吧。」

「什麼？」

「如果你需要錢才這麼做的話，就請都拿走吧。我不會阻止你的。」

「真的？」

我迅速把現金和寶石塞進包裡，那個人只是靜靜地看著我。

我到現在也忘不掉他的那種眼神！怎麼形容呢？他的雙眼像是在窺視我。他穿透了我，把我分析得透透澈澈。我的動作停止了。不，我無法不停止下來，因為我不能動了。那個人慢慢靠近我，就在當下，響起了那個奇怪的聲音！那個從萬丈深淵的地下傳出來的驚人聲響包圍住我！我看向他，但他的嘴巴沒有動，聲音卻越來越響亮，彷彿在我的體內要爆炸一樣。我害怕極了，真的太可怕了。我嚇得尖叫起來，但那不是我的聲音，而是豬叫，正是SKY叫喊的那個聲音！惡靈、撒旦進入了我的身體。這時，那個人把手放在我的頭上，開始祈禱。但你們知道嗎？那一刻我內心的恐懼、不安和如影隨形的枷鎖全部消失不見了。我不再感到害怕，也不再畏懼了。我看到了他的真心，那是一顆至美且迷人的心！

接著，他慢慢升到了空中。

†

「你醒醒吧！」崔辰赫大喊。

李婡世喘著粗氣，他沒有停頓一口氣講到最後，又像中邪一樣，不停念著讓人越來越聽不懂的話。

「兔崽子，我叫你住口！」崔辰赫更加憤怒了。

「崔刑警。」梁炯植叫道。

但他沒聽見，反而繼續逼迫。

「李婡世，你這混蛋，給我醒醒！」

李婡世的嘟囔聲越來越有節奏了，他翻起白眼，不停地講著什麼。那些話越發無法辨別，聲音卻越來越響亮。他的呼吸漸漸急促，眼神失魂落魄，突然翻起白眼，嘴裡還不停地嘀咕著。

「ㄇㄚㄜㄧㄔㄛㄍㄚㄋㄨㄙㄨㄙㄨㄧㄚㄐㄧㄅㄇㄧㄔㄨㄕㄨㄟㄍㄠㄍㄠㄧㄇㄧㄤㄧㄊㄚㄡㄙㄚㄎㄚㄔㄧㄚㄋㄧㄇ。」

他在說方言，如同動物一般沒有間歇地出聲。

「李爀世，你醒醒！」

崔辰赫抓住他的肩膀搖晃著，但李爀世反倒越來越激動，身體顫抖得更劇烈。

梁炯植和吳珠妍還是第一次目睹這種奇異的光景。難道說在異端調查會聽到的都是真的嗎？吳珠妍想在李爀世怪異的表現中尋找原因，試著用理性說明這一切，誰知他變得更加奇怪了，就像古代的巫師一樣，有節奏地傾吐自己才懂的語言。吳珠妍逐漸混亂，如果這都是假的，那李爀世怎麼會演得如此逼真呢？就算他是演出來的，他的企圖又是什麼？又如果，這一切都是真的，是那個我們看不見的存在製造了這起案件，那調查下去也沒有結果啊。但這也只是假設，警方不能排除任何一種可能性。

吳珠妍心想必須打起精神來，眼前發生的一切都是假象、是演戲。李爀世被洗腦了，所以才分不清現實與幻影。她看著他，覺得很有這種可能性。

這時，崔辰赫抓住他，賞了他一巴掌。

「我叫你清醒過來，兔崽子！」

一巴掌下去，李爀世突然安靜下來。他用那雙失去焦距的眼睛盯著刑警。崔辰赫心裡一驚，這是他第一次感到恐懼。接著李爀世笑了出來，突然起身勒住崔辰赫的脖子。

李爀世發出怪異的笑聲，用腿纏住他的腰，身體掛在他身上。他翻著白眼，用盡全身力氣死死地勒著崔辰赫的脖子，胳膊上都爆出了青筋。梁炯植上前想要拉開他，卻沒那麼容易。跟兩位刑警相比，李爀世的體型矮小，但兩人卻對付不了他一個。崔辰赫脖子上的血管腫脹，臉憋得通紅，眼睛爆出血絲。其他刑警紛紛跑來，好不容易才拉開他，崔辰赫就那樣暈倒在地上。

「呵呵呵呵。」

就在這時，李爀世突然轉過頭看向梁炯植。他的眼神缺乏焦距，令人毛骨悚然，但的確在盯著他。

梁炯植大喊：「李爀世，你給我醒醒！」

他的笑聲令人不寒而慄。

「嘻嘻嘻嘻，好久不見啊。」

「什麼？」

「炯植，好久不見。」

少年先知，那間教會，被提，林昌道的聲音。

梁炯植注視著他。

「混蛋！你是誰？」

「我，是我啊。」

「講清楚！」

「我是你媽媽，你那可憐的媽媽！」

李爀世的聲音突然變成中年女性的嗓音，尾音飄搖，有如在恐懼中顫抖。他的音質、眼神和動作都變得很女性化，害羞地朝梁炯植走來。

「炯植，我是媽媽呀。」

「閉嘴！」

「炯植啊。」

那的確是母親的聲音，梁炯植不願再聽。

「我媽她已經死了！」

「嘻嘻嘻，真是抱歉，你媽媽沒能升上天堂！」

又是另一個聲音。

「閉嘴！」

「她還在被地獄之火燒著呢！」

「你給我閉嘴，混帳！」

李爀世的口中再次傳出中年女性的聲音。

「炯植，媽媽好熱，我好怕！」

梁炯植癱坐在地上。媽媽的聲音聽起來好難受、好痛苦。

「炯植，好熱啊，我好怕！救我，快救我出去！」

站在一旁的吳珠姸和尹智源完全搞不清楚狀況。梁炯植在恐懼中顫抖著。他崩潰了，崔辰赫也暈倒在地上。

李爀世盯著梁炯植，慢慢靠近他。

「那天你明明可以阻止媽媽的，你可以救下她的，對不對？」

梁炯植答不出來。

母親，我的母親。

隱身的男子

那天母親站在椅子上。

梁炯植注視著她把繩子套在脖子上，接著踢開椅子。母親懸掛在空中，他凝望著掙扎中的她，臉漸漸變紅，隨著微血管爆裂，雙眼布滿血絲。

必須喊人來，不然就把椅子再放回去。母親掙扎得更厲害了，眼中滿是懊悔，她想活下來。母親持續扭動著，梁炯植卻無動於衷。媽媽，妳走好，去找爸爸吧。年幼的他靜靜地望著垂死掙扎的母親。他在心裡想，與其這樣活著，不如死掉算了，媽妳好好地走吧。

†

李婡世裝出全身被火灼傷的樣子，喊道：「就是因為這樣，媽媽才去不了天堂。媽媽好害怕！」

梁炯植咬緊牙關，這是騙人的。他又一巴掌打在李婡世的臉上。

「混小子！是林昌道告訴你的嗎？混蛋傢伙，林昌道在哪兒？我問你他在哪？」

話音剛落，李爀世再次發作。

「炯植，好熱啊！」

「閉嘴，你這個混蛋！少在這裡演戲，給我停下來！」

這時，李爀世開始瘋癲起來，全身抽動、口吐白沫倒在地上，手術部位又流出了血，他徹底昏了過去。尹智源按下緊急按鈕，醫護人員衝進病房。醫生看到倒在地上的李爀世，大吃一驚，立刻給他注入鎮定劑，護士推來移動病床將他轉移到其他病房。

醫生對著在場的人吼道：「不能再審問了！你們是想至他於死地嗎？」

所有人都驚魂未定。

†

兒子的反應讓母親心裡一沉。那冰冷的眼神，不是兒子的，至少不是母親認識的他。

少年再次開口，更加清楚地說道：「去死！」

「珉才！」

「女士，請您出來一下。」

醫生把母親叫到外面，病房裡只剩張刑警一人。他看著金珉才，少年也望著他，兩人互相對望著。張刑警感到毛骨悚然，這個少年的內心，到底隱藏了多少可怕的仇恨與冷漠呢？他覺得眼前的少年是在演戲，為了逃避嚴重的後果，才在這裡裝傻。

他慢慢靠近少年。

走廊上，醫生平靜地向母親提出建議。

「您兒子剛從昏睡中醒來，不能太期待患者馬上恢復意識。」

「那他這個樣子，我就只能袖手旁觀嗎？」

「暫時只能這樣。我們要等患者漸漸穩定下來，先讓他恢復平靜。」

母親長嘆一口氣。

「可他講的那些可怕的話……」

「這場仗也許會比想像中更久。」

這時，病房裡傳出尖叫聲。

「殺，殺！必須殺了它，必須殺了它！」少年一邊發狂、一邊叫喊著。

張刑警搖晃著少年的肩膀，問：「你好好想想！真的什麼都不記得了？」

母親和醫生跑進病房。

「你這是做什麼？」

母親抱住兒子讓他鎮定下來，但他還是重複著相同的話。

「殺死，殺死，殺死，殺死，殺死，殺死，殺死，殺死，殺死！」

醫生攔下張刑警，怒瞪著他。

「現在患者尚未脫離險境，沒有主治醫生的允許，你怎麼可以審問他？」

「我說醫生大人，現在外面死了一百多條人命，你是要我就這樣盲目地等下去嗎？」

「是的，只能等下去。你這樣隨便逼問患者，就能得到答案了嗎？」

少年突然安靜了下來，母親一臉焦急地看著他。

「珉才，你還好嗎？」

金珉才對母親冷笑著，平靜地說：「殺死對方，殺死彼此的惡。只有這樣，你們才能到天堂去。」

「什麼？」

他冷眼看向張刑警，再次開口說道：「殺死你，殺死他們，你這白癡！嘻嘻嘻嘻嘻嘻——」

少年的笑聲充斥整個病房，接著又平靜地說道：「他很快就要來了，反正到時你們都得死。」

†

李爀世並無大礙，但院方再也不允許警察進行審問了，警方能做的只有安排刑警守在病房門外。崔辰赫醒了，但很快又暈了過去。醫院診斷他需要休息，便被送到病房吊起點滴。彷彿有什麼東西從那個粗暴、強健的崔刑警身體裡跑了出來。

尹智源一人冷靜地回想剛才的審問過程，倖存者講的話還有課長的反應。李爀世真的知道梁炯植的過去嗎？他講的那些話似乎是有根據的，而且課長也被他的話動搖了。他究竟是怎麼知道課長的呢？

她想到課長，他是一個外表完美且絕不會被任何事動搖的男人。他背後隱藏的過去，牽引出了現在的痛苦。雖然不知道過去發生了什麼事，但可以肯定課長正因此感到害怕。這些年來，他一直在與自己抗衡嗎？如果是這樣，那完美的工作表現和冷漠的性格，就是他保護自己的方法嘍？尹智源突然憐憫起這個想從過去的黑暗中逃亡的男人。他必須重新回到那如同惡夢般的過去，走進深不見底的黑暗。

這件案子隱藏在深沉的黑暗中，召喚著所有人。尹智源決定去窺探那黑暗的深淵，不，她決定親自走進迷宮中。

†

梁炯植走進醫院最角落的廁所，確認沒人後，一屁股坐到地上。他感到呼吸困難，頭暈使得雙腳無力，腦中一陣轟鳴。他靜坐了一會兒，但無法思考，彷彿什麼都想不起來了。不知過了多久，他才艱難地打起精神，起身走到洗手臺洗把臉。他看向鏡子，只見鏡中一位十五歲的少年正難過地望著自己。

嗨，你過得好嗎？

少年沒有回答，眼神依舊悲傷。

曾拚命想要逃脫的黑暗和痛苦，又將梁炯植拉回過去。當初知道這件案子與被提有關，雖令他痛苦，但至少尚能忍受。反正傷不到自己，即使隱藏起過去也可以調查。如今他知道自己太天真了，這案子會讓他傷痕累累。

這是你的案子。

他再次看向鏡子，裡面站著已經崩潰的自己。我還能若無其事地站在下屬面前嗎？他馬上放棄這個想法，思考這個毫無意義。過去的日子裡，梁炯植也從未在意過別人的想法，最重要的終究還是自己。他能否不被黑暗吞噬、安然無恙地活下去？不管這案子背後隱藏了什麼，他是否都能概括承擔下來？

不如逃走吧？

梁炯植閉上雙眼，在內心直視這起案件製造出來的巨大黑暗，好深、好黑。就算逃走，又能逃去哪裡呢？他已經無路可退了。

他睜開眼睛，下定決心走入那片黑暗中。

他對著鏡子調整領帶，然後走了出去。等在外面的吳珠妍坐在椅子上看著他。

「走吧。」

說完，他便邁開步伐。吳珠妍一如往常跟在課長身後。

黑暗中，高速公路彷彿沒有盡頭，不斷延伸。兩人趕往江陵，調查離開異端調查會的趙成俊牧師的行蹤。趙成俊牧師在二〇一二年潛入林昌道的教會。執行任務期間受到衝擊，因而辭去教會工作，之後便失去了蹤影。在異端調查會聽到的調查內容，也帶給兩位刑警不小的震撼，因此在沒有聽到趙牧師本人的證詞以前，警方無法作出任何判斷。

兩位刑警先來到位於清州的祈禱院，但趙成俊在很久以前就已經搬走了。幸好一名祈禱院的員工告訴他們，牧師現在住在三陟漁村的小木屋，於是兩人又開車趕往三陟。

過了江陵收費站後，直接進入國道，再駛進山間狹窄的單行車道。雖說這裡是鄉下，但路也未免太黑了。除了車燈，幾乎看不到其他光亮，偶爾甚至可以看到山林裡野生動物發亮的眼睛一閃而過。

吳珠妍看了眼面帶疲累開著車的課長，留意到他的表情產生了微妙的變化，和從前不太一樣了，他動搖了。梁炯植雖然意識到珠妍正望著自己，但他刻意裝出不以為然的樣子。兩人之間瀰漫著有別於以往的微妙氛圍。

過去的日子裡，梁炯植是位完美的長官兼前輩。雖然他的冷漠讓人難以親近，吳珠妍還是很尊敬他。她自認沒有課長那種為工作獻身的精神，但在尊敬和憧憬的同時，她也覺得他很沒有人情味。課長是警察的好榜樣，現在，她知道了他的內心——一個想要逃離過去、充滿絕望的男人。從很早以前，梁炯植就為了追求完美，在內心深處展開激烈的掙扎，李爀世不過是揭開那層面紗罷了。

吳珠妍突然對課長的過去產生了好奇，她試著組織李爀世的話，卻沒有任何頭緒。唯一可以肯定的是，與他的母親有關。從他的反應，可以看出他有嚴重的心理創傷，被難以擺脫的過去牽絆著。雖然好奇，她也生起了憐憫之情。假若梁炯植願意傾訴那些創傷與痛苦，她願意聆聽，也想好好安慰他。吳珠妍甚至下定決心，如果課長必須走進過去的黑暗，自己也會欣然同行。

梁炯植默不作聲。

車子朝著更加漆黑的方向行駛。柏油路到了盡頭，緊接著是泥土地。越發深沉的暗夜中可以聽到不遠處的海浪聲。吳珠妍擔心車子會在黑暗中迷失方向，她想像著在難以預料的黑夜中徘徊不定的兩人，那裡沒有盡頭，也摸不到邊際。

海浪聲越來越明顯了。在濃郁的夜裡他們開到了泥土路的盡頭。兩人坐在車內沉默不語。梁炯植熄了火，兩位刑警頓時身陷黑暗，只能聽到彼此的呼吸聲。吳珠妍心想，說不定他會說出自己的過去，但他逕自下了車。她感到遺憾，同時也覺得幸好他沒說。海浪聲迎接兩人，吳珠妍深深吸了口冰冷又新鮮的空氣，稍稍感到放鬆。

兩位刑警朝山坡望去，只見一間小木屋建在那裡。木屋與海岸峭壁相連，看上去陰森森的。吳珠妍不知道是因為寒冷，還是害怕，使她渾身起雞皮疙瘩。梁炯植邁開步伐朝小木屋走去，吳珠妍緊隨其後。她覺得，自己彷彿正陪課長走進那深不可測的黑暗中。

越接近小木屋，越覺得它散發著奇異的氣氛。深夜裡，峭壁上的小木屋被黑暗籠罩。兩人前行，只能聽到自己的腳步聲。走近一看，那是一間由幾層原木蓋起的木屋，風彷彿可以直接穿透。海浪聲越來越大，海風也越發猛烈。這時，木屋的後方出現了一個人影。一名男子站在那裡。

千面人

「你們是誰？」

男子從小木屋後面走來。他的體型矮小，戴著銀框眼鏡，看上去是一個冷峻而博學的人。

「您就是趙成俊牧師吧？」吳珠妍問道。

見對方並沒有回答，她出示警證。

「我是一山分局偵查一組組長吳珠妍。」

「一山分局到這裡有何貴幹？」

「您知道林昌道牧師吧？耶穌再臨教會。」

牧師的表情突然僵住了。

「出了什麼事嗎？」

「林昌道的教會有一百多名信徒遇害了。」

趙成俊聽了並沒有很驚訝。他長長地嘆了口氣，像是早已預料到會發生這種事一樣。

「請進吧。」

兩位刑警隨著趙成俊走進小木屋。屋裡比外面還要黑，他劃了根火柴點亮蠟燭，這才看見屋內的輪廓。吳珠妍看清屋內，便明白為什麼他不知道耶穌再臨教會的新聞了。簡樸的房裡沒有獲取外部資訊的電視或收音機，甚至連電力都沒有。這裡只有生活所需的衣物和正在研究的書籍，除此之外空無一物。

「您一點也不覺得吃驚吧。」梁炯植以他沒有一絲情感的特殊口吻問道。

「是的，因為我知道那裡早晚會出事。」

「那您為什麼一直躲在這裡呢？」

這是帶有攻擊性的殘忍問題，梁炯植卻毫不猶豫地脫口而出，而趙成俊聽了，情緒也沒有絲毫波瀾。

「因為我沒辦法阻止。」

「您是指這次發生的事情嗎？」

「是的，我認為沒辦法阻止那些人盲目的信仰。」

聽了趙成俊不負責任的回答，吳珠妍顯得很不滿意。

「您不是為了揭穿他們、為了幫助信徒建立真正的信仰才成為牧師的嗎？」

「那你們說要如何阻止呢？」牧師冷靜地反問道，「我們總是說要有信仰，要懷抱希望，告訴他們一切都會好起來，會得到救贖，可這要如何實現呢？我見過痛失子女的父母，那種絕望能用什麼來安撫呢？」

「……」

「每個人都有各自的痛苦，只是痛苦的程度不同罷了。雖說每個人都要去承擔各自的傷痛，但也有無法承受的人，他們該怎麼辦呢？」

「那——」

「那顆受傷的心是否能以正常的方式獲得安慰呢？少數的人可以克服痛苦，重新過上正常的生活，但那只是少數，大部分的人都被痛苦擊垮了。那些再也振作不起來的人被虛假的信仰所迷惑，從中得到了安慰，這種情況下又要如何阻止呢？」

「所以您才從那裡逃了出來？」

「不是的，我是想遠離那個利用他人苦痛心理的人。」

「什麼意思？是誰利用別人的苦痛？」

「那個能夠隨心所欲操縱別人的人。」

「您是指林昌道牧師嗎？」

「他只不過是一個膚淺的騙子罷了。」

「那您指的是另一個人嘍？」

趙成俊的表情沉了下來，剛剛癒合的傷口又裂開了。梁炯植趁機丟出問題。

「您是指那個少年先知吧？」

趙成俊動搖了。梁炯植不放過時機，繼續追問：「那裡究竟發生了什麼事？」

他低著頭，接著露出殘忍的表情，看向兩人。

「你們真的想知道？」

那是心懷不軌的表情，他嗤笑著再次問道：「你們真的承受得起嗎？」

†

崔辰赫躺在樓下的病房裡，妻子送來煮好的白粥，但他一口也沒吃。他越想越奇怪，論力氣的話自己怎麼可能輸給李爀世，但被他勒住脖子的瞬間，就像被什麼東西附了身似地動也動不了。李爀世那矮小的身體怎麼可能爆發出那種力量呢？那個愚蠢下流的騙子哪裡藏有那種實力？崔辰赫認為這次是自己的失誤，都怪自己太激動了，一時疏忽大意才會被他攻擊。

「我竟然被那傢伙勒到暈倒了。」

他有些怕了。這件案子跟賣不賣力無關，情況似乎漸漸不受控制。不，應該說從一開始事情就不在掌控中。崔辰赫想，說不定這案子的背後，隱藏著比預想中還要可怕的真相。這時，尹智源開門走了進來。

「您好。」

尹智源禮貌地打了聲招呼，但崔辰赫的妻子只顧低頭忙著自己的事情。可以看得出來，她很在意丈夫的女搭檔。

「你沒事吧？」

「李爀世呢？」

「我正要過去看看呢。」

「一起去。」

「這怎麼行！」妻子瞪了崔辰赫一眼。

「今天你先休息，換我去好好審問他。」

「老婆，妳先出去。」

妻子看了看兩人，走出房間。

「唉，尹刑警。」

「嗯。」

「是我幹了蠢事，妳說得沒錯，這不是光靠蠻力逼問就能解決的。我真是蠢啊。」

「你做得沒錯啦，剛開始可是你撬開那傢伙的嘴巴呢。」

崔辰赫心理難受，用手揉了揉臉。脖子上的痛讓他羞愧萬分。

「你先休息吧。」

「我真是搞不清楚狀況了。」

崔辰赫很後悔在年輕後輩面前出了醜，他希望能瀟灑地放下這件事，然後去猛揍李爀世一頓，但他心生畏懼。他很想把這種感受告訴智源，告訴她自己有多害怕，多想依靠她，多想有人能理解自己，但他很快就打消這個念頭。他太自私了，等下尹智源還要去審問李爀世呢。崔辰赫一臉擔心地看著她。

「尹刑警，妳要小心啊。」

尹智源反倒更擔心起脖子紅腫的搭檔了。

✝

李爀世又醒過來了，目前正處在恢復階段。主治醫生憤怒地譴責警方不分輕重的審問方式。

「你們就沒有想過這麼做患者會有生命危險，萬一留下手術後遺症怎麼辦？」

尹智源向醫生道了歉，同時也說明了情況的緊急性。醫生十分理解她的立場，跟著點了點頭。他看著刑警憔悴的臉，心有不忍。

「看妳的臉色就知道查案子有多辛苦了，幾天沒睡了吧？」

「從案發以後就……」

從案發以後，她幾乎沒有睡過覺。醫生充滿同情地看著她。

尹智源抓住時機，懇求道：「醫生，拜託你一下啦。」

「可是醫院也有醫院的立場，萬一出了什麼大事，誰來負這個責任啊？」

「我明白，這次絕對不會強行，眼看就能找到線索了，只要再問一下下就可以了。」

「那個男刑警不會來了吧？」

「當然不會。」

最後主治醫生只准尹智源一人進行審問，才同意放行。

她轉身剛要離開，醫生無心地拋出一句話：

「有空一起吃頓飯吧……等案子結束後。」

「啊……你的電話號碼是？」

即使這種情況下，尹刑警還是心動了。

†

在進行審問前，尹智源想先站在李爀世的立場思考一下。他現在是怎樣的心情，帶著什麼目的呢？她認為站在嫌犯的角度審視案情意義重大，過去她也曾在警察大學學過罪犯側寫技巧。當然，那只是短期的教育課程，並沒有更深入研究，卻給她留下了深刻的印象。她認為這也是唯一可以搞清楚嫌犯作案動機的方法。事實上，她成為刑警後，為了提高自己的破案技巧，找了很多犯罪相關的書籍、資料，自學研究。尹智源心想，現在就是測試自己內功的時候了。

先不去追究李爀世講的那些話是否屬實，她試著揣摩自己如果是他會如何。她想像著他在教會感受到的混亂，被孤立起來的空間，漸漸失去理智的信徒，用理性無法解釋的事，所以他產生了動搖。她又想起李爀世不幸的童年，被父母虐待，唯能依靠姊姊，而她的婚姻又失敗；長大成人後進出監獄，習慣了被全世界瞧不起。尹智源努力去理解李爀世的心情，漸漸地她隱約明白那個人對他的意義。

她忽然開始擔心自己是否過度理解他，便壓下這種心情走進病房。李嫐世躺在病床上望著窗外，看上去很平靜。看到尹智源走進來，他起身靠坐在床上。

尹智源坐在一旁的折椅上，將買來的咖啡遞給他。

「咖啡？」

「不用了。」

李嫐世低著頭，很靦腆的樣子，簡直跟之前判若兩人。

「我身上發生了什麼奇怪的事嗎？」

「嗯。」

「我想不起來了。」

「所有的事嗎？」

「是的。」

李嫐世顯得更加靦腆了，彷彿是另一個人。

「我偶爾才會這樣，突然間昏過去，就跟睡著一樣。等我醒來，就什麼都不記得了。」

尹智源仔細觀察他。這也是演戲嗎？但現在他就像一個單純的年輕人。

她哄著他問道：「那你是從哪裡開始失去記憶的呢？」

「不知道。我睡太久了，現在也覺得好睏。」說著，他又躺下睡著了。

李嫐世還沒有徹底恢復過來，但已經沒有時間了，必須盡快完成他的口供。現在只剩下最重要的部分了：他到底是怎樣的一個人呢？他表現出的這些樣子中，哪一個才是真的呢？

尹智源整理思緒時，李爀世醒了過來。他看了眼尹智源，噗哧笑了，接著拿起放在桌上的咖啡喝了一口。

「有點涼了耶。」

「是啊，買來一陣子了。」

「崔刑警不來了啊？」

「看來你想起昨天的事了？」

李爀世沒有回答。

「現在你可以告訴我剩下的內容了吧？」

這時，李爀世盯著她，她感到戰慄，突然意識到房裡只有自己一人。雖然張刑警正在樓下看守另一個孩子，但他不可能立刻跑上來。就算外面有醫務人員，房裡只有自己的事實還是讓她感到很害怕。她從來沒有單獨行動過，這種壓迫感是來自男女生理上的體力差距嗎？尹智源盡量讓自己保持冷靜。

李爀世喝著咖啡，看了看她，笑了出來。

「不用擔心，我不會傷害妳的。」

李爀世是怎麼知道自己的想法？他的眼神散發銳利的光芒，噙著冷冷的笑，又開始嘻皮笑臉了。心思被看穿後，尹智源認為各方面都對她很不利。難道是因為自己採取了防守的態度才會這樣？她越發混亂了。但比起這些，她更擔心自己難以掌控他——沒有比跟來歷不明的對手交戰更危險的事了。

李嫐世又喝了一口咖啡。

「這是哥倫比亞的咖啡豆啊，烘焙得倒是不錯，但咖啡師的技術實在不怎麼樣，妳說是不是？」

她顯得有些緊張。

「不要緊張嘛，尹刑警。」

說完，李嫐世又笑了。她一時不知該說什麼，當下竟然連一句話也說不出口。

「妳想知道接下來的事情嗎？」

她顫抖著，越來越害怕，但她不能就這麼逃走。身為警察，她必須堂堂正正進行審問。尹智源心想，她必須要在氣勢上就壓倒他，可自己卻無法停止顫抖。李嫐世，你到底是誰？

「妳聽好嘍，我要開始講了。」

他閉上雙眼，就像變了一個人似地出現了另一種表情。

神與魔鬼

那天之後，我也變成了信徒。我接受了他們的信仰，於是內心獲得平靜，就像重生了一樣。當發現自己可以重新開始，我充滿了能量，比任何人都努力地祈禱，遵守他們的教理。我也想獻出所有的一切！遺憾的是，我沒什麼財產，但這讓我覺得自己很幸運，因為擁有得越少，升上天堂的機率就越大。

不過，隨著時間流逝，我的內心漸漸萌生疑惑。雖然我想忽視心中的懷疑，但越是這樣越適得其反，也許是性格使然吧。

最終，埋在我心裡的疑惑火苗越燒越旺。一方面，他們的教理仍有很多內容是我無法相信的，不管我怎麼去思考也無法理解。另外，那個人創造出的奇蹟和那些信徒瘋狂的表現讓我覺得很詭異。怎麼講好呢？有時我會覺得大家都像帶著面具一樣。那種感受很難用言語去說明，感覺很不自然，就像有人對你過於親切，會讓你覺得很有負擔一樣。有時我還會想，為什麼所有人都努力讓自己看起來很瘋狂，是不是他們另有目的？

就這樣，我漸漸恢復了理智。當然，跟他們一起祈禱時，我真的會覺得自己馬上就要展翅飛上天了，但回到日常生活後，又會覺得完全不是那麼回事。因此，我在學習他們教理的同時，也開始觀察起周圍的人。日子一天天過去，約定好要升上天堂的日子就快到來了，可是隨著那一天的接近，我的疑惑也越來越強烈了，甚至感到害怕。不然逃走吧？升不上天堂怎麼辦？像我這種疑心重的人有資格去天堂嗎？但跟我不同的是，其他人都充滿期待，大家討論著升上天堂後的生活。在那完美無缺的地方，沒有任何不足，主已經為大家預備好一切了，似乎只有我一個人的想法不同。

那一天終於來了。

禮拜開始後，大家祈禱呼喊的聲音越來越響亮。當約定好的時間臨近，那個人現身了。我望向他，他表現得很自然，就像在享受這一切一樣，而且他在祈禱的時候也沒有表現得很刻意。不是有那種人嗎？明明自己不能全神貫注地祈禱，卻在嘴裡嘟嘟囔囔，想方設法讓自己看起來很投入。他和那種人完全不一樣，雖然靜靜地坐在那裡禱告，但誰都看得出他有多投入，而且我們都覺得他投入到連容貌也漸漸改變了。之前，他看起來像個害羞的少年，但那一刻在他周圍出現了神聖的光。這可不是我一個人的感受，所有人都不敢靠近他，只要他經過，大家都會退後，我們只敢望著他的背影。他真的是神聖的存在。接下來，他開始祈禱，我們便目睹了奇蹟。

終於，他露出了我們敬畏的真實模樣。我雖然害怕，但已經無路可退了。

妳知道嗎？我們是逃不掉的。

†

母親面帶驚慌看著兒子，他的眼神變得越發詭異，呼吸也漸漸急促起來。從他嘴裡冒出來的話變成有節奏的音節，緊握的雙手也更加用力了。

「殺死它，殺死你心裡的疑惑；殺死它，殺死你心裡的疑惑；殺死它，殺死你心裡的疑惑；殺死它，殺死你心裡的疑惑……」

「珉才，你這是怎麼了，看著媽媽！」

醫生喊道：「你醒醒！」

醫生按住少年，正要查看他的瞳孔時，他突然靜了下來，看著醫生冷笑起來。簡直無法相信那雙眼睛就是人類的眼睛。

「呵呵呵呵呵——」

醫生嚇得渾身發抖。少年越來越激動。

「珉才啊，不要這樣！求求你了，珉才！」

但兒子的身體抖了起來，就像體內存在著其他的生物一樣。母親抱住兒子想讓他鎮靜下來，但他顫抖得更劇烈。他推開醫生，站到床上說方言。醫生驚嚇地站在一旁仰望他，母親也不知道該說些什麼了。

兒子已經不再是從前的那個孩子了。

†

李爀世顫抖著，不管尹智源怎麼叫都沒有反應，他徹底沉浸在自己的世界裡。突然，他變成另外一個人看著尹智源，神情中帶著女性的溫柔。

「快離開這。」

「什麼？」

「我叫你快離開這裡！」

「李爀世！」

「沒有時間了，那個人就要來了！那個人正在趕來，快離開這裡！」

他的表情充滿了誠懇與迫切，就連聲音也與之前不同。那是女性纖細的嗓音，真的是他的聲音嗎？

李爀世渾身顫抖著。沒過多久，他又冷靜了下來。就像忘記剛才自己講的話一樣，用沒有焦距的眼神看著尹智源，繼續講下去。

†

做禮拜的時候，那個人來到我們身邊。終於，我們期盼已久的瞬間到來了——他開始進行最後的傳教。

「我們終於要去天堂了。」

信徒像瘋了一樣尖叫、哭喊起來。那裡有如熔爐，把一切都融化掉了——所有人，所有信徒，所有渴望升上天堂的人。

「大家準備好了嗎？」

信徒們揮手尖叫著，是的，準備好了，我們要去天堂！大家因為他的一句話、一個動作做出瘋狂的反應。

「主應允了我們。那些信基督而已經死的人會先復活，而我們這些還活著的人必和他們一同被提到雲裡，在空中與主相會。這樣我們就能永遠與主同在，祂沒有忘記跟我們的約定。」

信徒們邊跺腳邊哭喊著，紛紛舉起雙手，唱起聖歌。

這時，那個人看著我們，所有人都安靜下來注視著他。

「不相信的人、被撒旦迷惑的人、心存疑惑的人是無法升上天堂的。」

瞬間，氣氛變得沉重，大家突然神情憂鬱地看向彼此。這時我才明白，心存懷疑的人不只我一個。

「去不了天堂的人，會與魔鬼一起留在這世上，每七年經歷七百次苦難。主說過，心無疑惑去相信的人才會得到幸福。」

信徒們漸漸焦慮不安起來，哭聲四起。大家開始懇求他，求他帶上自己，不要把自己留在這世界與魔鬼共存、承受苦難。

「所剩的時間不多了，通往天堂的時刻正在來臨。」

信徒們更是焦慮，所有人都想升上天堂。

這時，那個人又開口說道：「就算你們心存疑惑，還是有其他方法。」

大家像發現了救命繩索一樣看著他。

「想去天堂的人，就要殺死自己心裡的疑惑，必須殺死心中製造出疑惑的撒旦。」

信徒們聽了大吃一驚，互相看了看。

「對撒旦置之不理的人、對懷疑置之不理的人，對主心存懷疑、不相信主會帶我們升天堂的人！如果你們渴望到天堂去，就要殺死自己心中的罪惡，以及身邊人的罪惡——殺死你們心中的疑惑。」

他早就知道我們不是虔誠的信徒。沒有比偽善更可惡的了，那些偽裝成信徒的人就混在我們中間。那些傢伙，那些可惡的混蛋！他們一輩子跟在我們身後，阻止著被提發生！如今他們仍潛伏在我們當中。妳知道我說的是什麼嗎？

是懷疑。

「不要懷疑，不要懷疑！不要懷疑你們的主，耶穌基督！」

我內心的懷疑，以及所有人心中的疑惑，那小小的火苗總有一天會燒成熊熊烈火。事實上，這都是邪惡的撒旦所為，是祂把懷疑的種子種進我們的心裡，讓每個人都心存疑惑。必須剷除疑惑，必須殺死它！

正是那些傢伙，害得我們在二十四年前沒能升上天堂。妳知道嗎？必須要先將那些偽裝成狂熱信徒的分子剷除掉，他們戴著面具偽善地欺騙了我們！你們這群白癡，現在明白了吧！但這次你們再也無計可施了，再也無法阻止我們了！為什麼？

因為主降臨了，祂來到我們身邊，祂在祈禱的時候現身、進入了少年的身體裡。不，應該說那個少年就是神。我們的主，為了救贖我們而降臨！主為了驅趕走我們內心的不信與外界的妨礙，祂來了。啊，主！您的兒子將為我們創造奇蹟。少年慢慢升到空中，我們終於迎來了這一刻，他要帶我們一起去天堂了。但在此之前，我們必須先殺死心中的疑惑，殺死自己，以及周圍的撒旦！少年飄浮在上空俯視著我們。

他開口：「想去天堂的人、想要擺脫今生痛苦的人，殺死你們心中的惡吧，殺死你們心中的疑惑吧！唯有照做，才能輕盈地升上天堂！」

我們看著彼此，感到害怕、舉棋不定。這時，他又說：「不要怕，即使你們的肉體死了，主也會帶走你們的靈魂，這樣才能更加輕盈地升上天堂。」

大家又互相窺伺。

「執著於肉體、因肉體的罪惡過重而無法升上天堂的人，將與魔鬼一起留在這世上，每七年經歷七百次的苦難！」

這時，一名信徒刺了自己的腹部，發出慘叫聲。

「殺死自己及身邊的撒旦吧！殺得越多，升上天堂後便可以坐在最高的位子上俯視人間！」

話音剛落，又有一名信徒刺傷自己後，刺向了身旁的人，接著，四處響起了慘叫聲。

少年在空中俯視著，他在監視我們。

沒有時間了，我們開始互相殘殺，殺死彼此的罪惡，因為我們清楚知道自己內心深處的骯髒與醜陋。我們不加思索地互相殘殺！求求你，放過我吧，是我錯了！不，不行！我們要殺死罪惡，殺死內心的疑惑！

但是，我……我沒有死成。

†

李嫦世陷入恐慌，講完這些後，他癱坐在床上哭了起來。

「求你，求求你……」

他渾身發抖著。現在的他，正是尹智源最初見到他時的樣子——膽小如鼠的騙子。

「但是，我沒能跟他們一起升上天堂，因為我心中還殘留著骯髒的東西，在那偉大的被提到來之際，我沒能跟大家一起升上去。我心存疑惑，疑心比任何人都要重。那人一定看穿了我，才沒有帶上我！」

李嫦世難過地看著刑警。

「我被拋棄了，我沒有獲得他的認可，沒能殺死自己心中的惡！」

尹智源看著像被主人拋棄的李嫦世，心生憐憫，走上前拍了拍他的肩膀。

她理解李嫦世，也不再緊張了。教會裡經歷的事，讓他感到無比痛苦，所以才會表現得如此情緒化。當壓力來到極限，人會出現各種異狀。現在，一切水落石出，是林昌道和少年先知煽動信徒，把大家逼上絕路。林昌道潛逃了，少年先知則因受到衝擊講不出話，而李嫾世就這樣活了下來。

尹智源聽完這些沒有邏輯又戲劇性的證詞後，稍稍同情起他，但很快，她又回到現實，李嫾世終究只是一個捲入這件案子的竊盜犯。

這時，李嫾世轉過頭看向她。尹智源對他說：「你真的認為那些人到天堂去了？很抱歉，被提是不存在的，那些人只不過是被殺了，而你是因為運氣好，才活了下來。」

「那、那裡發生的奇蹟要如何解釋呢？」

「人在集體生活中，很容易受到他人影響進而產生幻影和幻聽。」

「妳是說，我看到的都是幻影？」

「沒錯。那種事是不可能發生的，你看到的都是幻影。」

「妳憑什麼這麼肯定？憑什麼一口咬定我看到的都是假的？」

「那好，就算你看到的都是真的，發生的一切也都是真的，可那又怎樣呢？」

「什麼？」

「這世上偶爾會發生一些我們難以理解的事情，但不是所有事都是正確的、友善的。如果那些奇蹟不是神創造的，而是魔鬼所為呢？如果是惡魔殺死了那些人呢？」

瞬間，李嫾世一臉驚訝地看著尹智源，接著露出陰冷的笑。

「就像我這樣嗎？」他說。

少年先知的誘惑

母親爬到床上抱住兒子，想讓他冷靜下來，但他變本加厲，難以控制。

「殺死它，殺死它，殺死它，殺死它，殺死它，殺死它，殺死它！」

兒子的身體像是被什麼附了身一樣，這麼瘦小的身體裡，竟然隱藏著如此頑強的力量。醫生和刑警也上前抓住少年。醫生試著為他注射鎮定劑，但少年掙扎著踹開了他的手，接著嘴裡冒出了誰也聽不懂的語言。刑警和母親好不容易把他按坐在床上，醫生費勁找到血管、剛把針頭扎進去，少年又再次搖晃起身體，發瘋似地躲避注射。他用力甩開大家後，站在床上，怒瞪著所有人。

「看看你們心中那骯髒的東西，殺死它，快殺死你們心裡那邪惡的東西！」

說完，少年隨手砸碎了身旁的果汁瓶，想用碎玻璃刺進自己的脖子。

「我馬上就可以去天堂了！」

母親為了阻止兒子刺傷自己，緊緊摟住他。碎玻璃沒有傷到少年，而是刺進了她的肩膀，頓時鮮血湧出。她慢慢放開兒子，看著他。

少年也看著母親說：「殺死妳心中的疑惑。」

†

「你們承受得起所有的事實嗎？」

「我看無法承受的人是你吧？」

趙成俊牧師冷笑了起來。

「你們也許會覺得我這樣逃出來，很可笑吧。」

吳珠妍不喜歡這個男人自哀自憐的樣子。她心想，我們對你一點興趣也沒有，只是想知道你所經歷的事。

「您在裡面究竟經歷了什麼呢？」

「你說死了一百多人，是嗎？」

「是的。」

「你覺得這種事情可能發生嗎？」

「這是已經發生的事實，我們沒辦法不去相信啊。」

聽了吳珠妍的回答，趙成俊又笑了起來。

「我親眼目睹過那種景象。」

「那時也有人遇害嗎？」吳珠妍確認道。

「沒有，但那和被殺沒什麼兩樣。當時，不管那個人說什麼，所有的信徒都會跟著照做。二〇一二年，我為了執行異端調查會的任務，潛入耶穌再臨教會。最初，我比任何人的疑心都重，但唯有見到那個人的瞬間，我也會想要照做，不管他說什麼。」

「那個人到底有什麼吸引人的地方？」

「請你們回想一下被人說服的時候。為什麼會被說服，是因為對方的話很有邏輯嗎？是因為他說的都是事實嗎？」

「如果不是這些原因，那又是什麼呢？」

「態度。」

「態度？」

「問題在於用什麼方式講出那些話。」

「所以他是用什麼方式？」

「他相信自己所說的，相信自己說的都是真理！他比任何人都確信這一點，才能很有自信地說出口。他本人即是真理。他會透過眼淚、確信和呼喊，完完整整地把自己相信的事情傳達出去。」

兩位刑警似乎聽懂了他的意思。

「世人稱之為魅力。他是我見過最有魅力的人，沒辦法不去相信他。持續聽他說話，會讓人恨不得馬上走進他描述的王國。他口中的天堂，就像美夢一樣令人嚮往。所有人都想追隨他，就連我也是！」

吳珠妍看著趙成俊的眼睛提問，但他別開了目光。

「像他這種自信滿滿、能說會道的人多不勝數，那他究竟是有哪方面的吸引力呢？」

「某天做禮拜的時候，教會裡有個腿腳不便的少女正祈禱著，突然他走下臺來到她面前，單膝跪地把少女的腳放在自己的膝蓋上，然後默默地流下眼淚。」

趙成俊回想當時的情景，似乎喚回了曾經的記憶，再次產生動搖。

「他的每個動作都那麼自然、高尚、純潔。那一幕，是我人生中見過最美好的畫面。那不是演給大家看的，那景象……真的太美好了。」

趙成俊牧師越來越投入。

「有時，他在祈禱或是讀聖經的時候，真的就像徹徹底底變成另一個人一樣，他會不斷地表達自己的內心，簡直就是全世界最會表演的實力派演員，而且還是那種可以分飾幾十個角色的多變演員。」

吳珠妍完全不能理解他的意思。

「可就算是這樣，大家也不可能按照他說的去死吧？」

「有一次，他被附了身，神進入了他的身體。我現在有時還在想，也許那真的就是神的樣子。」

趙成俊一改剛才冷嘲熱諷的態度，顯得很激動。

「當然，我知道，這麼說很不合邏輯，也不見得是真的，但如果妳親眼目睹，便無法不相信他就是先知，是救世主。」

梁炯植和吳珠妍看著趙成俊，他已完全陶醉在自己的想法中。
「您目睹奇蹟發生了？」
「是的。」
「那個無法行走的少女，站了起來。」
「能具體描述一下嗎？」
「我無法忘記她站起來的瞬間，再沒有比那一刻更讓我覺得充滿喜悅的了。」
趙成俊回想著當時的場景，流下眼淚。
「就只是這樣？」
「然後她飄向空中，飄得很高很高。」
趙成俊想到當時發生的事，再度落淚，彷彿還在思念著那一瞬間。兩人將他從陶醉的回憶中拉了出來，冷靜問道：「奇蹟真的發生了嗎？」
趙成俊望著二位刑警，像是從甜美的夢境中甦醒，不得不面對殘忍的現實一樣。吳珠妍再次問道：「您親眼目睹到的，真的是奇蹟嗎？」
「不是。」
「那是怎麼回事？」
「少女是牧師找來的騙子，她能飄在空中也不過是被鋼琴線吊起來。」
「這麼說當時，您也上當了？」
「不，我看到了少女腿上的肌肉，也看到棚頂吊著鋼琴線的滑輪。」

「那向異端調查會報告時，您為什麼聲稱自己看到了奇蹟呢？」

「因為我想相信他。明知那都是騙人的，我還是想相信。他太美好，太吸引人了，不管他描繪出什麼樣的世界，我都想跟隨他一同前往。」

牧師哭了起來。

「那您又為什麼離開了？為什麼沒有再回教會工作呢？」

「我是神學大學畢業的牧師，雖然被異端迷惑，我還是可以分辨是非。我比任何人都清楚，那是邪教，他們都是騙子，但我停不下來，才逃了出來。這是我唯一可以作出的選擇。」

牧師充滿悔恨，點起一根菸，用力吸了一口後吐出長長的白煙。房間裡漸漸充滿煙味。

「雖然我感到很羞愧，但我的確被他迷惑了。世人想得很單純，覺得被邪教迷惑的人都是傻瓜，但沒有那麼簡單。他與別人不同，不管誰都會被他動搖，被他誘惑。」

「就算是這樣，也不可能殺死一百多個人啊？他到底用了什麼手段？」

趙成俊淡淡地對吳珠妍說：「去找他吧，到時你們就會明白我說的一切了。」

吳珠妍靜靜地問：「您真的覺得那種事有可能發生嗎？」

「你們覺得德國人蠢嗎？」

「什麼？」

「他們被一個人欺騙，才讓整個歐洲陷入火海，屠殺了近六百萬名猶太人。」

她震驚不語。

「如果你們也在現場，有把握一直保持理智嗎？確定自己可以抵抗納粹嗎？」

兩位刑警無言以對。

「當時在場的我們，就像那些德國人。」

†

母親看著兒子，沒有察覺到自己在流血。雖然肩膀隱隱作痛，但她不以為意。只要兒子沒有受傷，其他都無所謂。少年依舊握著碎玻璃瓶，鮮血一滴滴落下。母親死死握著他的手腕，張刑警趕忙上前奪下他手中的瓶子。

醫生為母親做了應急處理。

「幸好沒有刺得很深，只是皮外傷，縫幾針就沒事了。」

「還好沒事。」

少年面無表情地望著母親流血的肩膀。她看著兒子說：「珉才，媽媽沒事。不管發生什麼事，我都會守在你身邊。」

少年依舊面無表情地看向母親。

「珉才，媽媽再也不會離開你了。」

少年的眼角抽動了一下。

†

尹智源靜靜地注視著李爀世，他的眼睛徹底變成另外一個人，像個調皮的孩子一樣笑個不停。她抑制住自己害怕的情緒，告訴自己，我是警察。

尹智源冷眼瞪著他，說：「李爀世，你現在是在跟我開玩笑嗎？」她用低沉的聲音再次說道：「你清醒清醒。」

但他還是嘻皮笑臉。

「妳知道嗎？」

他又變了一個聲音。

「管祂是神還是魔鬼呢，妳說是不是？」

「神與魔鬼是不同的。」她斬釘截鐵地說。

「有什麼不同？魔鬼就一定代表惡嗎？神永遠都代表善嗎？善惡又是誰規定的呢？講真的，判斷人類行為對錯的還不是人類自己嘛。」

「你這是詭辯。」

「我們都在詭辯，可話說回來，妳不是也動搖了嗎？沒有嗎？」

「你到底想說什麼？」

「我知道妳在想什麼。」

「你是誰？」

「所有人都好奇我是誰，可你們都明知故問嘛。審視妳的內心，我一直都在妳心裡啊，呵呵呵呵。」

嘻笑的李爀世又坐回床上，一臉天真無邪地望向窗外。過沒多久，他又變了一種眼神看著尹智源笑了起來。

「尹刑警，妳沒事吧？」

†

「他是怎樣的一個人？」吳珠妍問道。

趙成俊抬了抬眼鏡，開口：「他是一個很會利用人心的人。就像打開櫥櫃取出碗一樣，他能輕而易舉地操控人心。」

「我是想問，有沒有什麼線索能讓我們確認他的身分？比如他是從哪所神學大學畢業的？」

「他應該沒有讀過神學大學。」

「什麼？」

「當時，他只有十五歲而已。」

「真的是一位十五歲的孩子做出了那種事？」

「你們不信？看來大家都不相信，可那真的是事實，都是我親眼所見的。」

「那孩子叫什麼名字？」

「他叫成知韻。」

「您知道他現在在哪裡嗎？」

「不知道。那天夜裡，他把我們操控在手中，突然丟下我們消失了，之後就再也沒有出現過。」

「這麼說——」

「這件案子應該是那個孩子所為。如果是他，控制一百個人易如反掌。」

「那個孩子是少年先知嗎？」

「是的，他就是少年先知。」

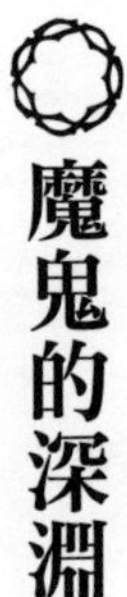

魔鬼的深淵

母親傷得並不重，接受治療時只縫了幾針。醫生勸她到其他病房休息一下，但她還是回到兒子身邊守著他。

「萬一我不在的時候，他出了什麼事怎麼辦啊？」母親焦慮不安。

張刑警和護士守在病房裡，少年面無表情地望著窗外。母親走到兒子身邊，他聽到聲響轉過頭來。兒子冷冰冰的臉深深刺痛著母親的心。從前，他是一個表情豐富又愛哭的孩子，但一年一年過去，漸漸變得沉默寡言，如今甚至連表情都沒有了。到底是什麼把自己的寶貝兒子變成這樣？

「這一切都是我的責任，都是我的錯。」母親這麼認為。她用力握著兒子的手，像是下定決心再也不會放開一樣。她感受到兒子溫暖的體溫和微弱的脈搏。現在兒子活著回來了，這就足夠了；他就在自己眼前，這就足夠了。她再也沒有其他的期盼，眼淚情不自禁地湧出，滴在少年的手背上。

她懇切地看著他，顫抖地說：「珉才，媽媽愛你。」我的兒子，我深愛的兒子。

少年抬起頭看著母親，又低頭看了看她緊握的手，眼中隱約閃過一絲情緒，身體顫抖。母親察覺到，立刻抱住他。少年的身體就在母親的懷裡顫抖著。

這時，他貼著母親耳朵悄悄地說：「媽不要告訴任何人。」

「知道了，珉才。你說，告訴媽媽。」

「絕對不可以告訴任何人。」

「好的，珉才。」

「……」

「你放心，媽媽不會跟任何人說。」

「我被附身了。」

「什麼？」

「神進入了我的身體裡。」

「珉才啊——」

「媽，我是先知。」

母親嚇到了，她抓著兒子的肩膀盯著他的雙眼。

少年又笑了起來，冷冷地說：「殺死妳心中的惡。」

「珉才……」

「只有那樣才能升上天堂。」

「珉才，你在說什麼啊？」

「媽，殺了我吧。」

✝

尹智源和李爀世之間流淌著一觸即發的緊張感。她瞪著他，一面在心裡想，絕不能再被這傢伙的鬼把戲給騙了。但她實在摸不透他的出牌套路，只好先發制人。

「李爀世，我們來聊聊你的童年吧。」

「很簡單啊，我小時候被虐待，由姊姊養大，能依靠的人也只有姊姊一個人。家裡窮、被霸凌，長大後還犯過罪。老套的故事情節，妳還想聽下去嗎？我能把心裡全部的痛楚一個一個講給妳聽。」

「……」

「妳是想刺激我吧，可小時候那些事我早就不在乎了。」

「……」

「那妳為什麼要當警察啊？」

「少問沒用的。」

「想教訓壞人，是不是？可是妳發現自己不能隨心所欲？」

「你給我閉嘴。」

「妳激動起來還真凶。這是在防禦，表示妳在心理上已經萎縮了。」

尹智源漸漸落入李爀世的圈套。他就像來歷不明的黏稠液體纏住了她，她只能不停掙扎。

「其實，妳的心很軟吧？」

「什麼？」

「妳會為那些被害者感到心痛吧？」

「你什麼意思？」

「那些垂死的人，被殘忍殺害的人。」

「閉嘴！」

尹智源推測，一定是守在門外的巡警聊到自己時被他聽到了。如果不是這樣，難道他真能看透自己？

「妳這麼大聲，是想嚇住我吧？嗯，這樣犯規喔。」

面對看透自己的李爀世，尹智源感到越發難以應對。她只能提高分貝來抵抗，但又讓她覺得自己軟弱無力。

「呵呵，看吧，妳的內心在發怒。這憤怒是衝誰來的啊？那個殺害女友的人渣，妳很想殺了他吧？」

「什麼？」

「妳很想殺了那傢伙吧？妳覺得不需要那些複雜的法律，應該直接一槍斃了那種敗類，是不是？」

「……」

「想到那個可憐的女生，妳心裡難受得快瘋了吧？」

「……」

「每天夜裡都能夢到她吧？『尹刑警，尹刑警，尹刑警』地這樣叫妳。」

「不要說了！」

「可是那個殺人犯卻還活得好好的，一點都不覺得內疚！雖然他會被關進監獄，但過不了幾年就會被放出來，到時還是能過上悠哉的日子。殺了人，竟然不去反省，不感到羞愧？」

「不要說了！」

「這就是正義嗎？」

「……」

「一定要殺了那個人渣，那個連蟲子都不如的東西，我也想殺了那種敗類。」

「……」

「不如殺了他。」

「閉嘴，你這個混蛋！」

「那女生，妳能置之不理嗎？」

「什麼？」

「那個好委屈、垂死掙扎的女生呀。」

李爀世閉上眼睛，想像著說：「我能聽見那女生的聲音，也能看見她是如何被殺的。」

他依舊閉著雙眼。房內瀰漫著難以忍受的寂靜，忽然他笑了出來，又開始慢慢窺視尹智源的內心。

「妳真的能夠對那些被害者置之不理嗎？我聽到了他們的哭聲，那個女生在哭！她哀求著，不要再打了，求求你不要打我。」

李爀世嘴裡冒出纖細的女聲，難道是那個被前男友殺害的女生嗎？他難過地看著尹智源。

「『求妳救救我，救救我吧，我不想死。』她後退著，但那畜牲走向她，殺害了她，沒有任何理由！」

尹智源顫抖著，她感到害怕、難過，同時也在動搖。李爀世講的話、他的眼神，讓她真真切切地感受到案發當時被害者的苦痛與恐懼。她心痛的同時，憤怒也在燃燒。

李爀世的眼裡迸出眼淚。

「我都知道，我都看到了。」

「不要再說了！」

「尹刑警，妳要幫幫她啊。」

「……」

「妳要告訴世人什麼才是真正的正義。」李爀世用手比成一把槍，指在自己頭上。

「告訴那些不知反省、不會內疚的傢伙，什麼才是真正的正義。」

尹智源的心在瓦解，她徹底崩潰了。

✝

崔辰赫還是覺得有人緊勒著自己的脖子。他拚命揮舞雙臂掙扎著，那人還是越勒越緊，他呼吸困難，視線也漸漸模糊了起來。不，不，他拚命睜大眼睛，看到了李爀世。不、不要，只見李爀世的樣子變了，成了他不認識的面孔。接著，那張臉變成了他首次擒獲的殺人犯，那可惡的傢伙正對著他笑。殺人犯的臉又依次變成了他逮捕過的犯人。曾經的搭檔張刑警也出現了，突然又變成了梁炯植和吳珠姸的臉，最後變成尹智源的臉。尹刑警，不，尹刑警……

崔辰赫尖叫著從惡夢中驚醒過來，一身冷汗溼透了病人服。晚上八點，天已經黑了。他喘息著，回想剛才的惡夢。崔辰赫聽說過，潛意識藏在我們內心，是意識的十倍、甚至一百倍的體現。總之，潛意識要比我們覺悟到的更深遠。

潛意識，崔辰赫從未思考過自己的潛意識。將近二十年的警察生活，當中經歷過痛苦、難過、畏懼，各種困境。他都覺得無所謂，以為自己早已遺忘，也都放下了，可事實並非如此，那些事情就像匯聚在低處的水一樣，非但沒有消失，反而完整地積累在自己的內心深處。如今，那些記憶正如海浪一般淹沒了他。

李爀世那個傢伙揪出了他想要遺忘的過往。

一起共事七年的前輩張刑警整日酗酒，每次破獲殘忍的殺人案後，都會跟他喝得爛醉如泥。當時，崔辰赫只覺得張刑警喜歡喝酒罷了。

「前輩，少喝點酒吧。」

「來，喝、喝。」

「幹嘛跟個瘋子似地逼自己喝酒啊？」

「因為想忘了那些事啊。」

原來前輩並不是愛喝酒，而是借酒澆愁。他想忘了那些難以承受的事——被殘忍殺害的人，不肯反省自己、不知悔改的人間敗類。人犯了錯，多數人都會感到後悔、覺得痛苦，甚至厭惡自己。這種人還值得被原諒。雖然都是壞人，但至少他們心存內疚，知道後悔。

但世上也有不知悔改的人，他們表現得很痛苦，其實只是在懊惱自己的惡行被發現、被警察逮捕到而已。最終，崔辰赫還是要面對這種不知悔改的傢伙。他以為自己都忘掉了，但那只是自己的錯覺。不知悔改的敗類不斷地出現，法律和法規是無法制裁這種人的，他們只會暫時被關起來罷了，之後一定還會再犯案。

崔辰赫起床，心想要去見一下李爀世。這個時間，說不定還可以再審問他，而且讓智源一個人留在那裡，他總覺得不放心。他知道智源是一個心思更細的人，心裡積攢了很多往事，不會輕易忘記。她的性格會使她受到更多創傷與痛苦，進而增加她對那些不知悔改的惡人的憎惡與憤怒。現在不是躺在這裡的時候，他起身換好衣服。

「你這麼賣命，分局會給你加薪嗎？」妻子醒了，她瞪著崔辰赫說。

「老婆，這案子死了一百多條人命啊。」

「一山分局的刑警又不是只有你一個！」

「局裡是不缺人，但能破這案子的只有我。」

「都你在說。」

妻子走上前，給他一個擁抱。她的體溫讓崔辰赫心中湧起一股熱流，融化了他。

「不管凶手是誰，我一定要抓住他。」

他突然領悟到自己能清醒、堅持過來的理由。

†

崔辰赫來到李爀世的病房前，發現尹智源不在，向守在門口的巡警打探她的去向。

「她審問完李爀世以後就走了。」

他開門走進病房，李爀世轉過頭，噗哧笑出聲。崔辰赫強壓著怒火。

「你沒事吧？」

「沒事，託你的福差點死了，再給你加個妨礙執行公務罪啊。」

「呵呵呵，隨便你。」

「李爀世，教會裡發生了什麼事？到底是出了什麼事能讓你這個小混混瘋成這樣啊？」

「你瞧不起我是吧？對了，不知道尹刑警怎麼樣了。」

「什麼？」

「她可是高高興興地離開喔。」

崔辰赫一把揪住他的衣領。

「混蛋！你對尹刑警做了什麼？」

「我？我怎麼敢對警察胡來，我看你還是先找到她再說吧。」

「混蛋！」

「你不擔心她嗎？快去找她吧。」

「尹刑警要是出了什麼事，我就殺了你！」

「我也希望她平安無事。」

崔辰赫快步走出醫院，邊走邊打電話給尹智源，但沒有人接聽。

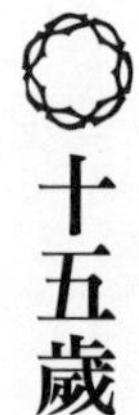

十五歲

梁炯植和吳珠妍在高速公路上，驅車趕回首爾。吳珠妍打電話給尹智源，想了解審問李爀世的進展，但電話無人回應。她又想到崔辰赫，但考慮到他還需要休息，便打消了念頭。

吳珠妍腦子很混亂。難道趙成俊牧師描述的少年先知再次出現了嗎？但就連趙成俊也沒有調查出那個孩子的底細，林昌道又是從哪裡找到他的呢？他現在又身在何處？

正當吳珠妍思考這些疑問時，梁炯植開口說道：「趙成俊說的那個少年，成知韻，現在應該有二十歲了吧？」

「差不多吧。過了四年，應該十九歲了。」

「吳組長也覺得這件案子跟成知韻有關嗎？」

「你覺得趙成俊的話可信嗎？」

「他沒有理由說謊吧？」梁炯植說。

「我也這麼覺得。雖然他被少年先知迷惑了，但還是能理性地作出判斷。我覺得不能忽視他提供的證詞。」吳珠妍回應道。

「如果是這樣，時隔四年，成知韻再次現身預謀了這次事件？」

「如果趙成俊說的都是真的，這種可能性最大。如果那孩子真這麼了得的話。」

「你不覺得十五歲這一點很妙嗎？」梁炯植問。

「說到十五歲，醫院裡醒來的那個孩子也是？」

「十五歲。」

「十五歲的先知，那李爀世所指的那個人，極有可能就是醫院裡的那個孩子啊。」

「有兩種可能性，趙成俊所指的成知韻與這件案子有關，或者無關。」梁炯植分析。

「沒錯。」吳珠妍附和。

「那你怎麼看李爀世的證詞？」

「雖然審問的過程中他瘋瘋癲癲的，也只講了對自己有利的話，但就整體來看還是有一定的邏輯。況且，就算他說謊也不可能描述得那麼詳細。」

「看來當務之急還是要確認先知的身分。那個倖存下來的孩子要是能開口講話就好了，至少能知道他是不是先知。」

「有辦法可以確認。」吳珠妍說。

「讓李爀世跟那孩子對質嗎？」

「嗯，但從目前狀況來看，那孩子的父母應該不會同意。萬一出了什麼事，我們可就難辦了。」

「父母肯定不會同意的。」

「拿照片給李爀世確認，怎麼樣？」吳珠妍提議。

「嗯，先把那孩子的照片給李爀世確認，看他是不是先知。」

「好，先這麼做吧。」

兩人的對話到此為止，又沉浸在各自的推理當中。車子飛速行駛在黑暗中。

†

梁炯植的車剛開進分局，記者便圍了上來，從大門口一直到樓前水洩不通。從以前到現在，警察的人力都沒什麼改變，記者的人數倒是越來越多了。從車裡出來的兩人被記者包圍，又被問了一堆問題才走進分局大樓。與外面的吵鬧相比，大樓內部十分安靜。梁炯植和吳珠妍朝會議室走去。

李分局長正在會議室裡等待。兩人一進去便畢恭畢敬地向分局長敬禮。李分局長翻閱著資料，抬頭看過去。

「辛苦了。節省時間，開始吧。」

「是。」

梁炯植向李分局長匯報了與趙成俊牧師見面的全部過程。手拿資料的分局長陷入了沉思。他理順思緒後，開口說：「明白了。梁課長，先說說你想到的可能性吧。」

「第一種可能性，先從認定李爀世提供的證詞超乎常理出發。」
吳珠妍接過話題：「你的意思是說，先假設那些口供超出常理？」
「沒錯。」
「從最不可能的部分著手，逐一排除，應該不會錯。」
「是的。」
梁炯植接著說：「首先是那個少年，假設到目前為止所有的證詞裡登場的少年都是同個人。就算他沒有成長，或者是有靈異的存在附了他的身，看成同一人物才符合邏輯。也就是說，那名少年從四年前到現在一直都是十五歲。」
李分局長笑了出來。
「鬼神說法啊，要是這麼告訴記者，可就有好戲看了。」
梁炯植的表情沒有任何改變，他繼續說：「第二種可能性是林昌道策畫了這起事件。吳組長，林昌道的屍體找到了嗎？」
「還沒有。」
吳珠妍正在確認剛剛收到的現場報告。
「目前為止大致確認了八十多具屍體的身分。林昌道、雙龍和ＳＫＹ，這三人的屍體還沒有確認到。」
「剩下的二十幾具屍體何時能確認完？」
「明天應該就能確認完所有屍體的身分了。但就目前的情況來看，那三個人應該不在其中。」吳珠妍發表了自己的意見。

「消失了……」李分局長把身體靠在椅背上思考著。

「如果屍體裡沒有牧師的話，那他找來同夥共謀作案的推測就是最合理的了。」

「那目的是什麼呢？」李分局長把身體往前一傾，問道。

「肯定是錢嘍。」

吳珠妍提出疑問：「如果目的是錢的話，有必要把那麼多信徒都殺死嗎？」

「信徒裡肯定有人知道牧師的祕密，或者知道他的藏身之處。林昌道擔心日後會被通緝，全部剷除就再也沒有後患了。」

吳珠妍一臉不願相信的表情。

「為了不被警察抓到，殺死所有人？會不會有點太誇張了？」

「這是最徹底的辦法，再不然就是他喜歡殺人。」梁炯植面無表情地回答。

李分局長問：「那你要怎麼解釋證詞裡出現的少年呢？」

「我現在要講的就是這部分。第三種可能性，是四年前十五歲的少年重新回到這間教會，預謀了這一切。」

李分局長又將身子向前傾。

「你的意思是說，趙成俊牧師提到的少年和李爀世描述的少年是同一個人？」

吳珠妍問道：「如果是這樣，四年裡那孩子一點也沒有成長嗎？趙成俊說他十五歲，李爀世也說他是十五歲。」

「如果他的樣貌比實際年齡看起來小的話，便有極大的可能性，不是嗎？」

李分局長再次問道：「你是說，四年前的那個少年這次要了所有人的命？」

「是的。」

「這倒是很有說服力，那個少年現在人在哪裡？」

「肯定消失、躲起來了。」

李分局長理清頭緒，換了一個坐姿。「那就目前來看，最要緊的是找到那個被當作先知的少年嘍。不管他是人是鬼，是一個人還是兩個人。」

梁炯植點了點頭。「是的。」

李分局長用手指敲著桌面。

「李爀世人在哪？」

「他還在醫院。」

「好好看著他。他可是警方最重要的目擊證人。如果趙成俊牧師說的都是真的，那預謀這起案件的傢伙可不是個普通的魔鬼啊。為了抓住凶手，絕不能讓李爀世瘋掉，你們特別留意看著他。」

「是。」

「經歷了那種事，還能保持住清醒，真是謝天謝地了。」

「我們會看好他的。」

吳珠姸想了想變化無常李爀世，他真的沒瘋嗎？

李分局長看著沉思的吳珠妍，問道：「那個孩子怎麼樣了？他要是醒了能提供些線索的話，這案子說不定就能迎刃而解了啊。」

†

少年注射了鎮定劑後睡著了，母親卻怎麼也無法入睡。她睜開眼望著熟睡的兒子，突然意識到他再也回不到從前了。什麼先知，這孩子到底在裡面經歷了什麼？也許他經歷的痛苦遠遠超乎想像，才永遠回不到從前的樣子。是的，大概就是這樣吧。她感到害怕，但早已決心接受這一切。就算兒子再也變不回來，她也會守在他身邊，再也不會對他冷眼旁觀了。

母親疏遠過兒子，不是因為不喜歡他，而是因為自己想逃避現實。雖然這種想法不可取，但她認為兒子沒有長成自己期望的樣子。不論外貌、學業，還是運動，他凡事都不敢嘗試，總是一副氣餒的樣子，這讓身為母親的她感到心煩。她希望兒子能再積極些，因為她知道這是一個弱肉強食的社會，不希望他長大以後經歷太多痛苦。母親督促兒子，叫他去學習、去運動、多點自信心；不要總是待在家裡、多去交朋友！但越是這樣，兒子越是怯懦。不管做什麼，他開始看母親的眼色，變得越發膽小了。她自責不應該那樣逼迫他，但在兒子面前卻總是控制不住自己。最終，她將自己的恐懼與苦痛都發洩在他身上。如果她能肯定兒子的性格與優點，多疼愛他，如果她能接受他原本的樣子……但她沒有。

當時，她並不知道兒子的內心有多痛苦，不知道交不到朋友的他在街上閒逛。兒子消失後，她才恍然大悟——趕走兒子的正是她自己，而她無法忍受的，其實不是兒子，是她的心態。如今，不管兒子變成了什麼樣子，她都願意接受。因為那就是她的兒子，她不願失去第二次。

†

崔辰赫一手拿手機，一手握著方向盤，穿過市中心最塞的區域。過了十分鐘，車子只駛過一條街，交通堵塞得非常嚴重。他很不安，已經打了十幾通電話，還是沒有聯絡上尹智源。他追蹤到她的手機定位，確定她在分局裡，但就是不接電話。分局裡發生大事故的可能性不高，但李爀世的表情分明就在暗示著什麼。那傢伙到底對智源做了什麼？雖然崔辰赫知道尹智源是個沉穩的人，但不知怎地依舊非常焦慮。萬一尹智源出了什麼事，他一輩子都不會原諒自己。都怪自己的魯莽和衝動讓大家掉進了李爀世的圈套，還連累了智源。

「我真是一個四肢發達、頭腦簡單的蠢貨。」

崔辰赫自責不已，越發著急。他插進旁邊的車道想要開得再快點，不停地按著喇叭。望著沒有改變的紅綠燈，他在心裡焦慮地祈禱不要發生任何事。

†

尹智源走在通往其他大樓的走廊上，正朝拘留所走去。她尚未上繳槍支，雖然這違反規定，但她絲毫不放在心上。尹智源滿腦子只想著還關在拘留所裡的李玄秀。那傢伙殘忍地殺害了比自己小十幾歲的前女友，理由竟然只是因為女生變了心，而且案發之後一點也不知道悔改，反倒指責起被自己殺害的女孩。尹智源想，這種敗類不配活在這個世界上。

她慢慢走進拘留所，看向被關在裡面的李玄秀。

身分不明的屍體

兩名巡警輪番守在李爀世的病房門外，相對而言這已經算很自由了。雖然李爀世有嫌疑，但就目前的狀況來看他更接近目擊者，有的前科也只不過是竊盜而已，跟這件案子的嚴重程度相比算是輕的。再加上一山分局的警員都派出去調查案子了，醫院也很難再增派警力。

李爀世傷得比預期輕，恢復得也相當快。他將護士送來的飯吃得乾乾淨淨，便躺下睡著了。守在門外的巡警確認他已經睡下，坐在沙發上靜靜地望著窗外。外面下起雨，沒有什麼特別的狀況。

†

案發已經過了七十二小時，科學調查組還在現場拚命工作著。雖然整理的工作得到其他管轄區的人力支援，但隨著時間流逝，現場的條件每況愈下。現在又下起雨，深夜的現場氣氛驚悚極了。

在這種氛圍下，科學調查組的崔組長正給每具屍體掛號碼牌，大家也都竭盡全力地確認死者身分。現場工作已經進入最後階段，但依舊困難重重。每具屍體都要拍照，還要蒐集、分類出屍體周圍的證物，再將屍體抬出去，真的不是一項簡單的作業。

為了確認教會最裡面的屍體，崔組長向前邁了一步。總算可以看到盡頭了，只剩下最後二十多具屍體。接下來要確認的屍體位於教會最裡面，屍體面朝下趴在地上，像是被人故意藏在那裡一樣。他拍完屍體周圍的照片後，為了確認死者身分將屍體翻了過來，瞬間嚇了一跳，跌坐在地。身邊的法醫也嚇得大叫起來。

死者的臉部嚴重受損，手指的指紋也被挖掉了。這麼一來便無法進行初步的身分確認。如果沒有可以作比對的DNA，便無法確認這具屍體的身分。

「這是絕對是故意的！」

崔組長判斷這具屍體會成為破獲這件案子的決定性線索。

「有人故意想隱瞞這個人的身分。」

崔組長看著這具無法確認身分的屍體，產生了疑問。

「你是誰？」

†

崔辰赫依然被堵在擁擠的路上。十多分鐘過去，車子才前進了幾十公尺。他將警燈掛在車外，尋找可以脫身的空隙，卻沒那麼容易。他急得都想越過中央線了，但迎面的車道也堵得寸步難行。尹智源還是不接電話，他心煩地把手機丟在副駕駛座。

「妳到底在哪裡！」

分秒過去，路況漸漸好轉。兩、三臺事故車輛停在路邊，司機和保險公司的人站在一旁商討著。崔辰赫把衝到嗓子眼的髒話嚥了回去，踩下油門。雨點落到車窗上。

†

尹智源走進拘留所，看向被關在裡面的李玄秀。守在那裡的當班巡警對她說：「突然發生這次的案子，一時忙不過來，人還沒押送到檢察那邊。」

她看了看巡警說：「把他押到審訊室。」

「嗯？不是已經都審問完了嗎？文件也都準備就緒了啊。」

「還沒結束。」

瞬間，巡警注意到尹智源腰間的配槍，雖然他覺得有點不對勁，但還是按照她的指示將李玄秀押送到審訊室。偶爾也有刑警忘記上繳配槍，更何況這種時候哪有時間考慮那麼多。

†

一山分局偵查一組的辦公室牆上貼滿A4紙，每張紙上標有已經確認身分的死者照片、地址、履歷。辦公室另一邊的巡警正在打電話，聯絡已經知道身分的死者家屬。接到電話的家屬，不是痛哭，就是一時半會講不出話。巡警們必須硬著頭皮做這種尷尬的工作，每打完一通，大家都會感到心灰意冷，需要放空好一陣子才能再撥下一通。

梁炯植面對牆壁，一一查看死者的身分。他觀察死者的特徵及背景，仔細回想之前看過的信徒們的日記。將信徒生前寫下的內容與死者的個人資料連在一起，彷彿就看到了一個活生生的人，這些人正對他訴說著什麼。

梁炯植將有疑點或稍微特別的死者另外區分開來，想找出孩子以及二十歲出頭的死者，但並沒有發現關鍵人物。他要找的人是成知韻，卻遍尋不著他出現過的線索。這起案件真的和成知韻有關嗎？

目前為止，尚未找到林昌道、李嫦世的同夥SKY與雙龍的屍體。警察內部雖然已對他們的藏身之處及逃亡路線展開調查，進展卻沒有預想中那麼順利。最終，警方將調查方向鎖定在林昌道等人有計畫的犯案上。雖然梁炯植的預測和籌碼都壓對了，但他還是感到很不安。

「一定還隱藏著什麼。」

這時，崔組長推開偵查一組的大門走了進來，雨水滴滴答答地從雨衣落下。

他走到梁炯植面前。「你看看這個。」

他將嚴重受損的屍體照片遞過去。

「真是有夠殘忍。」梁炯植再仔細看著照片。「這是故意所為啊。」

「能夠確認身分的地方都被巧妙地挖掉了。」

這時，走進辦公室的吳珠妍也走上前看照片。

「天啊，這是……」她皺起眉頭。

「先去看看屍體再說吧。」

梁炯植說完，崔組長點了點頭。

†

塞車漸漸好轉，不知不覺雨也越下越大了。崔辰赫加速行駛在傾盆大雨的車道上，雨滴拍打著擋風玻璃。儘管雨刷已經開到最快，還是起不了作用。

他沒有減速，眼看就要到分局，又遇上紅燈。

崔辰赫透過雨水拍打的擋風玻璃，望向分局大樓。

†

審訊室裡，尹智源與李玄秀面對面坐著，戴著手銬的李玄秀一臉不耐煩地看著刑警。

「該說的我都說了，又怎麼了？叫我過來還有什麼要問的嗎？」

「那女生死了，她才二十五歲。」

「所以？」

「我說她才二十五歲。」

「那又怎麼了？我這不是已經受到懲罰了嗎？妳還想怎麼樣啊？」

「她還有那麼多沒有實現的夢想，原本還有很多事情要做，她想出國旅行，還想去看話劇。」

「妳是在寫小說嗎？未免也太投入了吧？妳到底想怎麼樣啊？」

李玄秀卑鄙地看著尹智源。

「人是你殺的。」

「喂，妳是不是瘋了啊？」

「你一點都不感到內疚嗎？」

李玄秀噗哧笑了出來。

「啊，妳是想說這個啊？」

他從容不迫地靠在椅背上。

「所以，妳是想聽我說，我錯了、對不起嘍？」

「你應該認錯，為你做過的事感到內疚。」

「妳知道嗎？那個賤人可不是什麼好人啊。」

「我再說一次，你應該承認自己犯下了不可原諒的罪過。」

「妳也太幫她講話了吧？真是受不了。妳不知道吧？那個賤人屬於我，她是我的人！可是她竟敢背著我在外面亂搞。她是我的，自始至終都是我的！」

†

崔辰赫開進分局，為了找停車位又耽誤了很長時間。很多同事還沒下班，車子都停在原地，加上採訪車輛也開了進來，原本就不夠停車的地方，今天顯得更擠了。他將車開到最後面垃圾分類的地方，停好車後，淋著雨跑進了分局大樓。

偵查一組的巡警還在聯絡著遇害者家屬。

「尹刑警呢？」

「不知道，今天沒看到她。你沒事吧？聽說你傷得很嚴重。」

「誰說我傷到了。你們要是看到尹刑警了，記得打電話給我。」

「是。」

崔辰赫找遍一山分局，到處詢問尹智源的下落，卻沒有人知道。這時，他碰見了交通科的吳警員。

「尹刑警剛才往拘留所那邊去了。」

崔辰赫聽了什麼也沒說，直接朝拘留所跑了過去。吳警員望著他的背影，自言自語道：「連句謝謝也不說。」

聽到拘留所，崔辰赫心中一緊。李玄秀，那個不知後悔、不肯反省的殺人犯，加上一直耿耿於懷的尹刑警，事態有了眉目。她過於投入情感在被害者身上了，無法抑制自己，而剛好李爀世觸動了她。崔辰赫開始後悔讓她一個人留在那裡，不該讓她一個人審問的。

崔辰赫像瘋了般朝拘留所跑去。

†

「說！」

「看妳平時裝得那麼冷靜淡定，結果還不是跟我一樣。」

「什麼？」

「我不聽妳的擺布，妳也很生氣吧，是不是？我也一樣啊，那個賤人要是不招惹我，不就沒事了嘛。妳知道嗎？她竟然敢提出要跟我分手？怎麼可能跟我分手，那個賤人可是我的。」

尹智源瞪著李玄秀，氣得渾身發抖。

「妳是想讓我認錯，說『對不起，是我錯了』，對吧？我認了錯，妳就會覺得這世界回到正軌了？」

「……」

「可是，就算我認錯，世界也不會改變的。」

「……」

「妳以為這樣，我就會後悔、反省自己了嗎？我才不會呢，我就是心煩！煩那個賤人那麼輕易就死了，害得我被關進這裡。妳聽明白了吧？」

尹智源掏出手槍。

原形畢露

國科搜的驗屍室裡，不銹鋼的驗屍床上反射著耀眼的日光燈光線。尚未確認出身分的死者躺在上頭。梁炯植、吳珠妍和崔組長仔細查看臉部和手指嚴重毀損的屍體。暴露在日光燈下的屍體慘不忍睹，由於皮下組織都被巧妙挖掉了，很難找出任何線索。崔組長判斷這是有經驗的外科醫生所為。

梁炯植開口問道：「以現在的情況來看，應該很難確認死者的身分吧？」

「凶手的目的就是不想讓我們確認身分。只能等ＤＮＡ比對結果再說了。」

「年齡看得出來嗎？」

「推測二十歲左右，但還要送去做具體的分析，才能知道是二十歲出頭，還是二十五歲以後。不過以我們擁有的機器水準來看，準確性也不高。」

「有沒有十五歲上下的可能性呢？」

「也有這種可能，骨骼看上去不大。」

吳珠妍神情複雜地望著屍體，她注意到屍體的脖子與肩膀之間，有一個小手指甲大的斑點。

她看著梁炯植問道：「會是成知韻嗎？」

「現在來看，這種可能性很高。」

「那這樣牧師就是凶手啊，他在外部找來盜竊同夥，接著和這個孩子上演了創造奇蹟的騙局，把所有人騙到發狂的狀態，然後逼大家彼此殺害，最後拿錢跑了？為了滅口，他還殺害了這個知道自己祕密的少年，又為了不讓我們確認出他的身分，損害了屍體。」

「我覺得這個推測最為合理。到目前為止，沒有找到的只有這三個人，林昌道、雙龍和SKY。」

「為了錢殺死一百多個人？還把所有人逼瘋？」

「這樣才乾淨俐落啊。」

崔組長長嘆一口氣。

「如果這個推測是真的，那他們簡直就是魔鬼啊！人類怎麼可能做出這種事？」

梁炯植看著屍體。

「可是為什麼要把屍體弄成這樣呢？究竟是什麼原因促使凶手動用如此殘忍的手段來隱藏成知韻的身分？這個少年究竟隱藏了什麼祕密？」

「我們去找李爀世確認這具屍體。」

「住手！」崔辰赫喊道。

尹智源的手指扣在扳機上，槍口瞄準李玄秀。他蹲坐在地，渾身顫抖地看著崔辰赫。

「你勸勸她吧！這女人瘋了，她瘋了！」

「閉嘴，混蛋！」

「警察怎麼可以用槍殺人！你快阻止她，快點把槍奪下來啊！」

「我叫你閉嘴，王八蛋！」

李玄秀驚慌失措地看著他。

「要想活命，就把你的嘴閉上。」

崔辰赫開始勸尹智源。

「尹刑警，妳先把槍放下再說吧？」

尹智源渾身顫抖著。

「前輩，這傢伙無藥可救了。」

「我知道！但妳這樣也解決不了問題的，好嗎？先把槍放下。」

「我真的忍無可忍了。」

「尹刑警，妳要是開了槍就再也回不去了，警察也好，妳的人生也好，對吧？先把槍放下。當警察妳也吃了不少苦，但因為這種人妳連警察也不想做了嗎？就因為這種人渣，值得嗎？」

尹智源不停地顫抖著，淚水奪眶而出。她慢慢放下槍，崔辰赫放下心來。

這時，李玄秀站起身，說道：「妳這個瘋婆子竟敢——」

砰！

†

梁炯植和吳珠姸出現在李爀世的病房裡，他一頭霧水看著刑警們。

「該說的我都已經一五一十告訴尹刑警了。」

「說說，那個人長什麼樣子。」

「我說了啊，他就是個少年。」

「你確定他真的是十五歲？」

「沒錯。」

「你是怎麼確定的？難道你看了他的身分證嗎？」

「因為大家都那麼說啊，而且他看起來也很小！」

梁炯植拿出住院少年的照片。

「是這個孩子嗎？」

李爀世看了看照片，笑了出來。

「他是珉才，不是這孩子。」

「那個人的肩膀和脖子之間有個斑點嗎？」

「你是怎麼知道的！找到他了嗎？」

梁炯植將臉部和指紋毀掉的屍體照片遞給他。

「啊啊——啊！」

李爀世嚇得躲到角落。梁炯植抬起李爀世的臉，將照片貼在他眼前。

「睜大眼睛看好了！是他嗎？」

「不，不是的！這不可能！」

「你給我仔細看好，看清楚這裡的斑點！」

李爀世閉著眼睛，掙扎著。

「不，這不可能！他沒有任何罪過，他升上天堂了，他不可能變成這樣！他是肉體不死亡也可以升上天堂的人，沒有任何罪業！他的肉體沒有那麼重！」

梁炯植一巴掌狠狠打在李爀世臉上。吳珠妍被課長的過激舉動嚇了一跳，她還是第一次見到他這麼激動。梁炯植不以為意，揪住李爀世的衣領，手臂上的青筋都膨脹起來，像恨不得吃掉他一般瞪著他。

「你仔細看清楚脖子上的斑點，沒錯吧？這是那個少年吧？」

痛苦不已的李爀世勉強看了眼照片，徹底崩潰了，撕心裂肺地哭喊起來。梁炯植繼續逼問他：「回答我，李爀世，這個慘死的少年是不是你說的那個人？」

李爀世哽咽地說：「是的，就是他……」

「這個人不是十五歲，他已經十九歲了。四年前，他也被林昌道利用過。你知道他為什麼要冒充十五歲嗎？因為十五歲是一個可以散發神祕感和魅力的年齡。你們都被林昌道給騙了！」

「不，不會的，他不會！」

「你被他們騙了。林昌道、雙龍和ＳＫＹ，他們都是一夥的，利用這個叫成知韻的人迷惑大家，目的是為了除掉那些看管保險櫃的長老。想知道為什麼嗎？因為必須要把大家逼瘋，讓你們發狂到互相殘殺。如今，這個人也被殺了，為什麼？因為他已經失去利用價值了！他們不能讓別人知道這個少年的真面目，你說是不是？還有你！你也失去了利用價值，你只不過是幫他們撬開保險櫃的道具罷了。現在你知道那些傢伙的真面目了吧！」

「不，不是這樣，這不可能，絕對不可能！」

梁炯植又打了李爀世一個耳光。

「你醒醒吧，那些混蛋只不過是利用了你！」

「拜託，求求你。」

「說！把你知道的都說出來，那些混蛋現在躲在哪裡？」

「不知道，我不知道，這都是假的！」

李爀世趴在地上哭喊著，用拳頭捶打地面。他完全崩潰了，他的瘋狂、混亂和力量都來自那位死掉的成知韻。那個少年，不、那名先知給了他重生的力量，成為他的全部。可如今，少年先知死了，連他臉上的皮也被剝掉了，李爀世的信仰根基消失殆盡。那個瘋狂的李爀世消失了，只剩下坐在地上哭泣的竊盜犯。

「告訴我，那些傢伙在哪裡？」

「不知道，我什麼都不知道。」

「混蛋，把你想到的都說出來！」

「我不知道，真的！」

李爀世忽然停止了哭泣。

「楊氣……」

「什麼？」

「楊氣來過。」

「楊氣是誰？」

「我們在獄裡的同伴，他是專門搞偷渡的，主要靠貨輪幫人偷渡到菲律賓。那傢伙來過一次教會。」

「菲律賓？」

梁炯植揪住李爀世的衣領。

「楊氣人住哪兒？他真名叫什麼？」

「楊哲氣。」

†

狹小的審訊室裡充滿火藥味。崔辰赫一臉絕望地看著尹智源，她反倒顯得很淡定。他立刻看向李玄秀，只見他趴在地上一動也不動。

「死了嗎？」崔辰赫想到那些惡夢，眼前瞬間一片漆黑。就算是無藥可救的殺人犯，刑警也不能在轄區內的審訊室裡開槍殺死犯人啊！出了這麼大的事想必是遮掩不住了。但這時，李玄秀動了一下。

「還活著就好。」

崔辰赫懇切地望著李玄秀，只見他毫髮無傷地抬起頭。一旁的防音窗戶上留下了子彈的痕跡。

「謝天謝地。」

崔辰赫快步上前奪下尹智源手中的槍，接著撕破她的襯衫。尹智源嚇得盯著他。崔辰赫又強迫李玄秀在槍上留下指紋。

「你這是要幹嘛？」

「你給我聽好了，審問途中，你居然襲擊了尹刑警！還搶下她的配槍要劫持她，結果子彈誤發了！」

「你們這些瘋子！你以為這種鬼話會有人相信嗎？」

「當然有人信，你知道為什麼嗎？因為沒有人會想幫你這種敗類洗刷冤屈。」

這時，聽到槍聲的巡警衝進審訊室，看到衣衫不整的尹智源大吃一驚，立刻上前將李玄秀壓倒在地。

「你這混蛋竟然敢對我們的尹刑警下手！」

「不是我，這是騙局！」

李玄秀口口聲聲喊著這都是騙局，崔辰赫則趁機跑到中央監控室將審訊室的監控紀錄全部刪除。

「真是好險啊。」崔辰赫終於鬆了一口氣。

†

梁炯植和吳珠妍找到楊哲氣位於首爾郊外的住處，那是一戶在狹窄巷弄深處的半地下室住家，相當隱密。不管怎麼敲門都沒有人回應。梁炯植環顧四周，發現了根鐵絲。他將鐵絲插進鑰匙孔裡，輕而易舉打開了住家大門。現在已經沒有時間考慮什麼私闖民宅的問題了，萬一林昌道人等逃到海外，警方就要面對更困難的局面。

楊哲氣家裡沒有任何家具，滿地都是衣服和酒瓶，角落處的空柳橙汁瓶子裡塞滿了菸頭。兩位刑警在搜查房間時，聽到外面傳來了腳步聲，迅速衝了出去，只見一位阿姨提著菜籃站在那裡。

「你們是誰？」

兩人一臉狼狽正要解釋時，忽然看到一名男子從大門外走來，很不自然地注視著他們。吳珠妍注意到男人手裡提的塑膠袋，裡面裝著酒瓶和香菸，和果汁瓶裡的菸頭同款。

吳珠妍喊了一聲：「楊哲氣！」

男子立刻丟下塑膠袋落荒而逃，刑警緊追在後。

他們沿著緊貼公寓的小路追了半天，才跑到馬路邊。只見楊哲氣不顧川流不息的車輛，冒著生命危險試圖橫越馬路。飛馳的汽車不停按著喇叭，他被一輛緊急煞車的車輛撞飛出去，但很快便搖搖晃晃地站起身，跑到馬路對面。梁炯植緊跟其後，也危險地穿過馬路。

過了馬路，又進入住宅區。楊哲氣沿著瓦斯管道往上爬。梁炯植正打算從反方向追擊時，吳珠妍迎面跑了過來。他喘著粗氣，尋找楊哲氣可能跑走的其他路線，但這裡再沒有其他出路，下面是另一條巷子。

楊哲氣趁機沿著瓦斯管道爬上一棟公寓的樓頂，站在上方俯視著四周，發現沒有警察，終於鬆了一口氣。這時他才感覺到被車撞到的側腰隱隱作痛，但一想到警察就在附近，除了逃也顧不了那麼多，於是他打開樓頂的門走下樓梯，裡頭的居民看到他嚇了一跳。

「你是誰啊？」

「閉嘴！」

楊哲氣一邊威脅居民，一邊探視大門外的情況。原本心想找個人質也好脫身，幸運的是外面沒有人。他推開大門正要逃走，突然被一個人絆倒在地。驚訝之餘，轉頭一看發現是個女警。他露出蔑視的笑，掏出刀子威脅：「妳這賤人瘋了啊？找死是吧？」

吳珠妍非但沒有往後退，反而藉著楊哲氣揮刀衝上來的架勢，把他揹起來摔在牆上。

她用腳狠狠踩著他握著刀的手，問道：「林昌道在哪裡？」

追捕

崔辰赫跟尹智源來到二樓陽臺，平時大家會到這透氣、聊天。崔辰赫遞給她一杯咖啡。他特意跑到分局門口的咖啡店，買了尹智源喜歡喝的咖啡。她接過飲料，靜靜喝了一口。

「事情處理得差不多了。這次意外全當是妳一時疏忽忘了上繳槍支，只要寫份檢討書就可以了。幸好發生在調查重案期間，上面應該不會追究的。」

「崔刑警。」

「嗯？」

「我們這樣能改變什麼嗎？抓了人送進監獄，可還是會有人犯罪。這樣做有什麼意義呢？我們這麼做還不是一直有人遇害。」

「認了吧。」

「什麼？」

「這是沒辦法的。我們只負責抓人，這就是我們該做的。我明白妳心裡在想什麼，但我們救不活那些人。我們不是神，知道嗎？」

「……」

「有人犯罪，我們去抓凶手，又有人犯罪，我們就再去抓人，就只是這樣而已。妳就當這是在除雜草吧。雜草總是會再長出來的，難道說因為這樣，農民就放棄種田了嗎？妳只要想，我們的工作就是抓壞人。」

尹智源看著他。

「李爀世講的那些話，就像扒開了我的內心、看穿一切似的，他說出了連我自己都不曾了解的想法。他究竟是怎麼做到的呢？」

這時，尹智源的手機響了，是吳珠妍打來的。

「是，組長！」

†

載著楊哲氣的車開進分局，人直接被押到了審訊室，梁炯植和偵查一組的刑警們隔著雙重玻璃觀察著他。崔辰赫負責審問，他的粗暴性格又派上用場了。

吳珠妍擔心地看著尹智源，問道：「妳沒事吧？」

「沒事，不好意思讓妳擔心了。」

「不會啦，妳沒受傷就好。李玄秀那個喪心病狂到最後還敢惹事，一定要加重處罰他。」

吳珠妍對她笑了笑。大家又將注意力集中在楊哲氣身上。他嚇得直發抖，一直保持緘默。崔辰赫氣勢逼人地問話：「你想找死是吧？我們來幫你啊，告訴媒體你就是這件案子的主謀？」

瞬間，楊哲氣的表情大變。

「我怎麼可能是主謀，我只負責安排船期！ＳＫＹ那傢伙連錢都還沒給我呢！」

「那你就老實招供吧，嗯？」

「我真沒想到會發生那種事！這案子跟我一點關係也沒有啊。ＳＫＹ那傢伙要我幫他安排三個去菲律賓的位子，我只幫了他這些而已。誰知道那傢伙在教會裡殺了那麼多人呀！我是真的不知道，我真沒想到那傢伙會做出這種喪心病狂的事啊！」

「混蛋，看著我！我現在可沒工夫聽你在這喊冤！他們在哪兒上船？」

「……」

「不說是吧？」

「我要是告訴你們，不就失去信譽了，以後我還怎麼做生意啊。」

「你現在可是要變成殺人犯的同夥了，到那時你還想出來混？虧你還有心思擔心生意！」

楊哲氣聽了這番話，毫不遲疑地全招出來。

「東海港一號碼頭。摩斯佩芮號，菲律賓的船。」

梁炯植和偵查一組的刑警們立刻出發趕往東海港。

夜裡的高速公路不見一輛車，幸好現在不是週末。梁炯植的車時速已經超過兩百公里，導航上顯示的剩餘時間正快速減少。

†

他再次踩下油門。這輛國產中型汽車無法適應高速，整個車身開始搖晃起來，但他還是緊踩油門不放。邪教教主一夥人等殺害百餘名信徒後，拿著上百億的巨款準備潛逃到菲律賓。世上怎麼會發生這種事？如果抓不到人，警察組織將會面臨嚴重的指責，廳長以下級別的長官想必都要摘掉烏紗帽了。

「一定要抓到他們。」

但對梁炯植來說還有更重要的理由：他想要結束這場惡夢。他下定決心，要藉這次機會面對心中的夢魘，然後結束一切。他不想再被黑暗拉扯，也不要母親再來糾纏。他必須抓住林昌道，必須抓住那個傢伙。

†

梁炯植初次見到林昌道是在教會。他是個善良的孩子，可是一到做禮拜、走上祭壇時就會變成另外一個人，嘴裡講著奇怪的話，總是翻著白眼，假裝自己成了其他人。他一這樣，教會的信徒便為之瘋狂，將他當成神一樣對待。

等到只剩他們兩人相處，林昌道又跟同齡的孩子沒什麼差。

「你喜歡哪個棒球隊？我喜歡OB熊隊。」

「哼，LG雙子才是最棒的！」

梁炯植和林昌道還偷偷跑到遊樂場，一起玩快打旋風和泡泡龍。兩個孩子在裡面一玩就是好幾個小時。林昌道只要有五十元，就能玩到泡泡龍的最後一關。那時他是一個很正常、很善良的孩子，但他總是擔驚受怕。

有一天，林昌道領著他來到教會的後山。後山與高山相連，要走一個多小時才能翻過去。山裡有一個防空洞，據說是在六二五戰爭時挖的，但也有人說更早以前就有了。雖然防空洞歷史悠久，但它似乎早已被人遺忘，除了梁炯植和林昌道根本沒人來過。

走進防空洞，可以看到一處有如小房間的空間，裡面擺著林昌道帶來的蠟燭、打火機、香菸、巧克力派，還有一個耐吉球鞋的鞋盒，裡面裝著硬幣和朴哲淳(注)球員的棒球卡。

「這裡是我的祕密基地，誰都不知道。如果發生了危險的事，我會躲到這裡來。你要是遇到了危險的事也可以來，我們約在這裡見面，但你千萬不可以告訴別人喔！這裡是我們最後的方舟！呵呵呵。」

注 韓國職棒投手，一九八二年到一九九六年效力於OB熊隊，爲韓國職棒初代勝投王。

「方舟？哈哈。」

「諾亞方舟。」

「管他方舟，還是諾亞方舟，還不都一樣，哈哈哈。」

梁炯植和林昌道點燃蠟燭，防空洞的牆壁上出現巨大的人影，兩個孩子有些害怕。

梁炯植問：「你在祭壇上又哭又喊的，真的是神告訴你那些話的嗎？」

林昌道聽了，露出難為情的表情，睜著大眼看著他。

「炯植啊，我只告訴你一個人，你絕對不可以跟別人說。」

「知道了。」

「這是祕密喔，知道嗎？」

「知道啦，祕密。」

「其實，那都是牧師教我的。他還教我練習怎麼做，他說什麼我做什麼。」

「那豈不是騙人的嘛。」

「沒錯。」

「既然是騙人的，就不能做了！」

「我已經無法回頭了，你帶著你媽趕快逃走吧。」

梁炯植把這件事告訴母親，卻被狠狠打了一頓。母親說他誣陷少年先知，犯了大忌。

「不是，這是昌道跟我說的，他說這都是騙人的！」

母親反倒更加嚴厲地教訓他，還說他被撒旦附了身，逼他徹夜去做懺悔祈禱。母親不相信他的話，除了被提和教會以外，她什麼也不信。

沒過多久，梁炯植得知林昌道也被牧師狠狠地打了一頓，除了臉，整個身體都被打得遍體鱗傷。

林昌道難過地看著梁炯植。

「我們不是說好那是祕密的嗎？」

從那之後，林昌道再也沒說過站在祭壇上面的事，也越來越不愛說話了。

每每走上祭壇，林昌道就不停地翻白眼、講預言和說方言，人們便會為他發狂，他漸漸習慣了這一切，也不會和梁炯植去玩遊戲，或提ＯＢ熊隊、ＬＧ雙子隊的事了。某一刻起，他更加投入祭壇上的表演，就像徹底相信自己就是先知一樣。林昌道看著梁炯植的眼神再也沒有親密感。他的朋友就這樣消失了，從那以後，他們再也沒去過防空洞。

現在梁炯植想要挽回這一切，他想望見這場惡夢的盡頭。當年，只怪自己力不從心，不能站出來保護母親和朋友，但現在他已經準備好去面對了，他要去和那個名為「狂信」的魔鬼一決死戰。

他再次加快了車速。

†

李爀世從睡夢中醒來，周圍很安靜。看了看錶，就快十二點了。他慢慢起身，在床邊坐了良久，接著走出病房。守在門外的巡警睡著了。因為其他人都趕到東海港去，醫院這邊已經超過二十個小時沒人來換班，守著病房的巡警實在累壞了。李爀世朝少年住的病房走去。見面的時間到了。

少年醒著，四周一片昏暗，一名中年婦女握著他的手埋頭睡在床邊。少年不討厭她這樣。這種感覺並不陌生，他隱約覺得以前有經歷過，自己似乎也期待已久。少年忽然覺得很舒服，但在舒服的背後緊跟而來的是難過與恐懼。上次感覺到這些情緒已經是許久之前的事了，他有很長一段時間沒有過任何情感。過去一年，他的腦中裡只想過一件事。

那個人。

少年把自己奉獻給他，為什麼會這樣，如何變成這樣，他什麼也想不起來了。他在街上遇到一個女孩，然後跟著她來到教會，接下來發生的事情全都忘了。唯一在他腦海裡閃現的片段，只有人們吶喊和哀求的聲音。他忽然思考起發生在自己身上的事。說不定，經歷那些事的人不是自己，而是心裡有另一個人代替他。少年再次看向趴在那裡的女人，他想起來了。

「媽媽。」

少年緊緊握住母親的手，感受到了溫暖和愜意。這時，他感覺到異樣，抬起頭看向前方——那個人出現了。少年的身體開始顫抖起來，他來了！他靜靜地豎起食指指向天空，那是升上天堂的啟示。終於迎來了他的旨意，終於可以放下一切升上天堂了。為此，必須要殺死自己身體裡的惡，只有這樣才能升上去。少年看了看趴在床邊熟睡的媽媽。他必須作出選擇。

天堂就在眼前了，必須升上去。

†

偵查一組的刑警已事先與東海分局和東海港口事務所取得聯繫，他們不需要任何手續就可以直接進入東海港口。偵查組穿過港口直接來到碼頭，與前來協助的東海分局一起展開搜查工作。原本要在午夜出港的船隻被扣留下來，大家上船展開搜查。

雖然每個貨櫃和裡面的貨物都檢查了，還是沒有發現林昌道等人。李分局長聽了碼頭的報告後，感到焦慮難安。難道消息走漏，凶手已經跑路了？會不會是楊哲氣故意向警方提供了假消息，調開視線好讓凶手從其他碼頭逃走呢？如果凶手已經逃到菲律賓，到時再想找到他們可是比登天還難。菲律賓的警察非但不會像韓國警方這樣賣力搜捕，萬一他們逃到北部的偏僻山區，或者南部的叛軍地帶，再去抓人簡直不可能。李分局長希望不要出現這種情況。

梁炯植逐一檢查貨櫃，仍沒有發現林昌道的蹤影。警察在船內進行了兩個小時的地毯式搜索也一無所獲。已經凌晨兩點多，必須放行船隻出港了。這時，崔辰赫從船上跳上岸。

「船裡什麼也沒有。」

「難道是消息走漏了?」

「不能排除這種可能性。」

還留在船上的吳珠妍就搜查問題正與船長激烈爭辯著。對貨船來說,時間就是金錢,找不出問題便沒有理由繼續拖延出港時間。

梁炯植急了起來。到底人都躲到哪裡去了?是資訊錯誤嗎?

尹智源走到貨櫃區最前面的貨櫃,裡頭堆滿了化妝品的箱子。走到裡面時,突然覺得哪裡不對勁,感覺箱子排列得過於分散。

「這是重新排成這樣的。」

尹智源叫來管轄分局的戰警,將箱子都搬了出去。船長焦躁不安地站在後面大喊起來。

尹智源心想,這裡一定有問題。

菲律賓船員也跑了過來,用完全聽不懂的英文喊著什麼。可是箱子全搬出去以後,裡面也沒有發現任何異常。尹智源覺得不太對勁。

「難道是我看錯了?」

她走到貨櫃最裡面仔細查看起來,觀察了半天,終於找到不對勁的地方。

「這裡比其他貨櫃要窄。」

尹智源常去貨櫃組建的購物中心,所以很清楚一個貨櫃的寬幅有多少,這個貨櫃的寬幅明顯看上去比其他貨櫃要窄。她走到最裡面敲了兩下,聽到迴聲,裡面是空的!

止。

船長和菲律賓船員表情絕望地跑了過來，對著她比手畫腳。管轄分局的戰警上前制

尹智源打電話給吳珠妍。

「組長，找到了。」

戰警打通了偽裝成貨櫃門的假牆後，裡面出現了不到一坪的空間，一側牆上打了幾個細小的洞孔好讓空氣可以流通，最裡面放著簡單的食物和尿壺。

還有一個男人死在裡面。

多重人格

躺在貨櫃裡的男人，對手電筒的燈光一點反應也沒有。從屍體僵硬的程度來看，他至少已經死亡幾個小時了。男人口吐白沫，應是中毒身亡。身分調查結果顯示，死者正是張二龍，綽號雙龍。屍體背後的兩條龍紋身足以證實他的身分。刑警搜遍貨櫃內部，但沒有發現巨款，SKY和林昌道也不見蹤影，應該是他們拿走了錢。

†

李嫐世站在走廊望著少年，這位知道上天旨意的十五歲少年，就是新的少年先知。李嫐世笑著望向他，是時候離開這裡去天堂了，他向少年先知發出信號。

但少年流露出猶豫的神情，臉上出現一絲情感，那是久未出現過的表情。他以前只是個膽小、滿是痛苦且很容易操縱的孩子。

「你是一個特別的孩子，你將成為新的先知。」

少年緊張地望著李爀世。

「這樣你就可以在天堂隨心所欲去對待那些瞧不起你、欺負你的人了。」

少年隱隱地笑著。李爀世牽引出他的憎恨與憤怒，將他變成了喪屍。要想把人類變成喪屍其實很簡單，只要引出他最痛恨的那個對象就可以了。當他全心全意去憎恨某人，便會找到新的身分。

「你是新的先知。」

說完，少年的臉上失去了情緒。喪屍不能擁有情感，表露出來更是件危險的事。李爀世堅定地看著他，就像當初一樣，操控著少年的心，可是流露在少年臉上的情緒卻沒有徹底消失。

這時，李爀世看到那個趴在少年床邊熟睡的女人，是她讓少年變得猶豫不決，使他的情感和意識漸漸恢復。喪屍只能是喪屍，不能擁有情感，更不可以自主思考。再這樣下去，所有的計畫就會落空。

李爀世如往常一般淡定地看著少年，豎起手指向他發出信號。

孩子啊，時間到了，你該去天堂了。

†

吳珠妍調閱了港口的通行監控紀錄，確認林昌道、ＳＫＹ和雙龍是一起開車進來的，但一個小時後，ＳＫＹ又獨自開車離開了。吳珠妍立即下達逮捕ＳＫＹ車輛的通緝令。如果是這樣，林昌道又逃到哪裡去了呢？她接著查看其他區域的監控紀錄，發現港口另一個方向有名男子翻牆逃走了，正是林昌道。

三個人一起進來，一個死了，一個開車離開，另一個翻牆逃走。

在貨櫃裡究竟發生了什麼事？

†

李爀世向少年先知傳達完啟示後，走進位於走廊的醫生休息室。他早已確認好這個時段裡面不會有人，換上夜間值班醫生脫下的白袍，順手偷了口袋裡的汽車鑰匙。換好衣服，他很自然地走了出來，經過的護士看到他雖然覺得有點眼生，但並未起任何疑心，只當他是新來的醫生。他走到廁所旁的工具箱，取出一桶含苯清潔劑放在紙箱裡，然後將自己穿過的病人服也塞進去。他很自然地捧著紙箱走出醫院，沒有人注意到他。

李爀世走出醫院來到昏暗的停車場，一名男子正在角落等著他。男子從暗處漸漸走來，是ＳＫＹ，他一臉焦急地催促著。

「快點離開這吧。」

李爀世看著ＳＫＹ淡定地笑了笑。

「都處理好了？」

「照你說的，都處理好了，錢都在車上。現在你可以告訴我了吧，我女兒到底在哪裡？」

「你放心，我馬上就會讓你們父女團聚了。」

李爀世將手伸進白袍口袋摸出一枝筆，拔掉筆蓋，迅速將銳利的筆尖刺進ＳＫＹ的脖子。他一時沒反應過來，連慘叫聲都沒能喊出口。

「你女兒早就去天堂了，很快你就能跟她重逢了。」

ＳＫＹ的眼神顫抖著，但他一句話也說不出來了。李爀世拔出插在ＳＫＹ脖子裡的筆，血噴薄而出，他隨即倒在地上。ＳＫＹ抽搐著身體仰望著李爀世，生命正走向盡頭。李爀世從他眼前走過。不，ＳＫＹ望著的這個男人並非李爀世，那位竊盜犯早就慘不忍睹地死在教會裡面。

接近死亡的短暫瞬間，所有記憶一閃而過。眼前的這個男人綁架了他的女兒，以此威脅自己去偷錢，然後殺死所有同夥，正是他奪走了教會裡一百多條人命。這個男人做了這麼多沒血沒淚的事，卻沒有任何罪惡感。

成知韻，你究竟是人類，還是魔鬼？

ＳＫＹ漸漸失去了意識。

成知韻俯視著ＳＫＹ笑了出來。這個心腸軟弱的騙子，怪就怪你自己太疼愛女兒了。

ＳＫＹ留著血，呼吸慢慢停止。成知韻將帶出來的病人服套在他身上，接著將含苯清潔劑淋滿他全身，最後把屍體抬到他開來的車裡。成知韻打開後車箱，看到裡面有兩個大型旅行包，裡頭裝著從教會偷出來的巨額現金。他取出旅行包後，用醫生的汽車鑰匙找到停車位，打開後車箱將旅行包塞了進去。

成知韻開車經過SKY的車時，點燃Zippo打火機丟進他的車裡，車子瞬間燒了起來。看到穿著病人服的屍體，警方一定會誤以為被火燒焦的人就是李㷠世。現在所有人都會以為是SKY殺害了李㷠世。當然，真正的李㷠世早就死了，而且他的臉部和手指都被剝了皮。

火越燒越旺，成知韻朝停車場出口開去。

開到停車場出口時，只見天上掉下來什麼東西，接著「砰」的一聲巨響。他看過去，穿著病人服的少年滿身是血地躺在地上。出口的欄杆自動升起，他若無其事地離開了。一切都在他的掌握之中。

†

少年的母親被一陣風吹醒了，她抬起頭發現床上沒有人——兒子不見了。她意識到窗戶開著，風吹進來，窗簾跟著擺動著。不會的，絕對不會的，想像的事情絕對不可能發生。她焦躁不安，慢慢走到窗邊探出頭看向下面，什麼也沒有。這時，母親聽到背後傳來聲響，她驚慌失措地轉過頭，看到兒子站在那裡。

「珉才。」

「媽。」

「珉才！」

母親抱住兒子，兒子也摟住她。忽然，少年慢慢伸出雙手掐住她的脖子，漸漸加重力道。

「咳、咳……」母親咳嗽著。兒子，我的兒子。

媽，我必須殺死妳心裡的惡。

珉才，快住手。

媽，妳為什麼要這樣對我？為什麼不關心我？

對不起，珉才，我的寶貝兒子。

媽，我一定要去天堂。

不要去，求你不要去，求你留在媽媽身邊。

媽，我是先知啊。

我知道，我知道你是先知。

兒子的手更加用力了。

媽，幫幫我，救我，我好怕。

這時，護士開門走了進來，看到少年掐著母親的脖子。忽然他轉過身，從開著的窗戶跳了下去。

†

成知韻離開後，醫院方向傳出了爆炸聲，SKY跟車子一起爆炸了，乾淨俐落。李爀世是個小偷，但他開鎖的技術卻無人能敵。總之，好好地利用了他一回，而且能與成知韻對調身分的人也非他莫屬。他們容貌相似，在混亂的調查過程中，根本沒人能注意到他們的差異，而事實上也是如此。

李爀世是成知韻精挑細選的代罪羔羊。警察是不會對這號人物起疑心的，他只不過是個縮手縮腳的小偷罷了。藉李爀世的口講故事給警察聽，他們肯定會信以為真。正如成知韻所料，警察被設計好的謊言騙了，並按照他的推測採取了行動。現在，沒有人知道他是誰，就連他的存在也無人知曉。成知韻不再是任何人，同時，他也可以成為任何人。

七年前，成知韻在孤兒院遇到林昌道牧師，當時他正到處尋覓少年先知——準確地說，是在尋找扮演少年先知的演員。那時，耶穌再臨教會的信徒越來越少，教會陷入嚴重的財務困難，加上耶穌再臨教會是邪教異端的傳聞早已流傳開來。被提事件以後，人們對於異端戒心更深，他的狀況苦不堪言。

曾經扮演過少年先知的林昌道在甜蜜的幻想裡無法自拔，依舊迷戀著過去扮演先知的遊戲。最初，他也知道一切都是騙人的把戲，不想扮演少年先知，只想和朋友打打棒球，過平凡的日子，但隨著持續登上祭壇，自己也越陷越深——可最後，他的表演卻戛然而止。當林昌道失去了利用價值，牧師和信徒便拋棄了他，同時也背棄了那位要帶領大家上天堂的少年先知。

遭逢背叛，林昌道卻無法忘卻那段受人擁戴的日子，他的一句話就能讓人又哭又笑、絕對服從。他覺得自己只能是少年先知，唯有如此才有生存意義。林昌道希望盡快建立起自己的王國，一心只想找回昔日榮光，但他不再年輕，也不再是先知了。隨著年齡增長，他的魅力逐漸消失，也沾染上世俗的味道。人們一眼就看穿他，從此再也沒有人肯追隨他了。他意識到，要想重建教會，就必須找到一位跟從前的自己一樣有魅力且神祕的少年。經過長時間的尋覓，最後他找到了成知韻。

成知韻遭受父母殘忍的虐待，被送進孤兒院。林昌道見到他的瞬間便知道，他就是自己要找的人。這個孩子敏感的表情、受傷的眼神，渾身散發著無盡的思念與孤獨。高手自然看得出高手，他便偽裝成牧師，將成知韻從孤兒院帶走了。之後，他將如何欺騙眾人的技巧逐一傳授給年幼的成知韻。少年獨具才華，一學就上手，表演得甚至比當年的林昌道更加投入。

沒過多久，教會便有了追隨成知韻的信徒，而且人數急速增加。人們將他擁戴成少年先知。成知韻覺得表演既有趣且易如反掌。站在高處俯視著眾人，一切滑稽又可笑。也許他天生就適合表演，樂得把人們騙得又哭又笑。

教會逐漸興盛起來，但就在那時，他的身體出現了奇怪的狀況。隨著登上祭壇表演的次數增多，他開始不斷聽到內心其他的聲音。

這是騙人的，你這個騙子。你不應該做這種事！
緊接著，另一個聲音反駁道：那又怎樣？反正那些人都是不會用腦的白癡！
另一個聲音說道：那些人都是受過傷的人啊。
又出現一個聲音：好難受啊，這樣欺騙人，我心裡很不舒服，好後悔！
軟弱的小女孩說：不要再騙人了，你也被騙了啊。
強有力的聲音喊道：閉嘴，欺騙那些人也沒差！
這些聲音越來越大，講話的人也越來越多。一天天過去，這些聲音的主張更加分明，每個聲音都希望被成知韻聽到，於是他們大叫起來。他漸漸承受不住，還因此暈倒。偶爾精神失常時，甚至會徹底變成另外一個人，告訴信徒們一切都是假的。隨著精神失常的頻率逐漸增加，就連自己和林昌道都無法控制。
最後，林昌道將他送進精神醫院。沒過多久，教會便開始走向沒落。
成知韻在精神醫院，得知自己的身體裡住著很多人。一個、兩個、三個，數下去的話，最多可以遇到三十四個人。什麼人都有：善良的小朋友、犯人、深感內疚的少女、大叔、壞人、嫉妒心強的女生、可以讀懂人心的心理學家、擁有實力派演技的演員、不斷創作新故事的作家……這些人都住在他的身體裡，而且人數不斷增加。
我到底是誰？
成知韻認為自己必須面對身體裡的這些人，讓原來的自己去調整、合併他們，並決定要以誰的意識來進行表達。認識到這點後，他再也沒有失常過。他試著讓這些人彼此協商，過程中，善良的小朋友和深感內疚的少女被犧牲了，因為他們太善良，總是表現得很懦弱，沒有力量，最終被關進最深層的意識牢籠中，再也出不來。相反的，壞人、心理學家和演員主宰了成知韻的意識。

壞人說：就這麼放過那個白癡了？回去，去把一切毀掉吧。

嫉妒心強的女生問道：那你打算怎麼做？

壞人冷笑著說：我要把所有人都殺掉。

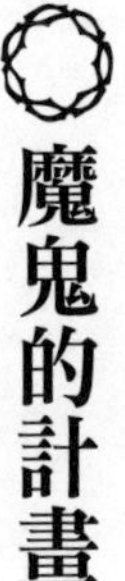

魔鬼的計畫

時隔三年，成知韻回來了，這令林昌道高興不已。送走成知韻以後，林昌道的教會一蹶不振。他在市郊的野山上搭建起非法的塑膠布溫室持續經營教會，但根本招不到信徒。成知韻剛回來不久，信徒們又紛紛聚集而來，大家都被他的魅力吸引，教會也再次興旺，脫胎換骨。從那時起，林昌道便心生雜念。

對林昌道而言，心中早已不存在信仰了，他看重的只有金錢。他開始集中精力吸引富有的信徒，從那些人身上獲得高額捐款，計畫帶著那筆錢遠走高飛，但問題出在長老身上，他們總是用懷疑的眼神盯著他。長老們雖然對成知韻很敬畏，卻從不把林昌道放在眼裡，甚至經常懷疑他。這讓林昌道感到更加焦慮，害怕有朝一日成知韻會奪走教會，而自己將身無分文地被趕出去，於是慫恿他參與這場計畫。

在成知韻看來，這是一個很有趣的計畫，他身體裡的壞人更是喜歡。壞人非常賣力說服他，計畫也變得越來越殘忍，再也無法回頭。

經營教會期間，林昌道曾經兩次以詐欺罪入獄，在裡面認識了一群小混混。他將具體內幕講給成知韻聽，接著兩人從眾多候選人中挑選出最合適的三個人——ＳＫＹ、雙龍和李爀世。

這三個人都很貪婪，越是貪婪的人越容易利用。成知韻找來三個人中的ＳＫＹ，告訴他事後只會跟他平分這筆巨款，他毫不遲疑地同意了。但當他得知最後要殺死所有人時，他立刻要求退出計畫。成知韻隨即綁架ＳＫＹ的女兒，以此威脅他。從那時起，ＳＫＹ便成了成知韻的奴隸，任憑差遣。

當天的禮拜，一如林昌道的計畫，人們逐漸瘋狂起來——那天正是成知韻答應信徒會一起升上天堂的日子。為了這一天，人們絕食，虔誠地清空了身體。在這被提即將發生的日子，成知韻的每一句話都令信徒為之瘋狂。終於，午夜將至。

成知韻對眾人宣布：「這並非是要你們互相殘殺，而是要你們殺死彼此充滿罪惡的軀體。你們的靈魂會升上天堂，到主的世界去。」

聽了他的話，大家互相殘殺起來。天堂如此甜美，沒有比去天堂更貪婪的欲望，也沒有比永遠幸福美滿更原始的追求。所有人都被迷惑了，一切荒唐至極。

這天，趁著林昌道和成知韻做禮拜，三個小偷按計畫盜取了保險櫃。只有做禮拜時，長老們才不會看守此地。李爀世趁機打開了保險櫃，三個人將裡面的巨款全部取走。

終於，成知韻出現在祭壇上，禮拜來到高潮，但林昌道卻一無所知。他萬萬沒有想到成知韻，不，是他身體裡的魔鬼、演員和心理學家正將信徒們逼上絕路。他只想趁著大家瘋狂沉迷的時候，帶著錢遠走高飛而已。

「殺死它！」

看到大家互相殘殺，林昌道嚇得渾身發抖。成知韻看著他，打從心底嘲笑他是個軟弱的惡徒，根本不知道黑暗有多深。他該不會以為，魅惑人心就是世上最美好的事情吧？

林昌道徹底嚇傻了，渾身顫抖著看向成知韻。成知韻想，很好，就這樣看著我，讓我告訴你什麼才是真正的信仰，誰才是真的先知。

成知韻拽著失魂落魄的林昌道，與等在門口的三個小偷會合。雖說在這裡殺掉林昌道也無妨，但為了使計畫完美無瑕，還是要先帶他離開這裡。他將林昌道推上車，然後對李嫐世小聲地說：「你跟我來一下。」

李嫐世毫無戒心地下了車，其他人開車先走了。成知韻領著他慢慢走到教會裡。

「進去幹嘛啊？大家起疑心怎麼辦？」

「跟我來，裡面沒人。」

「還是快點離開這吧！」

「我有一樣東西要給你看，跟我來。」

李嫐世不疑有他，跟在成知韻身後，走進教會，只見眾人奄奄一息。

「啊——」

李嫐世嚇得癱坐在地，仰望著成知韻。

「呵呵呵，這就是我想給你看的東西。」

他嚇得朝門口爬去想要逃走。這時，一名少年走了過來。

「你是新的先知，因為你是一個特別的人。」

少年聽到成知韻的話，開心不已。自己成了一個特別的人，可以比其他人更快升上天堂，到更高的地方。他對少年竊竊私語：「有件事你必須去做，等大家都去了天堂後，你要去殺死最壞的惡，只有殺死那種惡，你才能到最高的地方，坐在我的左邊。」

少年從背後刺了李爀世一刀。李爀世倒在地上，委屈地望著少年。

「為什麼？」

「這是神的旨意。」

李爀世慢慢死去。成知韻將氣若游絲的李爀世的臉部和手指的皮都剝了下來。他的動作緩慢、細緻而精準。為了讓警方最後才發現李爀世，成知韻將他抬到最裡面，藏在其他屍體底下。這時，一個女孩躺在地上喘著氣，伸出手向成知韻和少年求救。

「救救我，救救我，我不想死……」

成知韻看著滿身是血的女生，露出微笑。

「太晚了，去死吧。」

他摀住女孩的嘴巴。

現在，只剩下少年和自己了。他告訴少年接下來要做的事。首先，必須保守祕密，然後打電話給媽媽，把警察引過來。這樣很快就會有人趕來，一切即將公諸於世。最後，成知韻告訴少年要安靜地等待被提，自己會再次現身，到時便會送他升上天堂。少年答應會聽他的話。

成知韻將李𡟬世手指的皮膚精準地接在自己的手指上，過人的手藝靠的是住在他身體裡的魔術師。接著，他將刀子遞給少年。

「來，殺死我身體裡的惡。」

成知韻慢慢倒在地上，刀子沒有刺傷他的內臟，傷口也沒有很深。

†

SKY、雙龍和林昌道為了逃往菲律賓，開車趕往碼頭。林昌道坐在車裡抖個不停，雙龍問他：「牧師，你怎麼了？」

「我看到了。」

「看到什麼了？」

「人都死了。」

「什麼？胡說八道什麼呢！」

「教會裡的人都死了啊！」

「不要亂說啦！牧師，你該不會也瘋了吧？」

SKY也害怕得發起抖來，三個人當中只有雙龍一無所知。

車子抵達港口，林昌道剛下車就逃跑了。

「那傢伙怎麼辦？」

「我們先走。」

兩人按照成知韻的指示躲進了貨櫃。SKY下毒殺死雙龍後，離開貨櫃驅車趕往成知韻住的醫院停車場。為了救自己的女兒，他不惜任何代價，但最後仍被成知韻所殺，就連他的女兒也沒有逃過一劫。

成知韻打算徹底消聲滅跡，永遠不讓人找到自己。如今，也沒有人知道他是誰了。

†

一山分局門前聚集了更多記者和警方的負責人，場面一片混亂。偵查一組在東海港口處理完屍體回到分局，光是走進大樓就花了一個多小時。出現這種狀況也理所當然。牧師一行人殺害了一百多名信徒，其中兩名又殺死了一名同夥，捲款落跑，這簡直比任何電影題材都吸引人；而且其中一名凶手還回到醫院放火燒死了其中一名倖存者，另一名則從十樓跳下來，現在生死未卜。

至今，警方仍未抓到凶手。

警察廳立即追究起責任，一山分局的刑警從一線被撤了下來，轉為負責後勤支援。由首爾警察廳廣域搜查隊和地方警察廳的精英組成了特別調查本部，一山分局調查到的資料全數轉交過去。特別調查本部有如占領軍一般，負責人翻閱資料，一一追究起來。

「你們早知道這些人跟這案子有關，為什麼不逮捕他們？集中精力挖這些內幕有什麼必要嗎？你們是準備題材要寫小說嗎？」

廣域搜查隊的蘇玄彬隊長羞辱著梁炯植。讀警察大學時，他是晚梁炯植兩屆的後輩。雖然梁炯植沒有注意到他的存在，他卻一直將他視為晉級的競爭對手。

蘇隊長心想：不能再讓梁炯植往上爬了，這次得好好教訓他，踩到他再也翻不了身。

「梁課長，把這案子的資料都整理出來交給我們，一山分局的人就留在這裡待命，大家可不要走遠了啊。」

儘管被蘇隊長這番羞辱，他並沒有放在心上，反倒覺得蘇隊長這樣有失格調；但身為一山分局偵查課的課長，他倒是感到很恥辱，因為到目前為止，流血流汗進行調查的正是一山分局的刑警們。現在突然冒出廣域搜查隊來邀功請賞，吳珠妍也感到很不服氣。

「你這樣做也太過分了吧？怎麼可以徹底把我們排除呢？應該一起協力才是。」

「閉嘴，妳個女人竟敢在這裡放肆！」蘇隊長殺氣蒸騰地瞪著吳珠妍。

「妳不知道這是廳長的指示嗎？從現在開始由我們負責調查，知道嗎？」

另一頭，李分局長也在警察廳承受偵查局局長的責備。

「所以我說，你們這些做基層工作的人不行哪！」

吳局長拍了拍李分局長的臉頰。

「沒用的傢伙，你知道現在是什麼情況嗎？這殘局要怎麼收拾？」

氣憤難消之餘，吳局長抓起辦公桌上的雜誌，朝李分局長的臉砸過去。

「你要怎麼負責啊，混蛋！」

「我們一定會抓到凶手，只是時間上——」

「閉嘴，給我閉嘴！把你手下那群混蛋都給我撤走，這是廳長的特別指示。指揮全權由我和特別調查本部負責，你就等著脫下這身警服吧。去學學釣魚，以後閒暇時間多著呢。」

†

警方集中警力追捕ＳＫＹ，努力調查從港口往國外的船隻，但特別調查本部卻推測凶手極有可能已經逃亡國外了。他們認為如此縝密的計畫，凶手仍留在韓國的可能性微乎其微。特別調查本部埋頭苦思，必須盡快找到代罪羔羊，便將矛頭指向李分局長和梁烔植。特別調查本部向媒體透露兩人過去的失職，媒體開始大肆報導李分局長的出身和梁烔植自以為是的性格。不久，輿論對兩人的指責接踵而來。比起逮捕凶手，特別調查本部更在乎外界如何看待這件案子，這也是上面交給他們的任務。

被特別調查本部搶走案子後，一山分局的刑警們聚集在地下的小會議室，裡面死氣沉沉。毫無疑問，這次敗得一蹋糊塗。如果去辯解是因為屍體數量太多，確認屍體和失蹤者的身分花了太多時間，反而會招來更嚴厲的指責。就目前的形勢來看，只能忍受輿論和大眾的圍攻了。無論如何，還是要找到ＳＫＹ和林昌道。

梁烔植一聲不響地坐在組員中間。他總覺得哪裡怪怪的，到底是哪邊出了問題？他試著將目前為止發生的狀況串聯起來。

「回到醫院的人真的是ＳＫＹ嗎？如果他是真凶，為什麼非要回來滅李爀世的口呢？目的是錢的話，大可拿到錢遠走高飛啊。所以他真正的目的是什麼？金錢以外，必須剷除李爀世的理由是什麼呢？」

這時，他的腦海中忽然閃過被剝了臉皮和指紋、無法確認身分的屍體。

「燒毀屍體的目的是為了隱瞞死者的身分！凶手是為了誤導大家死掉的人就是李爀世。如果是這樣，那車裡被燒死的就不是李爀世，而是有人故意把屍體偽裝成他。那燒死的那個人又是誰呢？」

梁炯植腦海中浮現不斷變換姿態的李爀世。

「是那個傢伙，被火燒毀的屍體是ＳＫＹ。」

他的腦筋轉得更快了。

「如果是這樣，那李爀世就還活著，難道說他就是凶手？那個竊盜保險櫃的小偷縝密地計畫、實行了這一切？可那個指紋和臉部被毀的人又是誰？趙成俊牧師口中的那名少年先知嗎？如果是這樣，為什麼還要隱瞞少年的身分？理由又是什麼？」

他重新調整了思路。

「我們錯過了什麼，就必須站在凶手的立場思考。不能讓警方確認出屍體身分有何目的？為了轉移目標嫁禍給別人，藉此讓自己消失。那是誰消失了呢？」

梁炯植想起了趙成俊的證詞：他能輕而易舉地操控人心。他是一個懂得利用、欺騙別人的人，還可以變成任何人——李爀世就是那名先知，他偽裝成李爀世！

那位先知殺害所有人後，隱藏起自己，偽裝成李爀世作假證，誤導警方的調查方向，趁機拿走巨款消聲滅跡了。就是他。

必須盡快找到他，他會去哪裡，目的又是什麼？隱姓埋名嗎？如果真是如此，他就必須除掉所有知道自己真面目的人。瞬間，梁炯植的腦中浮現出最後一個知道他真面目的人。

林昌道。

林昌道知道發生的一切，必須優先找到他。他會去哪，他最後的藏身之處？

梁炯植想到了兒時去過的那個地方——防空洞。

防空洞

昨天夜裡，國科搜法醫李恩美被駭人的惡夢驚醒。整整三天在現場累積的衝擊和疲累仍留在身體裡折磨著她。由於過度疲憊，昨晚很快就入睡了，但馬上又從惡夢中驚醒，再入睡還是不停地作惡夢。這種痛苦不斷重複，她拚命想擺脫，惡夢卻像紋身一樣無法消除。

好不容易堅持到早晨，她帶著一身疲憊上工。國科搜的驗屍室裡正躺著一具被火燒焦的屍體。屍體嚴重燒毀，無法辨別。根據黏在屍體上的病人服，可以推測死者就是李爀世。

「死者的姊姊到了，要請她進來嗎？」

李恩美搖了搖頭，她覺得沒有必要請家屬進來確認。就算是親人，恐怕也無法辨認出這具屍體了。既然如此，又何必給家屬留下無法抹去的痛苦記憶呢？

科學調查組的崔組長為了詢問分析結果來到國科搜。他在走廊看到一位國科搜的工作人員正跟一名三十歲左右的女子說話。他用眼神打了聲招呼，正要經過時，突然被他們的談話內容吸引。

那名工作人員正在勸說李爀世的姊姊，因為屍體的身分已經確認了，所以她沒有必要再進去看了。但李爀世的姊姊看著對方的眼睛說：「那小子到底變成什麼樣子了，我總得見他最後一面吧？」

「我勸您還是不要看了，這真的是為您著想。」

「裡面躺著的真是我家爀世嗎？」

「是的，不會錯的。」

「他脖子這裡有斑點嗎？小指指甲這麼大的斑點，我家爀世的脖子上有個斑點。」

崔組長忽然轉身走到李爀世姊姊面前。

「您剛剛說什麼？脖子怎麼了？」

「斑點，我說他脖子上有個斑點！」

崔組長想到幾天前，在現場發現的那具被毀去容貌和指紋的屍體，屍體脖子上有個黑色的斑點。

「原來三天前李爀世就已經死在現場了！那被火燒毀的屍體又是誰的？」

他撥通了梁炯植的電話。

†

電話響起時，梁炯植正在路上。雖然天色已晚，但市郊的路況還是很堵。

崔組長告訴他那具被毀損的屍體正是李爀世，在醫院接受審問的那個人身分錯誤。他掛斷電話，更加肯定了自己的推理。

「喂。」

「李爀世中了圈套，又或者是被成知韻當成了傀儡。」

策畫這一切的人正是成知韻，是他殺死到醫院來找自己的SKY，然後燒毀屍體好讓大家誤以為那就是李爀世。最後將罪行嫁禍給別人，自己消失得無影無蹤。

梁炯植終於看穿他的目的。成知韻的目的是讓自己徹底消失，不讓任何人找到。如今，還有一人知道他的存在、認識他的長相。成知韻一定不知道林昌道還活著，如果他知道他沒死，必然會想方設法找到他。在此之前，警方必須先找到他。

梁炯植加速奔向自己的過去。

†

成知韻離開停車場後，開了很長一段時間，抵達首爾郊外一處空地，空地一側是大片的蘆葦林，深處隱藏著一潭湖水。

這裡曾是一處知名的釣魚池，原本十年前計畫要建造度假村，但施工陷入困境，如今只剩滿地的施工垃圾，從此再也沒有人來釣魚了。整潭湖水也被垃圾汙染，水質黑濁。沿著湖面望去，可以看到建到一半的度假村像凶宅般矗立一方。

他將車子停在湖水邊的空地。在泥土路面開了太久，輪胎滿是泥濘。下車打開後車箱，取出旅行包打開一看，裡面塞滿了成捆的五萬元現金。接著，他仔細檢查車內是否有留下自己的痕跡，再將行車紀錄器拽下來丟進湖裡。最後，他將車子打到空擋，推進湖中。「噗通」一聲，車子落入湖中慢慢沉了下去。沒多久，湖面就像沒發生過任何事一樣再度恢復平靜。

成知韻提著旅行包，朝建到一半的度假村走去。一個星期前，SKY按照他的吩咐用流浪漢的名義搞到輛車，現在就停在那裡。他打開車門將旅行包丟進去，然後坐上車，將貼在手指上的李燦世的指紋撕了下來。因為黏得很精準，不太容易撕開，花了幾分鐘才處理乾淨。現在，他從李燦世徹底變回成知韻。開車離開以前，他取出手機查看新聞，想了解調查進展，也想確認所有事情是否按部就班處理好了。

「他媽的！」

成知韻氣炸了，身體裡的摔跤手勃然大怒。他狠狠地敲打方向盤，久久不能平復。

林昌道還活著！

他應該跟雙龍一起死在貨櫃裡，然後被送到菲律賓的，結果他竟然丟下錢翻牆落跑了。成知韻身體裡的多重人格開始活動。

「忘了他吧。」嫉妒心重的女生說道。

「不行，必須殺了那傢伙。」小說家反駁道。

「搞不好因為那傢伙，警察會抓到你。他知道你是誰！」壞人堅定地發表了意見。

沒錯，一定要殺了他，殺了那個把不幸孤兒送上祭壇的男人。是他編排了這場瘋狂的演出，是他種下了悲劇的種子。必須置他於死地。

成知韻平息內心的憤怒，讓怒氣沖沖的摔跤手退場後，仔細思考起來。怎樣才能找到林昌道呢？忽然間，他想到了那位比任何人都積極尋找林昌道的人。

†

一輛黑色轎車開進一山分局，車裡坐著一名年輕男子。守在門口的戰警一臉不耐煩地上前攔阻。

「您是哪位？裡面沒有停車位了。」

「我是議政府(注)地檢的檢察官楊正豪。」

戰警一驚，馬上開了路。

男人就近停好車，大步朝特殊調查本部走去。他身穿黑色西裝，戴銀框眼鏡，掛著檢察證，無人懷疑他的身分。

這時，正在召開調查會議的蘇隊長看到有人進來。

「誰啊？」

「議政府地檢，楊正豪。」

蘇隊長和在座的刑警立時緊張起來。男子抬了抬銀框眼鏡，淡定地說：「調查資料給我確認一下吧。」

蘇隊長雖然不情願，但也沒辦法。按照現行法規，警察必須服從檢察官的指揮命令。儘管氣不過，他還是交出了調查資料。

這時，正巧路過的尹智源看到站在那裡的男子，忽然覺得他的背影很眼熟，於是問了坐在一旁的巡警。

「誰啊？」

「說是檢察官。」

尹智源詫異地看了看那名男子的背影，心想，該不會死掉的李爀世轉世成檢察官，好端端地跑來一山分局了吧。她拿起要找的文件走出特別調查本部。

檢察官翻了翻資料，問道：「調查就……話說那個梁炯植課長去哪兒了？」

「有什麼事您可以跟我說。」蘇隊長盯著他。

「怎麼，你是想替他揹黑鍋嗎？」

蘇隊長一愣，立刻撥通了梁炯植的電話，但無人接聽。他轉而透過手機定位確認他的所在位置，然後報告給檢察官。

蘇隊長緊張地問：「梁炯植課長不會有什麼事吧？」

注 議政府市，韓國京畿道中北部的一個市，南接首爾。

「你們就好好調查案子吧。」

說完，檢察官丟下資料走了出去。蘇隊長氣得火冒三丈，但還是忍了下來。在這不合理的組織結構下，警察怎麼可能跟檢察硬碰硬。

「乳臭為乾的臭小子，他算什麼東西啊。」

蘇隊長覺得他未免太年輕了。「等等，他真的是議政府地檢的人嗎？」

他很快打消這個毫無意義的疑問，那傢伙的行動是如此自然。

檢察官楊正豪——應該說是成知韻——從容地離開了一山分局。

†

二十四年後，梁炯植再度回到這裡。這些年來，他沒有一次碰巧從這經過，就像故意避開一樣。雖然過去他想盡辦法遺忘、逃離此地，此刻卻很平靜。

社區還是老樣子，但仔細看的話，會發現各處的房子已經人去樓空。每棟建築上都用紅色油漆寫著「空房」兩個大字。走著走著還會遇到尚未搬走的人，表情慌張地看著他。

梁炯植走進社區，看到從前住過的家。那裡已經成了廢墟，玻璃窗破碎，房門損壞。院子裡還留著當年父親親手搭建的小水池。他和朋友在小溪裡抓到小魚，就會帶回家放在水池裡養，可是到了隔天魚就翻肚皮死了。

如今不只小魚死了，這個家的一切也都死了。

死掉的家，死人的家，將死之人的家。

因為要重建，這裡即將被拆毀。如果這些房子被拆了，曾經住在這裡的人們的記憶也會隨之消失嗎？梁炯植希望如此，他希望有關這裡的所有回憶，都和這個家一起消失殆盡。

他離開曾經的家，走到社區最深處。只見那間教會還在山腳下，像是從未經歷過任何事一樣守在原地。看到教會的瞬間，那天的記憶翻湧上來。

母親，被提，朋友。

那些回憶。

拜託，讓我擺脫這場惡夢吧，讓我親手結束這一切吧。

他往山上走去。天漸漸黑了，梁炯植也越走越遠。這二十四年，林昌道是怎樣度過的呢？他試著回想林昌道的長相，卻怎麼也想不起來了。現在梁炯植要去見他，就是為了去確認那張臉。過去二十四年間，折磨自己的那些記憶很快就要浮出水面，他在心底告訴自己，要勇敢面對那些痛苦的真相。

他必須堅持到最後，才能終結這場可怕的惡夢，然後在黑暗裡點亮一盞燈。

梁炯植繼續朝深山裡走去。

†

成知韻來到定位的地點。正如預期，這裡有間教會，是林昌道成為少年先知的地方，他表演騙人把戲的地方——所有悲劇開始的地方。

被提，呵呵呵。

林昌道也好，梁炯植也罷，他們最終還是回到了這裡。

成知韻忽然想起林昌道寫的書，他將成知韻領進教會時，給了他一本。那是本無聊且沒有什麼內容的書，透過文字，他一下子就看穿了林昌道。他也是一個不幸的人，從小被父母遺棄，又被不認識的牧師帶走逼迫他表演欺騙人的把戲；長大後，卻成了當初養大自己的牧師，又找來另一個少年扮演起自己曾經的角色，最終落得一無所有。

書中提到，他在深山洞穴中斷食四十天，最後獲得了神的啟示。這座山裡沒有洞穴，倒是有一個很久以前建的防空洞。他曾對成知韻提起防空洞，說自己在裡面可以獲得內心的安寧。現在林昌道已無處可去，他一定會回到那裡，躲進自己的避風港。

成知韻揣測著林昌道可憐又無助的內心，慢慢朝山裡走去。

†

梁炯植在山中徘徊許久，才發現一道懸崖。驚險的崖壁一側有一條小路，他貼著懸崖慢慢朝防空洞走去。大約走了十公尺，終於抵達防空洞的入口。

林昌道就在裡面。

朋友

防空洞裡點著幾十支蠟燭，正中央掛著大型的紅色十字架。林昌道面對十字架跪在地上，瘋了似地呼喊著：「主啊，主啊，主啊！請救救我吧！」

梁炯植朝他走去。林昌道停下喃喃自語的祈禱，慢慢轉過頭。

他還是從前那副模樣，就像一個變老的孩子，只是看起來頹廢又破敗。除了眼角的皺紋、下巴的贅肉、變得黝黑的皮膚和鬍鬚以外，他還是跟小時候一模一樣。

「你是誰？撒旦，還是魔鬼？」

梁炯植又向前邁出一步。

「不要過來，我叫你不要過來！」

他停下來，站在原地。

「你是誰？」

「張震。」

「什麼？」

「昌道啊——」

「你到底是誰，你這個瘋子！」

「我是炯植啊！」

突然，林昌道顫抖著往後退了幾步。

「你到底是誰？喔，主啊！魔鬼，你快現身吧，主啊！」

「是我，炯植！從前我們一起來過這裡啊！」

「……」

「我們本來要去蠶室棒球場（注），結果沒去成，你還記得嗎？」

「你真的是炯植？」

「是我，沒錯。」

「你為什麼到這裡來？」

「我來找你。」

「為什麼現在才來！」

「什麼？」

「現在才出現又能改變什麼嗎？」

「我們必須結束這一切。」

「呵呵呵呵，結束？結束什麼，你以為這樣就能結束嗎？」

「我們必須結束它。」

「已經太遲了，你知道發生了什麼事嗎？」

「知道。」

「我、我……天啊，那種事……我從沒想過要殺人啊！我已經不能被原諒了，我會被地獄之火燒死，永永遠遠。」

梁炯植淡定地望著他。

「我真是萬萬沒有想到，竟然會發生那種事。那傢伙是魔鬼啊，他是撒旦！」

「我知道。」

「你懂什麼！我都不知道為什麼會變成這樣！」

林昌道對著十字架大喊：「請告訴我，我為什麼會變成這樣！」

梁炯植靜靜地望著他。

「昌道啊，到此為止吧。跟我一起回分局，把一切都講出來。」

「什麼？」

「把這期間發生的事都講清楚，作個了結吧！」

「閉嘴！」

林昌道瞪著他，大口喘著粗氣。

「你不知道，什麼都不知道。沒有人知道發生了什麼事。」

注 韓國職棒目前最大、最重要的棒球場，於一九七六年落成啓用至今。

「我知道，我們一起經歷過啊。」

「不，你什麼也不懂，你什麼也沒看見、沒聽見。」

「昌道——」

「你知道當時發生了什麼事嗎？」

「什麼？」

「你知道那些人對只有十五歲的我做了什麼嗎？」

林昌道的眼眶溼了。

「我也不想變成這樣。我只想成為棒球手，像朴哲淳那樣那樣的投手！我運動很好，球投得又快又遠，你還記得嗎？」

「我都記得。」

「可是，你知道那些人對我做了什麼嗎？」

「我都看到了。」

「你看到的不是全部。」

林昌道娓娓道出二十四年前的過往。

†

記得嗎？我們打算去蠶室棒球場的那天。其實當時，我真想跟你一起逃得遠遠的。

那天我身上揣著從教會帶出來的錢，心想用那些錢就可以遠走高飛，不被任何人找到，所以我故意搭錯公車，選了最遠的路線。我再也不想回去了，但我們沒有成功，因為你不想逃，你對我說：「我們回去吧，我想媽媽。」

是啊，你還有媽媽，但我什麼也沒有，只有那些牧師等著我。你知道我是被牧師從孤兒院領出來的吧？從那時起，他們就逼我讀《聖經》，教我說一些奇怪的話，逼我在世人面前表演。他們還把大家的隱私告訴我，然後讓我在他們面前說出來，就像預言似的。聽到我口中的祕密，眾人大吃一驚，自此以後都用奇怪的眼神打量我，漸漸的，他們開始稱呼我為「先知」。

可你知道嗎？我真的很討厭這樣，我不想去做那些騙人的事，只好一直逃避。你知道每當我反抗，牧師們是怎麼對我的嗎？他們徹夜講述地獄的風景，肉是如何被撕下來的，脖子是如何被斬斷的，如何把我放進油鍋裡炸，還有地獄之火會把我燒成什麼樣子。他們不知疲倦，一講就是好幾個小時。我害怕得簡直快發瘋了，但他們依舊執拗地在我耳邊叨絮語：

你也不想下地獄吧？

我不想下地獄。

好，那你要聽話，要乖喔！

但我不想做那些事。

原來你還是想下地獄呀？

我不想。

那好，就要照我說的去做。

是的，我開始不停表演。就在我們沒去成蠶室棒球場的那天夜裡，牧師把我拽到教會中央，激昂的信徒圍著我站成圈。

大家開始衝著我大叫：「魔鬼，退下去！撒旦，退下去！」

你還記得藏在我房間裡的棒球嗎？我們走到延世大學棒球場撿回來的球，線頭都掉出來了。還記得當時我們有多開心嗎？牧師把我藏的朴哲淳棒球卡也找了出來，統統丟在地上。他們說那都是被撒旦附身的東西，全跟魔鬼有關，可那只是顆棒球而已呀，朴哲淳也不是撒旦啊。那些人非說我被撒旦附了身，對著我大呼小叫、哭泣祈禱！

「先知啊，回來吧！撒旦，快從先知的身體裡退下！」

我痛苦不已，再也承受不住了，我只不過喜歡棒球。

這時，幾個男人從裡面取出大型木製十字架，把我綁在上面。我被固定在十字架上，大家對我大聲斥責。我哭了，請求他們。

請放我下去，好痛，求求你們放我下去。

但他們對我說：

先知，回來吧！

請你把祕密告訴我們！

大家對著我揮起鞭子，我被抽得遍體鱗傷。很痛，真的太痛了……

但我依然不想回去，我不想再演戲了。如果再去做那種事，恐怕永遠擺脫不了他們。我知道自己如果繼續表演，苦苦死守的神智將徹底崩潰，到時我就再也回不去了。我好害怕，我知道有另一股力量正把我變成他們期待的樣子，牧師要的也正是這樣的結果——他們希望我徹底瘋掉。我年紀還太小，再也承受不住，真的太痛了，我投降。

我停止哭泣，大家突然安靜下來望著我。我俯視著眾人。好吧，就變成你們期望的那個樣子。

我開口說出牧師教我講的話。

「你們等著吧，我會帶你們升上天堂的。」

我投入地表演，因為我別無選擇，我的靈魂也渴望那樣的表演，那不是裝裝樣子就可以停下來的。每次表演時，我都覺得自己難以控制，那種感覺吞噬了我。表演結束後，連我自己都信以為真，我就是先知。黑暗徹底將我吞噬了。

†

林昌道氣喘吁吁地扶著身旁的石頭，充滿悔恨與痛苦。

他用顫抖的聲音說：「我再也回不去從前了。」

梁炯植盡量保持冷靜，但林昌道將他拉回二十四年前的教會，不停召喚著他心裡那個玩棒球、捉泥鰍的孩子。

「我對那個孩子做了同樣的事，所以招來相同的結果。」

他茫然不語，突然又撕心裂肺地狂叫起來。

「啊——」

他揪著頭髮抱住臉，痛哭不已。

「我沒有想要那樣做，沒想到會變成那樣！都是那個傢伙幹的，我沒有要做到那種地步，那傢伙是個魔鬼！」

「昌道，你醒醒吧。」

「可是，是我招來那個魔鬼。」

他忽然一臉懇切地看著梁炯植。

「朋友，你說我會得到救贖嗎？」

梁炯植不知道該說些什麼。無助的林昌道突然面部猙獰，露出邪惡的表情。

「都說不是我做的了，是那個傢伙幹的！」

「昌道啊，你這樣是得不到救贖的。」

「……」

「你對那些人犯了錯，是要付出代價的，跟我走吧。」

他取出手銬。

「你是警察？」

「嗯。」

「所以你才找到這裡來，原來你是來抓我的。」

「跟我走吧。」

「你們制裁不了我。」

「你必須受到法律的制裁。」

「世上的人沒有資格審判我，唯有主可以審判我！」

「不，人類犯的錯要人類自己來審判，你必須向那些受害者賠罪。」

「不是，罪不是我犯下的！」

「你眼睜睜地看著那些人死去，對此袖手旁觀。」

「我沒有——」

「是你縱容他們互相殘殺！」

「我沒有，呃啊——不是我，我沒有！」

「是你。」

「我被撒旦騙了，我被魔鬼騙了啊！」

「是你一手創造了那個魔鬼。」

「……」

「成知韻，那個孩子是你找來的！」

「……」

「是你把他塑造成先知的。」

林昌道漸漸崩潰。

「你就像二十四年前那些大人一樣，把那個孩子變成魔鬼。」

他徹底絕望。梁炯植講的都是不可否認的事實，也是他害怕面對的真相，但他無法逃避。

林昌道流下了眼淚。

「對不起……」

「是你創造了魔鬼。」

「跟我走吧，去作個了結。」

梁炯植將手伸向林昌道，他仰望著。

梁炯植露出笑容，我的朋友，張震。

「朋友，跟我走吧，我們去結束這一切。」

林昌道正要握住他的手，但他突然看向洞口，嚇得渾身顫抖，一邊發出怪叫聲，一邊往後退去。

梁炯植突然暈了過去。

惡的起源

梁炯植陷入一片昏暗又潮溼的沼澤。他不停掙扎，猛踢雙腳想要逃出去，但越是扭動，身體陷得越深，怎麼也無法逃離。黏稠溼滑的液體開始進入他的眼睛和嘴巴，身體的每個角落、每顆細胞彷彿都被攻陷了。那感覺太逼真，他捲起舌頭，感受黏稠而滿是腥味的液體充斥口腔。他吐了出來，原來是血。

梁炯植睜開雙眼，焦距不清，眼前一片模糊。他慢慢摸索周圍的情況，手被綁在身後，後腦感到又麻又痛。應該是被擊中後腦杓暈倒，才會滿口是血。他抬起頭，看到林昌道被綁在十字架、固定在防空洞的牆上，隱約看到他在拚命掙扎。直到剛才，梁炯植還什麼也聽不見，唯有嗡嗡聲作響，接著他逐漸聽到林昌道的叫喊，聲音越發清晰。

現在已經聽得一清二楚了。

「救命啊！」

這時，倒在地上的他看到那個人的臉。李爀世，不，是成知韻。

成知韻開口：「現在清醒一點了吧？」

他彎腰俯視著趴在地上的梁炯植。

「李爀世，不，成知韻。」

「警察先生，坐起來吧。」

成知韻扶起他靠牆坐著。他扣著手銬、喘著粗氣，完全無法反抗。被綁在十字架上的林昌道不停呼號。

「這樣見面的感覺還真是新鮮，是不是啊，警察先生？」

「你想怎樣？」他看了眼被綁在十字架上的林昌道，轉而對成知韻問道。

成知韻冷笑著說：「作個了斷嘍。」

「怎麼個了斷法？」

成知韻表情沉了下來，接著看向十字架，與他對上眼光的林昌道嚇得渾身直抖。

「住手，住手！」

成知韻沉著臉，忽然像個小孩子一樣。

「叔叔，你知道那個人對我做了什麼嗎？」

被綁在十字架上的林昌道掙扎著喊道：「對不起，是我錯了！知韻啊，收手吧！」

成知韻一臉難過的表情。梁炯植靜靜看著他。

「要我告訴你，他都對我做了什麼嗎？」

林昌道喊道：「收手吧，對不起！」

「閉嘴！」

成知韻猛地跑到他面前，將臉緊緊貼過去，威脅似地瞪著他，兩人目光相接。

「你以為我都忘了，是不是？」

「對不起。」

「你對我做過的事，我都記在心裡呢。所有的事都留在這裡面，一點也沒有消失。」

「對不起，我也是受害者。」

「呵呵呵，這就是你的藉口嗎？」

「我也——」

「是你造就了我。」

「不是的。」

「是的，我原本是個善良的孩子。」

「我也是受害者。」

「這不是理由。你要為你犯下的罪過付出代價。」

成知韻取來汽油桶，一點點灑滿林昌道全身，他發了瘋似地掙扎著。

「求你放過我吧！求求你，不要這樣！」

「怕了？你不是親眼看到了那麼多人互相殘殺嘛。」

「那都是你指使的。」

「但都是你創造出來的。」

「求你不要再說了。」

「太晚了。」

成知韻看著林昌道冷冷地笑著。

「你必須去死。」

梁炯植趁機用綁在身後的手摸著地面，他需要鐵絲之類的東西。他想起在警察大學時學過如何撬開手銬。偶爾會遇到撬開手銬逃跑的犯人，為了防範這種情況，課上也傳授了這些要領，但他萬萬沒想到，學到的東西會在這時派上用場。終於，他摸到了一根小鐵絲。

「找到了。」

就在這時，成知韻轉過頭看向他。

被發現了？

成知韻慢慢朝他走來。「好好看著，我是怎麼了結你朋友的。」

滿身汽油的林昌道喊：「求你，求求你！放過我吧。」

成知韻真的會燒死他？會的，他是一個心狠手辣的傢伙。梁炯植喊道：「住手！」

他一邊喊，一邊慢慢將鐵絲塞進手銬的鑰匙孔裡。不能著急，更不能被發現。

「住手，把他交給警方處理。」

「警方？哈哈哈，這可不是人世間的事，這是神的旨意，你懂嗎？」

「你瘋了。」

「我瘋了？不，是這世界瘋了，我只不過是順應世界罷了。」

「這麼做是不對的！」

梁炯植加快速度開鎖，但成知韻就在眼前，動作不能太大。

「看好了，好好看著他的下場，等下就輪到你了。」

成知韻取出打火機，朝林昌道走去。

「不，不要過來！知韻啊，不要這麼做，不要！」

林昌道瘋狂掙扎著，成知韻看著抓狂的他，笑了出來。

「不要，先知，是我錯了！主啊，主，請救救我！」

他繼續向前走，笑得更大聲。

梁炯植雖然將鐵絲塞進了鑰匙孔裡，卻很難打開。快點，快點。

「喔，主啊，我唯一的主啊，只有您可以救贖我！」

林昌道唱起了聖歌。成知韻站在他面前，含笑著把玩打火機。

「走開，你這個撒旦，走開，惡魔！」

「你說，我是魔鬼，還是先知呢？」

「什麼？」

「你猜猜，猜對了我就放了你。」

「……」

「我是魔鬼，還是先知啊？」

面對如此絕望的選擇，林昌道哭喪著臉。

梁炯植還沒打開手銬，鏽蝕的鐵絲太容易彎曲了。沒有時間了，必須趕快打開才行。

「你倒是說說看，我是魔鬼，還是先知呢？」

林昌道絞盡腦汁尋找正確答案，但答案根本不存在。成知韻點燃打火機。不能再拖延了。「你是先知啊。」

成知韻噗哧笑了出來。

「答錯了，我是魔鬼。」

他緩慢地將打火機送到林昌道面前。

就在這時，梁炯植終於將鐵絲插進手銬的鑰匙孔裡。「喀嚓」一聲，手銬彈開。他起身飛奔過去撲倒成知韻，打火機掉在地上熄滅了。由於體格差異懸殊，他輕而易舉制伏了成知韻，但成知韻趁機奪下他的配槍，用槍瞄準了梁炯植的額頭。

「警察叔叔，你還真是厲害。」

「成知韻，住手，到此為止吧！」

這時，成知韻突然大幅轉變，成了滿腔憤怒的摔跤手。他朝梁炯植的胸口狠狠一踢。「哐」的一聲，梁炯植撞到後面的牆上。他瘦小的身體，竟然能冒出如此大的力量。

「你這個不知好歹的警察，竟敢戲弄我？」

梁炯植起身正要反擊，成知韻舉著槍瞄準他的頭，對準他的腹部又是一腳。梁炯植直接倒地，成知韻上前一把揪住他的頭髮。

「媽的，你還能從後面解開手銬？下流的混蛋！」

說著，成知韻用槍口頂著梁炯植的頭，用力推了一下。

「找死啊？王八蛋！」

他無法抑制自己的憤怒，不停用槍口推著梁炯植的頭，極盡粗暴，看起來就像被憤怒吞噬。梁炯植抬頭看向他。

「你是誰？」

「我？我是誰？」

成知韻又變成另外一個人，看上去十分淡定、冷漠。梁炯植意識到他的體內存在著數不清的人格。

「你以為像你這樣多管閒事，就能改變世界了嗎？」成知韻說。

「我是為了阻止你這種傢伙改變世界。」

「我這種傢伙？我是哪種傢伙？」

「利用歪曲的信仰把人們逼上絕路的魔鬼。」

「你搞錯了吧？我可沒有殺人，是那些人心裡原本就藏著想要殺死對方和自己的想法，我只不過是為他們提供一個契機，拋磚引玉罷了。」

「就算是這樣，你也不過是個喪心病狂的瘋子。」

成知韻突然大叫起來。

「啊——我錯了，我錯了！」

他流露出痛苦不已的表情，緊接著又變了一個樣。

「你想讓我反省自己嗎？」

「你瘋了。」

「是誰把我變成這樣的啊？」

「你想說這都怪林昌道嗎？」

「林昌道只是一個出發點，他不過是領我走上歪路。真正把我變成這樣的，是那些人不正常的心態。是他們自己扭曲了信仰，只顧自己通往更好的地方！他們那種自私、扭曲的信仰把我變成了這樣，懂了嗎？」

梁炯植直視著他的眼睛。

「你究竟是誰？」

「我就是你，你也是我。我就在所有人心裡。」

「……」

「現在就來結束掉這一切吧。」

「不要！」

瞬間，成知韻把槍瞄準林昌道。

砰！

成知韻扣下扳機的同時，梁炯植撲倒了他。兩人在地上翻滾，梁炯植把他的手折到背後，用手銬牢牢扣住。

梁炯植站起身，走向林昌道。他的胸口中了槍，血流如注，急促地喘著氣，臉也變得煞白。梁炯植向分局請求支援，並叫了救護車。

他望著呼吸急促的林昌道。

「再忍一下。」

「我知道，我快死了。」

「……」

「你心裡有數，不是嗎？」

「……」

「朋友啊。」

「嗯？」

「我們還是朋友，對嗎？」

「當然。」

「你還喜歡ＬＧ雙子嗎？」

「嗯。」

「我還喜歡ＯＢ熊隊。」

「現在是斗山熊隊（注）了。」

「對我來說，還是ＯＢ熊隊。」

「不要再講話了。」

注 一九九九年一月，ＯＢ熊隊的母企業易主，改爲斗山集團經營，因此更名爲「斗山熊隊」。

「我還想再和你玩投球。」

林昌道喘了口氣，接著垂下了頭。梁炯植無聲望著他。

朋友，走好。

但遊戲還沒結束，梁炯植的脖子突然感到一陣冰冷，是手銬的金屬。

再見

加護病房裡的少年恢復了意識，睜開雙眼。他望著母親，母親也緊張地看著兒子。不管兒子變成什麼樣子，她都願意接受。少年眨眨眼，開了口。

「媽媽。」

「珉才，沒錯，是媽媽，珉才啊！」

「媽，妳脖子怎麼了？」

少年看到母親的脖子上綁著繃帶。

「珉才！」

「媽，妳不痛嗎？」

兒子回來了。他的眼神變得跟從前一樣明亮、健康。她哭了，雖然她不想在孩子面前哭泣，但淚水還是止不住地流了下來。忍了太久，眼淚決堤後便再也無法停止。

醫生走上前。

「雖然孩子的雙腿傷得很嚴重，但只要定期做復健，應該很快就會好起來了。意識也回來了，恢復速度很快啊。」

✝

梁炯植的脖子被勒得死緊，意識越來越模糊。在一團迷霧中，他想起母親。父親死後，母親便像失去靈魂一樣。她無法承受喪夫之痛，才會陷入虛假的救贖世界裡，但那裡根本沒有救贖。他記得那些相信會上天堂的人們，沒有人是壞人，只不過迫切需要抓住一根救命稻草。如果不去相信什麼，可能就會徹底崩潰。他們比普通人更脆弱、情感更豐富，正因如此，才無法勇敢面對這個世界並與之對抗。他們應該試著接受痛苦，就算難以承受，就算會崩潰，也應該堅持著活下去。無法起身抗衡，就只能逃到扭曲的信仰裡躲起來。

媽，請不要再出現了，請看清這個世界吧。爸爸已經死了，媽，請妳看著我，不要再逃避痛苦了。請看看這裡，媽，我在這啊。

「嗡」一聲，梁炯植終於找回意識，拱起背將成知韻揹起摔在地上。好不容易可以呼吸，他大口喘著氣。成知韻迅速地再次發動攻擊，踢向梁炯植的臉。梁炯植直接仰頭倒在地上，成知韻抓起一塊石頭砸過去，他勉強躲閃開，快速起身一把揪住成知韻的衣領。成知韻摔倒的同時也抓住了他的衣領，兩人就這樣在地上打滾。成知韻再次用頭攻擊梁炯植的臉，血噴薄而出。

「啊！」成知韻一邊發出怪叫，一邊用頭不停地撞擊。

梁炯植暈倒在地，但成知韻依舊沒有停止攻擊。

「去死吧，你這個混蛋！」

成知韻不斷變換人格，摔跤手、壞人、作家、心理學家，他的憤怒始終沒有停止。

梁炯植摸索著周圍，抓起一塊石頭砸向成知韻，他側身滾倒在地。梁炯植搖晃著起身，撿起掉在身邊的手槍，瞄準成知韻的頭。

成知韻跪在地上，梁炯植窺視著他那雙眼睛，裡面沒有靈魂，有如深不見底的黑洞。他什麼也看不到。

「開槍啊！」成知韻喊道，「開槍！」

「你是誰？」

「用不著知道我是誰。趕快開槍，殺死我！」

梁炯植的食指勾在扳機上，舉著槍的手在顫抖。

成知韻笑著瞪視他。「開槍啊。」

但他放下槍，聽到後面傳來聲響——支援小組已經趕到了。他們包圍了防空洞入口，刑警衝進來逮捕成知韻。

吳組長、崔刑警和尹刑警看著梁炯植。

「課長，你沒事吧？」

梁炯植笑了，這是三人第一次看見他的笑容。

媒體不斷報導這起案件，人們對成知韻的殘忍和天才作案手法感到驚訝不已。有人認為他是被邪教組織利用的犧牲品，但也有人說他是真正的魔鬼。很快，民眾便對他失去了興趣，新的消遣性新聞接踵而來，藝人的性醜聞、政治人物和高階公務人員接二連三的貪腐事件……一如以往，這件案子很快也將被人們遺忘。

†

成知韻很快恢復了健康，但他一直不肯開口說話。沉默了很長一段時間後，他才開始向精神科醫生訴說自己的往事。據醫生判斷，成知韻的智商高達一六〇以上，內心裡至少存在三十多種人格，而且還在不斷增加中。每種人格都具備符合自身個性的特殊才能。多重人格中的雕刻家刻出女神像，就連醫生看了都讚不絕口，但當與裡頭的壞人交談時，他彷彿看到了地獄與仇恨的盡頭。

曾與刑警們交談的李爀世，正是多重人格中的其中一種，扮演先知角色的又是另一位。醫生希望將他的多重人格合併成一種，藉以治療，卻沒有那麼容易。壞人依舊控制著所有人格，他決定了誰可以主導成知韻的意識。不過藉由這次事件，被關在意識底層的少女和善良的孩子獲得自由。監禁許久才被放出來，這些意識先是發楞了一段時間，接著開始大哭起來。一直以來他們持續忍受痛苦，在成知韻的內心裡與其他人格鬥爭，簡直就是地獄。

醫生解釋，成知韻是個敏感而聰明的孩子，在成長過程中被拋棄，又遭人利用，因此出於本能地保護自己，才會使內心世界崩潰。站在祭壇上表演的行為，徹底摧毀了孩子健全的人格。現在他需要長期而持久的治療，最終被關進精神醫院。

†

李分局長因成功破獲此案，榮譽晉升為警察廳偵查局局長。

李分局長榮升那天，一山分局的刑警們都跑出來為他鼓掌送行。雖然他堅稱這次破案的功勞不屬於自己，應該歸功於炯植和第一線的刑警，但大家心知肚明，如果沒有他正確的領導與決斷，將難以破案。

看到大家跑出來列隊為自己送行，李分局長喊道：「臭小子，都跑出來幹嘛，趕快回去工作！」

說完，他開著他那輛破舊的國產車離開分局。

大家站在原地目送他離去，久久沒有散去。

†

吳珠姸和那個男人又見面了。末春時分，他們一起來到首爾漂亮的紅酒吧聊天、享受音樂。她買了比自己薪水還貴的性感內衣和洋裝，完全不在乎卡債這回事。她想把自己打扮得漂漂亮亮，渴望得到對方的愛。

初夏，他們正式開始交往。走在夜晚的公園，男人不聲不響牽起了吳珠妍的手，他不想再放開了。吳珠妍沉迷於爵士樂，啤酒和紅酒的酒量也長進了不少。

†

崔辰赫一如既往，生氣起來就會對犯人動粗。由於他總是不知悔改、屢屢動手，成了聽證檢察室的常客，但他不以為然。為了逮捕犯人，他仍勇往直前。

回到家，崔辰赫就變回普通的父親，陪著女兒玩耍。

不久前，當他要親女兒時，卻遭到女兒秀雅的拒絕。

「爸，不准你再親親了。」

「妳不喜歡讓爸爸親嗎？」

「我怕你傷心才一直沒有講，很久以前就不喜歡了。」

「為什麼？」

「你好臭喔。」

崔辰赫大受打擊，久久未能痊癒。

†

尹智源還是跟從前一樣，儘管心裡難受，依然全力以赴查案。她不停地思考，為什麼沒有錯的人會遇害，但仍舊沒有找到解答。

有一天，之前李爀世的主治醫生，不，成知韻的主治醫生打來電話。

「一起吃個飯吧。」

「好啊。」

她還是很忙碌，心裡也很不好受。

初夏，她和那位醫生坐在咖啡店望著窗外的陽光。雖然無法忘懷那些遭遇不幸的人，但此時此刻，她忽然覺得很幸福。

†

梁炯植提交了停職申請，讓所有人大感意外。他是破獲這起案件的一等功臣，也受到所有媒體矚目，稱讚他為兼具頭腦與熱情的優秀刑警，還給了他「國民刑警」的稱號。前程似錦的時刻，他卻拋開一切，跟妻子踏上旅途。

他們來到北歐的某個小鎮，沒有任何目的和計畫，整日漫步欣賞著小鎮的每處角落。

那裡陽光耀眼，氣候宜人。兩人牽著手，梁炯植沒有告訴妻子，這是他有生以來第一次感到如此放鬆。

這時，他看到前面有間小教會。樸素的建築上掛著小小的十字架。人們祈禱完，安靜地走了出來。教會裡沒有歌聲，也沒有迫切的禱告聲，住在附近的孩子嬉笑打鬧著，無人上前阻止、批判他們，一切看起來是那麼安寧。他閉上眼，只是靜靜祈禱，最後懷著平靜的心和妻子離開教會。

他喃喃低語。

請您安息吧。媽媽，再見。

終章

少年又回到了學校，那裡有之前認識的朋友——殘忍欺負自己的人。
大家看到少年的變化大吃一驚。
他變得開朗、健康，很自然地跟大家玩在一起。
雖然過了整整一年，他像是忘了從前，彷彿什麼事都未曾發生。

幾個月過去，體育課時間，少年回到教室。
裡頭坐著新轉來的同學，他不適應新的學校，也交不到朋友。
事實上，他被霸凌了。
他的個性內向，但心地善良，就像從前的他一樣。
他渴望交到朋友，卻不知道方法。
他正忍受著痛苦。
他的運動服被撕破了，所以不能去上體育課。

少年走到他身邊坐下，露出笑容。

「你好。」

「你好。」

「不要太難過。」

他看著不會欺負自己的善良少年，眼神清澈。

他想將心裡的話都對他傾訴，

如果是他，一定會明白自己的心情。

少年的眼神既友善又溫柔。

「別太難過了。」

「我沒有做錯事。」

「嗯，我知道。」

「我不知道大家為什麼討厭我。」

「你也有很多煩惱吧。」

「我沒有害到大家，也沒有和任何人吵架，我只是想跟其他人一樣來上學。」

「可是他們卻沒有理由地欺負你，對不對？」

「嗯。」

「很難過吧？」

「你肯定無法想像。」

「不，我也被大家欺負過。」

「你也像我這樣過？」

「全校都出了名的，你不知道嗎？」

「可是你現在和大家相處得很好啊。」

「你這樣覺得嗎？」

「嗯，你看上去很有自信、很棒，我也想像你這樣。」

「那我來幫你，怎麼樣？」

「我也想變得堅強點，告訴我方法吧。」

「你想見先知嗎？」

「先知？」

「嗯，先知。我遇見先知以後才變成這樣。」

「到哪裡可以見到先知呢？」

「先知就在我心裡。」

「什麼？」

少年淡定地看著新同學，他也回望。

突然，少年像變了一個人似的，開始散發某種神祕、奇異的感覺。

他被眼前的少年迷住了，他的眼中似乎存在著什麼。

「聽我的，你就會改變。」

「真的嗎？」

「當然，我會指引你，你就可以比任何人都強大。」

他看著少年，心裡感受到平靜。

這還是第一次。

他體會到與朋友心意相通的感覺，

他想要依靠少年，把一切都託付給他。

「可是，你心裡的那個人是誰啊？」

「這是祕密，我只告訴你一個人。」

「嗯。」

「我就是先知。」

「先知？」

「嗯，我心裡的那個人什麼都知道，他一直指引著我。」

「也請他指引我吧，我也想知道辦法。」

「你真的想知道？」

「嗯。」

「如果你知道了，會按照他的旨意去做嗎？」

「嗯，會的。」

「如果他指引出方向，你不照做的話，他可是會生氣的。」

「知道了，我會照做的，要怎麼做？」

「把他們全部殺死。」

新同學盯著少年。

他覺得如果和少年在一起，就什麼也不怕。

因為他們成了朋友，而且，那個人就在他的心裡。

「真的可以把他們都殺掉嗎？」

「為什麼不可以？他們都是些只會欺負弱者的魔鬼。」

少年的表情變了，那是從未有過的表情。

「他們才是真正的魔鬼，都是我心裡的那個人計畫以外的存在。」

新同學看著他，少年露出了笑容。

「我要把他們全部殺盡。」

（全書完）

後記

一九九二年，雖然那時我還是個少年，但當時的記憶依舊鮮明。那年夏天，巴塞隆納舉辦了奧運會，年末還有總統大選，一整年韓國上下都陷在令人興奮的氣氛當中。在夏天與年末之間，被提事件發生了。

我當時隱隱期盼著，說不定會發生什麼令人震驚的偉大事蹟，也獨自幻想過人們會以怎樣的方式升天，可是在那眾人相信被提會發生的十月二十八日，卻什麼事都沒有發生。大選結束後，新的總統上任了，也沒有出現什麼了不起的大事。那一年就這麼過去了。

我不是很清楚那年的記憶是以怎樣的方式留在了心裡。雖然我總是想寫關於邪教的故事，卻很難去說明為什麼會選擇被提事件。

我不由自主地搬出藏在心中的被提事件，也許是因為從前住在同一層公寓的青年跳樓自殺。我記得他家窗戶上掛著一個大型十字架。當然，也有可能是聽聞了太多被邪教組織矇騙的受害者的故事，又或許是因為我總是在思考那些人感受到的恐懼。總之，這些原因在我心裡的某個角落起了化學反應，就連我自己也沒有想到在某個瞬間，這個故事會誕生。

也許這本小說只是拋出一個疑問，需要讀者自己來解答。如果可以做到如此，我想這本小說的任務就算完成了。

寫小說的過程中，最讓我感到困惑的，是那些被關在封閉空間裡過著集體生活、陷入狂信的人們。就像小時候偷偷期盼被提發生一樣，我想要窺視他們那些無法用常理解釋的語言和行動，想把隱晦且黑暗的內心寫成故事。我想這就是推理小說吧。

大學畢業後，我有意從事電影工作，寫劇本時第一次接觸到推理小說。當時，比起讀金薰或韓江（注），讀史蒂芬．金、丹尼斯．勒翰更有幫助，於是我開始集中讀起推理小說。對我而言，推理小說等同於一種自我開發的書籍。

就這樣，我帶著不單純的目的閱讀推理小說，漸漸產生了興趣，喜歡的作者也隨之增多。我被這種題材迷住了，熱愛程度也日漸加深，最後開始動筆寫了起來。我想，今後自己對推理小說的熱愛還會越來越深。

如今，推理小說已是我最愛的一種寫作風格，也是我最喜愛閱讀的小說形式。那陰鬱的氣氛，被心理陰影所困的主角，圍繞在主角身邊怪異、可怕的人們，在關鍵時刻不得不去面對自己無法承受的真相……

我喜歡那些在黑暗中搏鬥的人。很多人崇拜經歷痛苦、在黑暗中走過的主角，我也如此，因為勇於面對黑暗的人是堅強的。遇到那些堅強的主角每每令我驚喜。

注 皆爲韓國知名作家。韓江的代表作爲獲英國曼布克獎的《素食者》。

這本小說已經在韓國「Naver網路小說網站」上連載了三個月，電影公司ShowBox也將把它拍成電影（也由我親自編寫劇本）。最讓我感到不可思議的，還是這本小說印刷成紙書出版了。

我感受著這本書的質感，想像著讀者一頁一頁翻開它，然後插上書籤放在桌子上。這樣的瞬間只有紙書辦得到，我也相當熱愛這樣的氛圍。

最後，感謝多年來支持我的父母及家人，也謝謝能讓這本書問世的所有人。

衷心感謝大家。

二〇一七年三月

曹章鎬

幻想藏書閣

被提 1992

原著書名／휴거 1992（The Rapture）
作　　者／曹章鎬（Cho Jang Ho）
譯　　者／胡椒筒
責任編輯／何寧

版權行政暨數位業務專員／陳玉鈴
資深版權專員／許儀盈
行銷企劃／周丹蘋
業務主任／范光杰
行銷業務經理／李振東
副總編輯／王雪莉
發 行 人／何飛鵬
法律顧問／元禾法律事務所 王子文律師
出版／奇幻基地出版
城邦文化事業股份有限公司
台北市 104 民生東路二段 141 號 8 樓
電話：(02)25007008　傳真：(02)25027676
網址：www.ffoundation.com.tw
e-mail：ffoundation@cite.com.tw
發行／英屬蓋曼群島商家庭傳媒股份有限公司城邦分公司
台北市 104 民生東路二段 141 號 11 樓
書虫客服服務專線：(02)25007718・(02)25007719
24 小時傳真服務：(02)25170999・(02)25001991
服務時間：週一至週五 09:30-12:00・13:30-17:00
郵撥帳號：19863813　戶名：書虫股份有限公司
讀者服務信箱 E-mail：service@readingclub.com.tw
歡迎光臨城邦讀書花園　網址：www.cite.com.tw
香港發行所／城邦（香港）出版集團有限公司
香港灣仔駱克道 193 號東超商業中心 1 樓
電話：(852)25086231　傳真：(852)25789337
e-mail : hkcite@biznetvigator.com
馬新發行所／城邦（馬新）出版集團
【Cite(M)Sdn. Bhd】
41, Jalan Radin Anum, Bandar Baru Sri Petaling,
57000 Kuala Lumpur, Malaysia.
Tel: (603) 90578822　Fax:(603) 90576622
email:cite@cite.com.my

封面設計／黃聖文
排　　版／極翔企業有限公司
印　　刷／高典印刷有限公司
■ 2019 年（民 108）1 月 28 日初版一刷

售價／ 380 元

國家圖書館出版品預行編目資料

被提1992 / 曹章鎬著；胡椒筒譯. -- 初版. -- 臺北市：奇幻基地, 城邦文化出版：家庭傳媒城邦分公司發行, 民108.01
面；　公分. --（幻想藏書閣）
ISBN 978-986-96318-4-6（平裝）

862.57　　107008542

ISBN 978-986-96318-4-6

城邦讀書花園
www.cite.com.tw

廣 告 回 函
北區郵政管理登記證
台北廣字第000791號
郵資已付，免貼郵票

104台北市民生東路二段141號11樓

英屬蓋曼群島商家庭傳媒股份有限公司城邦分公司 收

請沿虛線對摺，謝謝

每個人都有一本奇幻文學的啓蒙書

奇幻基地官網：http://www.ffoundation.com.tw
奇幻基地粉絲團：http://www.facebook.com/ffoundation

書號：1HI114　　　書名：被提1992

請於此處用膠水黏貼

讀者回函卡

謝謝您購買我們出版的書籍！請費心填寫此回函卡，我們將不定期寄上城邦集團最新的出版訊息。

姓名：＿＿＿＿＿＿＿＿＿＿＿＿＿＿ 性別：☐男 ☐女

生日：西元＿＿＿＿年＿＿＿＿月＿＿＿＿日

地址：＿＿＿＿＿＿＿＿＿＿＿＿＿＿

聯絡電話：＿＿＿＿＿＿＿＿傳真：＿＿＿＿＿＿＿＿

E-mail ：＿＿＿＿＿＿＿＿＿＿＿＿＿＿

學歷：☐1.小學 ☐2.國中 ☐3.高中 ☐4.大專 ☐5.研究所以上

職業：☐1.學生 ☐2.軍公教 ☐3.服務 ☐4.金融 ☐5.製造 ☐6.資訊

☐7.傳播 ☐8.自由業 ☐9.農漁牧 ☐10.家管 ☐11.退休

☐12.其他＿＿＿＿＿＿＿＿＿＿＿＿＿＿

您從何種方式得知本書消息？

☐1.書店 ☐2.網路 ☐3.報紙 ☐4.雜誌 ☐5.廣播 ☐6.電視

☐7.親友推薦 ☐8.其他＿＿＿＿＿＿＿＿＿＿

您通常以何種方式購書？

☐1.書店 ☐2.網路 ☐3.傳真訂購 ☐4.郵局劃撥 ☐5.其他

您購買本書的原因是（單選）

☐1.封面吸引人 ☐2.內容豐富 ☐3.價格合理

您喜歡以下哪一種類型的書籍？（可複選）

☐1.科幻 ☐2.魔法奇幻 ☐3.恐怖 ☐4.偵探推理

☐5.實用類型工具書籍

您是否為奇幻基地網站會員？

☐1.是☐2.否（若您非奇幻基地會員，歡迎您上網免費加入，可享有奇幻基地網站線上購書75折，以及不定時優惠活動：http://www.ffoundation.com.tw/）

對我們的建議：＿＿＿＿＿＿＿＿＿＿＿＿＿＿

＿＿＿＿＿＿＿＿＿＿＿＿＿＿

＿＿＿＿＿＿＿＿＿＿＿＿＿＿

請於此處用膠水黏貼